마왕인 내가 노예 엘프를 신부로 삼았는데 어떻게 사랑하면 되지? 5

지음／테시마 후미노리 • 일러스트／COMTA • 옮김／권미량

NEXT

커버 그림 · 본문 일러스트　**COMTA**

Contents

✡ 프롤로그

"——하아, 하아, 하아……."

어두운 숲 속, 네프테로스는 숨을 헐떡이며 달리고 있었다.

뒤에서는 무언가가 쫓아오고 있다.

뭔가를 질질 끄는 듯한 소리를 내는 '그것'은 인간이 아니었다.

넝마 같은 로브를 걸친 채 앞으로 내민 몇 개나 되는 팔다리로 거미처럼 바닥을 기고 있다. 무엇을 교배시켰는지 짐작조차 할 수 없지만 마술로 만들어낸 합성생물인 것만은 분명했다.

"끈질기네——달의 어금니!"

혀 위에서 짧은 신령 언어를 읊조린 후 뒤를 돌아보자마자 오른팔을 휘두른다.

무지개빛 수정이 칼날이 되어 땅을 가르듯 튀어 나갔다. 발밑에서 나온 수정의 칼날은 피할 틈을 주지 않고 이형(異形)의 추적자를 관통했다.

그렇지만 네프테로스의 얼굴에서 승자의 여유는 찾아볼 수 없었다.

숨을 가다듬을 틈도 없이 다음 신령 언어를 읊조린다.

「그대는 공포를 관장하는 자. 군신에게 복종해 파멸과 혼란을 가져오는 자이니——.」

추적자는 수정에 몸을 관통당한 채 네프테로스를 향해 기어 오려 하고 있었다. 찌익, 찌익, 몸이 찢어지는 소리가 들리는데도 전혀 신경 쓰지 않는다.

그래. 이 정도로 쓰러뜨릴 수 있는 상대였다면 하이 엘프인 네프테로스가 이렇게 보기 흉한 싸움을 계속하고 있을 리가 없다.

읊조리는 것과 동시에 송곳니로 엄지를 깨물어 떨어지는 피를 공중에 흩뿌렸다. 피를 매개로 생명이 모조리 빨려 드는 듯한 느낌이 엄습했다. 무릎에서 힘이 빠지면서 서 있기가 힘들어졌다.

그럼에도 네프테로스는 신성한 그릇이라도 받드는 것처럼 두 손을 뻗어 파괴의 말을 고했다.

「이는 영혼을 부수는 종소리――광사(狂死)의 음차(音叉)!」

추적자의 몸을 감싸듯 대기가 일그러졌다.

직후, 그 **일그러짐**에 눌려 찌그러지는 것처럼 추적자의 몸이 터져서 고깃덩어리로 변했다.

마침내 추적자가 움직이지 않게 된 것을 확인한 네프테로스는 바닥에 주저앉았다.

신령 마법은 마술이 아니다. 읊조리는 것은 '기도'이지 주문이 아닌 것이다. 몇 구절이나 되는 축언을 다 외우고 나서야 힘이 발현되는 것으로 본래는 영창을 생략할 수 없다.

하지만 그러면 눈앞에 있는 추적자를 죽이기에는 너무 늦다.

그래서 네프테로스는 자신의 피를 바쳐서 영창을 대신 맡겼다.

그 배덕의 대가는 자신의 목숨으로만 지불할 수 있다. 연달아 신령 마법을 사용한 탓에 심장이 터질 것처럼 빠르게 뛰었다. 눈앞이 어두워지면서 정신을 잃을 것만 같았다.

——괴로워. 목이 타서 숨도 제대로 못 쉬겠어.

그도 그럴 것이 지난 일주일 동안 방금 전의 키메라와 비슷한 추적자들에게 계속 쫓기면서 수면은커녕 물도 제대로 마시지 못했다.

마술사라는 존재는 밤낮을 꼬박 새워서 싸워도 숨을 헐떡이는 법이 없다고 한다. 그러나 눈 한 번 못 붙인 채 식량도 없이 일주일이나 계속 싸울 수 있냐고 하면 그건 불가능하다.

——안 돼. 일어나야 해…….

그 무시무시한 마술사가 이 정도로 추격의 고삐를 늦출 리가 없다. 지금 조금이라도 멀리 도망쳐야 한다.

기력을 쥐어짜 허리춤에 찬 꾸러미를 뒤적였다.

양의 위장으로 만든 물통을 꺼내보지만 이미 물은 한 방울도 남아 있지 않았다.

"아……."

마침내 네프테로스는 쓰러졌다. 은색 머리칼이 땅 위에 펼쳐졌다. 쌔액, 쌔액 하고 목에서 메마른 숨이 흘러나오고 은색 눈동자는 눈꺼풀에 덮여 가려졌다.

의식을 잃으려는 바로 그때였다.

"괜찮아, 누나? 물 좀 마실래?"

소년 같기도 하고 소녀 같기도 한 앳된 목소리였다.

어느 틈에 작은 아이가 네프테로스의 얼굴을 살펴보고 있었다. 그 손에는 물이 담긴 투명한 유리잔이 들려 있었다.

그 얼굴을 올려다보고——네프테로스의 몸이 굳었다.

"비프론스, 님……."

마치 천진난만한 아이 같은 모습으로 그곳에 서 있는 사람은 다름 아닌 열세 명의 〈마왕〉 중 한 명이자 네프테로스의 주인이기도 한 마술사였다.

"이런, 왜 그렇게 무서워하는 거야? 아하하."

네프테로스는 일어나려고 했지만 몸에 힘이 들어가지 않아 버둥거리기만 할 뿐이었다. 그래도 바닥을 굴러서 〈마왕〉과 거리를 두었다.

비프론스는 그런 네프테로스를 사랑스럽다는 듯이 바라보며 웃었다.

"후후후, 넌 내 소중하고 귀여운 종이잖아. 자, 어서 집에 돌아가서 편히 쉬자."

그 소름 끼치고 뻔뻔한 말에 네프테로스는 구역질이 났다.

"……용케, 그런 말씀을, 하시네요."

"후후후, 농담이 아닌데? 넌 지금까지의 **실패작**과는 달라. 내가 가르쳐준 신령 마법을 발전시켜서 영창을 무시하는 대담한 짓까지 해내게 되었지. 힘의 크기는 차치하고, 신령 마법의 실력만 따지면 너는 이미 네페리아를 월등히 능가했다."

비프론스는 악의 한 점 없이 웃는 얼굴로 그렇게 말했다.

"그러니 나를 거역하고 도망친 것도 전부 용서해줄 수 있다."

바로 이것이 네프테로스가 쫓기고 있는 이유였다.

엘프의 은신처에서 **어떤 사실**을 알게 된 네프테로스는 비프론스로부터 도망쳤다.

네프테로스는 떨리는 팔로 몸을 지탱하고 일어나서 그를 노려봤다.

"그렇다면, 내가 무슨 대답을 할지는, 알고 계시겠군요."

"하긴 넌 고집불통이지. 그나저나 이제 이것 좀 받아주지 않겠어? 계속 들고 있으니까 팔이 아픈걸. 아, 이상한 약 같은 건 안 들었어. 100퍼센트 물이니까 안심하고 마셔."

〈마왕〉에게 이것은 게임이다. 네프테로스가 어디까지 도망칠지, 어디서 굴복할지를 즐기는 놀이인 것이다. 〈마왕〉은 놀이가 재미없어지는 잔꾀는 좋아하지 않는다.

지금이라면 비 한 방울도 하늘이 내린 축복처럼 느껴질 것이다. 네프테로스가 머뭇머뭇 손을 뻗자…….

"——앗, 미안. 손이 미끄러졌네."

비프론스는 바로 눈앞에서 유리잔에 든 물을 바닥에 흘렸다.

유치한 장난질이다. 하지만 지금의 네프테로스에게는 그 무엇보다 효과가 있었다.

"……."

자기도 모르게 눈이 커다래지는 그녀의 모습에 비프론스가 소리 높여 웃었다.

"아하하하, 미안, 미안. 일부러 그런 건 아니야. 바로 새로 떠다 줄 테니까 그런 표정 짓지 마. 아하하하하!"

——악마 같은 놈…….

최소한의 저항이라는 듯 노려보자 비프론스는 여전히 재미있다는 것처럼 말을 이었다.

"왜 그래, 그런 표정 짓지 말라니까? 널 귀엽다고 생각하는 건 진짜야. 그러니 내가 직접 널 처리하는 일은 없을 거야. ……도와주지도 않겠지만."

그리고는 뒤를 돌아봤다.

그곳에서는 분명 고깃덩어리가 되었던 합성생물이 다시 꿈틀거리기 시작하고 있었다.

——세상에, 말도 안 돼…….

어안이 벙벙해졌다.

네프테로스가 사용한 신령 마법은 현재의 자신이 다룰 수 있는 것 중 최강의 마법이다. 영창을 생략했기 때문에 위력은 다소 저하되었을지도 모르지만, 그래도 이보다 강한 수단은 없었다.

"네 상대는 '이 아이'다. 뭐, 이성도 없고 귀엽지도 않지만 보다시피 불사신에 힘도 있지. 얼마 전에 있었던 사건에서 손에 넣은 '진흙의 마신'의 조각을 넣어뒀거든!"

그 대답에 네프테로스는 가슴을 눌렀다.

비프론스가 말한 '진흙의 마신'은 네프테로스를 그릇으로 삼아 구현되었던 것이다.

그 무시무시한 '진흙'에 집어삼켜져서 숨도 쉬지 못하고 몸속 깊은 곳까지 농락당해 산 채로 녹아버리는 듯한 고통은 잊으려고 해도 잊을 수가 없었다.

네프테로스는 괴물들에게 등을 돌리더니 기어가듯 도망쳤다.
"아하하, 옳지, 그래. 바로 그거야. 죽기 전에는 돌아와야 해."
추악한 웃음소리에 귀를 틀어막으며 네프테로스는 도망쳤다.
――그렇지만, 어디로……?
어느새 해는 저물었고 앞길은 명부로 이어진 것처럼 캄캄했다.

"……음, 이게 바로 궁지라는 것인가."

자신의 성에 있는 옥좌에 앉아 〈마왕〉 자간은 고뇌에 찬 목소리로 중얼거렸다.

오늘도 역시 길에서 마주친 아이가 울음을 터뜨릴 것처럼 험악한 인상. 하지만 고민하는 듯한 목소리와는 반대로 그 은빛 눈동자에는 묘하게 따뜻해 보이는 빛도 떠올라 있었다.

언뜻 보면 단순히 기분이 안 좋은 것처럼 보이지만, 성에 사는 사람들이 '최근 들어 〈마왕〉이 이상하게 생글거린다'라는 귓속말을 할 정도로 평온한 표정이다. 불과 며칠 전에는 상상하기 힘든 일이다.

변화는 그것만이 아니다.

가위로 대충 자른 난잡한 머리에서는 뒤로 묶어두기는 했어도 일단 빗질이라는 노력을 한 흔적을 엿볼 수 있었다. 망토도 최근에 새로 수선한 덕분에 새 것이나 마찬가지라 마치 차림새에 신경을 쓰고 있는 것처럼 느껴졌다.

성안을 더 둘러보면 먼지 한 톨 떨어져 있지 않고 양탄자와 커튼까지 브러시로 잘 손질되어 있었다. 누가 작은 나라의 왕이 사는 성이라고 해도 의심 없이 납득할 수 있을 정도다.

불과 몇 달 전까지만 해도 도저히 사람이 살 수 없는 황폐한 성이었다는 사실이 믿기지 않을 정도다.

더 무서운 사실은 이 모든 것을 자간이 손수 했다는 점이다. 악우(惡友) 발바로스가 알면 세상이 멸망할 징조라며 호들갑을 떨 것이다.

그런 기행을 저지른 자간이지만, 역시 그 입에서는 우울한 한숨만 흘러나왔다.

그 원인을 말하자면…….

——연인이 된 여자아이와 무엇을 하면 되지……?

노예 신분인 사랑하는 소녀를 사들여 한 지붕 아래에서 같이 살기 시작한 지 어느덧 4개월. 포레라는 양녀도 생기고, 네피의 어머니에게 인사까지 드리러 갔다 왔건만, 두 사람은 이제야 간신히 '좋아한다'는 서로의 마음을 확인한 참이었다.

네피도 마냥 아무렇지도 않은 것은 아닌지 가끔 눈이 마주치기라도 하면 서로 시선을 피하기 일쑤다.

고백을 하는 바람에 괜히 둘 사이의 거리만 더 벌어진 것 같은 느낌마저 들었다.

——이건 아니야!

그래서 네피와 더 친밀해질 수 있는 일을 하고 싶었지만 막상 하려니 뭘 어떻게 하면 될지 도통 알 수 없었다.

"게다가……."

자기도 모르게 소리를 내서 말했다가 품속을 의식했다.

그곳에는 마법은(銀)으로 만들어진 펜던트가 하나 들어 있었다.

엘프의 은신처에 남겨져 있었던 물건이다. 네피에게 남은 유일한 혈육과의 연결 고리이자 갓난아기였던 그녀가 빼앗겼던 것이기도 했다.

——이걸 네피에게 건네주고 싶어.

이제 와서 가족과의 증표에 의미가 있는지, 자간은 그런 것은 신경 쓰지 않았다.

다만 이 펜던트를 가지고 있어도 되는 사람은 네피뿐이라는 게 그의 생각이었고, 이것을 남긴 사람은 네피를 사랑해주었다.

그래서 네피에게 돌려주고 싶었는데, 그 정도로 중요한 펜던트인 것이다. 건네주더라도 적절한 타이밍이 있을 거라고 생각했다.

그리하여 자간이 내린 결론은…….

——모처럼의 기회니까 연인다운 일을 하고 난 후에 그 **마무리**로 건네주고 싶다!

되도록 네피가 그녀의 어머니인 〈마왕〉 오리아스와 만나기 전에 주고 싶었다.

그래야 오리아스도 기뻐할 테고, 네피의 입장에서도 '부모'라는 존재를 의식하고 마음의 준비를 할 계기가 될 수 있을 것이다.

그런데 자간은 오리아스에게 자신의 성으로 오라고 요청했고, 심지어 별로 기다릴 생각이 없다고 재촉하기까지 했다.

즉, 시간이 별로 없다.

——아아, 오리아스에게 빨리 오라고 하는 게 아니었는데!

하지만 그 또한 자간이 결정한 일이다. 마음을 단단히 먹는 수밖에 없다. 그것 자체는 납득이 가지만 그 '연인다운 일'이라는 게 도대체 뭔지…….

——손을 잡는 것……정도는 너무 평범하겠지.

지금까지도 마을에 나갈 때는 자연스럽게 손을 잡기도 했다.

자간이 먼저 잡은 적도 있지만 네피가 먼저 용기를 내서 새끼손가락을 잡은 적도——쑥스러워서 그런 걸까, 여전히 머뭇머뭇 망설이며 어리광을 부리는 듯한 모습이라 그럴 때마다 자간은 번뇌에 빠지지만——있다.

그렇지만 이건 지금까지도 했던 일이다.

연인이 되었으니 조금 더 진도가 나가도 되지 않을까?

——예를 들면……, 포옹이라거나!

아니지, 역시 이건 너무 대담한가.

전에도 네피를 끌어안은 적은 있지만, 그때는 그녀의 불안을 달래거나 납치당한 네피를 구했을 때였다.

아무 일도 없을 때 '안아줘'라고 하면 꺼림칙하게 생각하지는 않을까.

——틀렸어, 하나도 모르겠어.

건전한지 아닌지는 차치하고, 자간 역시 남자다.

그 가련한 입술에 닿아보고 싶다거나, 그 부드러운 가슴을 만져보고 싶다거나, 쫑긋 솟은 귀를 만지작거려보고 싶다거나——가만 생각해보니 이건 예전에도 했었군——하는 욕구는 적지 않다.

게다가 원하면 그녀 역시 선뜻 응해줄 것 같은 느낌도 든다.

——그렇지만 거기에 어울리는 분위기라고 해야 하나, 그런 게 있잖아?

아니, 그보다 갑자기 그런 요구를 하면 자간이야말로 죄책감으로 인해 다시는 회복하지 못할 것 같았다.

그런데 그 '어울리는 분위기'라는 걸 자간은 통 알 수가 없었다.

——다른 사람에게 상담이라도 해야 되나…….

현재 이 성에는 고용인을 포함해 30명에 가까운 사람들이 생활하고 있다.

그러나 그 대부분은 마술사다.

마술에 손을 댈 수밖에 없었던 인생을 살아온 인간들뿐인데, 마술사는 자신의 연구 외에는 일절 관심을 가지지 않는 족속이기도 하다. '제대로 된 연애'에 대해 상담하기에 이보다 부적절한 사람들은 없을 것이다.

딸인 포레는 아직 어려서 연애 경험이 없을 것 같고——아니, 있다면 자간은 그놈을 죽일지도 모른다——전(前) 성기사장이라는 직함을 가진 집사 라파엘도 오해와 편견이 옷을 입고 걸어 다니는 것 같은 남자다. 그 외에는 최근에 성에서 살게 된 인어족 고용인 셀피가 있지만, 그 수다쟁이가 자간이 상담한 걸 떠들고 다니지 않을 리 없다.

그럼 성 밖은 어떤가.

성검의 소녀라는 이름으로 불리며 성기사장의 홍일점이기도 한 샤스틸이라면 제대로 된 답을 얻을 수 있을 것 같기는 했다.

——역시 그건 잔인한 짓인가…….

본인은 나름대로 숨기고 있는 듯하지만, 아무래도 그녀는 자간에게 호감을 가지고 있는 것 같았다.

뭐, 그쪽도 자신의 마음을 강요할 생각은 없는 것 같으니 굳이 의식할 일은 아니라고 생각한다. 하지만 그런 마음을 알면서도 자신의 연애 고민을 털어놓는 건 잔인한 짓이다.

그 외에는 딱히 상담할 만한 사람이 없다.

그렇기 때문에 자간은 심각한 얼굴로 이렇게 한숨을 쉬고 있는 것이었다.

이제 와서 특별히 태도를 바꿀 필요는 없을지도 모른다. 그렇지만 지금은 조금이라도 네피의 마음이 밝아질 만한 일을 해주고 싶었다. 그런 와중에…….

"저, 자간 님."

구슬이 굴러가는 것 같은 목소리에 고개를 드니 어느새 옥좌의 방 입구에 시녀 차림을 한 아름다운 소녀가 서 있었다.

허리까지 내려오는 머리는 더러움을 모르는 눈처럼 하얀색. 쫑긋 솟은 뾰족한 귀는 수줍은 듯 떨리고 있었고, 호수처럼 깊고 파란 눈을 가지고 있었다. 엘프 중에서도 하이 엘프라 불리는 상위종 소녀다. 그 목에는 오늘도 투박하게 생긴 목걸이가 채워져 있었다.

만난 지 얼마 안 되었을 때는 거의 무표정했던 얼굴도 지금은 많이 부드러워지고 알기 쉽게 변해서 한층 더 매력적으로 보였다.

그런 소녀는 자간과 눈이 마주치자 순식간에 뺨에서 귀까지 새빨갛게 물들었다. 그리고 이내 더는 견디기 힘들다는 듯이 시선을 돌렸다.

아마 자신도 비슷한 얼굴일 것이다. 자간의 시선도 허공을 헤매고 있었다.

자간이 안절부절 침착하지 못한 모습으로 되물었다.

"왜 그래, 네피? 무슨 일이라도 있나?"

이런 말투는 아무 일도 없으면 말을 걸면 안 된다고 말하는 느낌이라 별로 좋지 않은 것 같다는 생각을 하며 네피의 반응을 살폈다.

네피는 가느다란 손가락을 깨물듯이 입가에 대고 머뭇머뭇 입을 열었다.

"아뇨, 특별한 용건은 없지만 잠깐 짬이 나서, 그냥……."

——설마 얼굴이 보고 싶어서 왔다는 건가!

마치 벼락을 맞은 것 같은 느낌이었다. 네피는 문득 정신을 차리면 곁에 있는 조용한 소녀다. 그런 그녀가 이렇게 자신의 마음을 표현해주다니.

네피는 수줍게 말을 이었다.

"저기, 게다가……."

"게다가?"

역시 응석을 부리고 싶다거나 대화를 나누고 싶다거나, 그런 식으로 뭔가를 요구하려는 걸까?

자간이 기대와 긴장으로 가슴을 두근거리고 있자 네피는 용기를 짜내듯 눈을 감고 이렇게 말했다.

"자간 님의 이름을, 부르고 싶어서……."

예상을 훌쩍 뛰어넘는 소소한 바람에 자간은 가슴을 잡고 괴로워했다.

――도대체 왜 그렇게 귀여운 거냐고!

이것도 자간이 네피를 억지로 어떻게 하지 못하는 이유 중 하나일지도 모른다.

대담한 네피도 보고 싶지만 이대로 있어줬으면 하는 마음도 있는 것이다.

하지만 자간은 있는 힘껏 짜낸 네피의 용기 속에 불안의 빛이 배어 있는 것도 알아차렸다. 자간이 어떤 반응을 보일지 불안해서 그런 건 아닐 것이다.

음, 하고 몇 초 정도 생각한 후 자간은 네피를 손짓해 불렀다.

"네피, 그런 곳에 서 있지 말고 이리로 와."

"네."

어쩐지 그렇게 말해줘서 안심했다는 듯이 재빨리 걸어오는 네피. 어쩌면 그녀 또한 자간의 반응을 기다리고 있었던 건지도 모른다.

자기 주장이 약한 소녀다. 이럴 때는 자간이 이끌어줘야 한다.

가까이 오기는 했지만 어디에 서야 할지 몰라 옆에서 머뭇거리는 네피를 보고 자간은 헛기침을 하고 말했다.

"네피."

"네, 자간 님."

"거기 무릎 꿇고 앉아."

말하고 난 뒤에야 도대체 자신이 무슨 말을 한 건가 싶어서 괴로워졌다.

——무릎을 꿇으라니! 엄청나게 저속하잖아!

네피도 당황한 듯 눈을 깜빡거리고 있었지만 거절의 뜻은 느껴지지 않았다. 심지어 머뭇거리며 정말로 그 자리에 두 무릎을 꿇었다.

"이, 이렇게 말인가요……?"

자간이 이상한 요구를 하는 건 늘 있는 일이지만 이 패턴은 처음이라 네피의 목소리도 떨리고 있었다.

왠지 터무니없는 죄책감에 시달렸지만, 그래도 자간은 과장되게 고개를 끄덕였다.

"그래. 그리고 손을 내밀어봐."

"……? 이렇게요——앗."

자간은 네피가 내민 두 손을 잡더니 끌어안듯이 자기 쪽으로 잡아당겼다.

균형을 잃은 네피는 손을 내민 자세 그대로 자간의 무릎 위에 쓰러졌다.

"……? 앗?"

자간의 무릎을 끌어안은 듯한 자세가 된 네피는 당혹스러운 표정을 지었다.

하지만 무릎 위에 올려진 건 그런 소녀의 봉긋한 가슴으로, 자간의 무릎과 네피의 몸 사이에 낀 가슴에서는 두근두근 뛰는 심장

고동이 느껴졌다.

예상하지 못한 기분 좋은 느낌에 자간은 다시 괴로워졌다.

그렇지만 하고 싶었던 건 이런 게 아니다.

자간은 동요를 억누른 채 가만히 네피의 머리를 쓰다듬어주었다. 그러자 네피의 어깨에서도 서서히 힘이 빠지며 자연스럽게 자간의 무릎에 몸을 기댔다.

——그냥 무릎에 앉는 건 평소와 똑같으니까!

일종의 무릎베개가 되는 셈인가. 이런 식으로 안아주면 평소와는 다른 느낌이라 위로가 되어주지 않을까 생각한 것이다.

늘 그렇듯 또 이래저래 방법이 잘못된 것 같은 느낌이 들기는 하지만, 자간은 조용히 말을 건넸다.

"이런 건, 어떠냐?"

"그게, 굉장히……쑥스러워요."

——그렇겠지!

역시 실패인 모양이다. 자간이 고민하고 있자 네피는 의외로 싫어하는 기색 없이 자간의 얼굴을 올려다봤다.

그 표정은 어쩐지 행복해 보이기도 했다.

"그렇지만 마음이 참 편해요."

"그, 그래?"

네피의 이런 얼굴을 볼 수 있었으니 자간의 수치심 따위는 별 문제가 아니다.

네피는 수줍은 듯 웃었다.

"저도 자간 님에게 이걸 해보고 싶어요."

설마 그런 대답을 듣게 될 거라고는 생각하지 못했던 자간의 눈이 동그래졌다.

——이걸 하겠다니, 즉 내가 네피의 무릎을 끌어안아도 된다는 건가!

심히 매력적인 말이다.

지금 당장이라도 바닥을 구르고 싶은 심정이지만 꾹 참았다.

"음, 그것 참 좋은 제안이군. ……그래도 조급해하지 마라. 지금은 내가 널 귀여워해주고 있잖아. 조금 더 이렇게 있도록 하자."

"아우우……."

얼굴에서 불이라도 난 것처럼 네피의 얼굴이 빨개졌지만 자간은 소녀의 머리를 쓰다듬는 손을 멈추지 않았다.

"자간 님, 역시 조금 짓궂으신 것 같아요."

불만스럽게 말했지만 그 귀는 기쁜 듯 움찔움찔 떨리고 있었다.

그러더니 자간의 안색을 살피듯 올려다봤다.

"자간 님."

"응?"

"……이미 알고, 계시죠?"

지금까지의 행복해 보이던 표정이 돌연 사라지고 괴로워하는 듯한 목소리로 변했다.

자간은 어깨를 으쓱이며 대답했다.

"네프테로스와는 실컷 놀았지."

이게 바로 자간이 네피를 기쁘게 해주려고 고민을 하게 만들었던 가장 큰 이유였다.

지난번에 엘프의 숨겨진 마을을 조사하러 함께 갔던 다크 엘프 소녀 네프테로스는 자간 일행에게 돌아오지 않고 그대로 행방불명이 되었다.

자간과 네피가 서로의 마음을 확인한 직후의 일이었다.

네피의 **마법**과 키메리에스의 후각으로도 그 발자취를 찾을 수 없었기에 이미 근방에는 없다고 판단하고 일단 성으로 돌아가기로 했던 것이다.

원래는 적대 관계인 사이지만, 엘프의 숨겨진 마을에서 네피는 저주에 걸려 어린아이로 변하고 말았다. 그동안 네프테로스는 입으로는 투덜대면서도 네피와 잘 놀아주었다.

정확하지는 않지만 그 기억은 네피 안에도 남아 있는 모양이다. 그래서 네피는 기쁜 반응을 보이면서도 네프테로스가 계속 신경 쓰였던 것이다.

그 심정은 조금이지만 자간도 이해가 갔다.

"무슨 일이 있었는지는 모르지만 손이 많이 가는 녀석이야."

네피는 바로 대답하지 않았다. 잠깐 고민하는 것처럼 입술이 떨렸다.

"……저만, 이렇게 행복해져도, 되는 걸까요……."

"그러면 안 되나?"

자간이 이해가 안 된다는 듯 고개를 갸우뚱거리자 네피는 침통하게 고개를 끄덕였다.

"그 사람은 지금도 괴로워하고 있는 것 같아요. 왜인지는 모르지만 가끔 그녀의 감정이 전해져 오는 듯한 느낌이 들어서……."

자간은 네피의 말을 가로막듯이 머리를 쓰다듬었다.

"같은 하이 엘프라는 존재다. 일종의 연결 고리 같은 것이 있을지도 모르지."

"……? 자간 님?"

네피는 똑똑한 소녀다.

소녀는 자간의 목소리에서 묻어난 얼버무리려는 느낌을 놓치지 않았다.

——비프론스 자식이 네프테로스에게 무슨 짓을 했는지는 상상하고도 남아.

지난번에 만난 오리아스는 〈마왕〉 중에서도 예외 중의 예외다.

자간은 차례대로 다른 〈마왕〉을 다 죽일 생각이지만, 오리아스는 어쩌다 보니 〈마왕의 각인〉을 손에 넣었을 뿐인 이단자다.

보통 〈마왕〉이라는 건 한없이 추악하고 무서운 존재다.

생명 따위는 무한정으로 솟아나는 실험 재료에 불과하고 타인은 자신을 위해 모든 것을 바쳐야 하는 재물에 지나지 않는다. 몇백 년이나 되는 삶 속에서 정이라는 것은 이미 사라지고 없는 것이다.

비프론스도 상당한 미치광이지만 그 정도면 〈마왕〉 중에서는 정상적인 부류에 들어간다. 그 마술사는 기껏해야 300살 정도라 자간 다음으로 젊으니 말이다.

그런 자들이 하이 엘프라는 희소한 존재를 발견하고 했던 생각은 자간이 생각하는 '최악'을 가볍게 초월했다.

그래서 비프론스가 흘렸던 몇 마디의 말을 듣고도 충분히 상상할 수 있었다.

자간은 조용히 네피의 머리를 쓰다듬었다.

"전혀 모르는 사이도 아니다. 도와주고 싶은 마음 정도는 내게도 있어. 하지만 녀석의 행복 따위는 내 알 바 아니다."

내뱉듯이 말하고 네피의 머리를 톡 두드렸다.

"그러니 그 행복은 네가 가르쳐주도록 해. 신경질적인 녀석이지만 알고 보니 그리 딱딱한 놈도 아니었으니까."

그렇게 말해주자 그제야 네피의 표정도 밝아졌다.

"네. 열심히 할게요."

"바로 그 마음가짐이다."

웃으며 대꾸하자 네피도 몸을 일으켰다.

"그런데 자간 님. 슬슬 교대했으면 하는데요."

아직 조금 더 이렇게 있고 싶은 마음도 있지만, 당혹스러워하는 네피의 얼굴은 충분히 감상했다. 게다가 자신이 네피의 무릎을 끌어안는 느낌이 어떨지도 흥미진진했다.

아쉬움을 느끼며 옥좌를 양보하자 웬일로 네피가 대담한 미소를 짓고 있었다.

"자, 어서요, 자간 님."

"……윽."

자간은 신음을 흘렸다.

——막상 내 차례가 되니 생각보다 쑥스럽군.

하지만 네피를 기다리게 할 수도 없는 노릇이라 머뭇거리며 그녀의 무릎에 몸을 맡겼다.

달콤한 냄새가 났다.

부드럽고 따뜻하며, 쑥스러운 건 사실이지만 그래도 거부하기 힘든 편안함이 있었다.

자간이 자기도 모르게 한숨을 내쉬자 네피는 그런 자간을 꼭 끌어안았다. 머리 위에 봉긋한 가슴이 실리자 자간 역시 당황해서 어쩔 줄 몰랐다.

"네, 네피……?"

"그대로 움직이지 마세요, 자간 님."

네피는 평소와 달리 진지한 모습으로 그렇게 중얼거리더니 어디선가 자그마한 나무 막대 같은 것을 꺼냈다. 끝 부분이 스푼처럼 굽어 있는 그 막대는 아무래도 귀이개인 것 같았다.

"답례로 귀 청소를 해드릴게요."

네피는 열심히 자간의 귀를 청소하기 시작했다.

이게 과연 벌인지 상인지 알 수 없었지만, 그래도 자간은 행복했다.

◇

"샤스틸 님, 잠시 휴식을 취하시는 게 어떻겠습니까?"

집무 테이블에 찻잔을 내려놓으며 말하는 부하 세 기사에게 샤스틸은 지친 얼굴로 미소를 지어 보였다.

구릿빛 머리는 평소처럼 옆으로 묶었지만 기사가 지적한 것처럼 심홍색 눈 주위에는 다크 서클이 옅게 퍼져 있었다.

집무 중이라 지금은 성기사의 증표인 세례 갑옷을 벗고 남색 예복을 입고 있었다. 씩씩하게 미소 짓는 표정은 늠름해서 마치 황야에 핀 한 떨기 백합 같았다.

그 야무진 모습은 귀족의 영애처럼 보이기도 했다.

뭐, 이미 몰락했지만 핏줄로 따지면 귀족이고, 교회 내에서도 성기사장 중 한 명이자 주교라는 직함을 가지고 있다. 실제로 양갓집 규수지만 사생활에서 이 소녀는 이견의 여지가 없는 덜렁이였다.

"고마워. 이제 곧 끝나니까 걱정하지 않아도 돼. 게다가 애당초 내가 이곳을 비운 게 원인인걸."

성기사는 마술사와 싸우고 민중을 지키는 용사다. 따라서 성기사장이 적을 두고 있는 교회에서는 대주교나 추기경급의 주교가 장의 자리를 맡는 것이 관례였다.

이 마을도 오랫동안 추기경이 그 자리를 맡고 있었지만 그는 두 달하고 조금 전에 **사고**로 죽었다. 따라서 예외적이지만 샤스틸이 이 교회를 이끄는 자리에 앉게 되었는데, 며칠 전에 '어떤 사건'에 휘말리면서 사흘 정도 무단으로 교회를 비웠다.

그래서 그동안 쌓인 업무 때문에 지금 이렇게 정신없이 바쁜 것이다.

세 기사는 안타까운 듯 얼굴을 찌푸렸다.

"저희가 샤스틸 님을 도와드릴 수 있다면 얼마나 좋을까요."

"당신들은 충분히 도와주고 있어. 이 서류도 나는 그냥 사인만 하면 되도록 해줬잖아."

하지만 내용을 대충 훑어보고 사인만 하는데도 몇 백 장이나 되니 하루 이틀 정도로는 끝날 기미가 보이지 않았다.

그래도 대충 일단락될 것 같아서 샤스틸은 찻잔을 집어 들었다.

잔에 든 건 약탕이었다.

——괜히 신경을 쓰게 만들었는걸.

벌써 두 달……, 아니, 세 달 전인가.

샤스틸은 〈마왕〉인 자간과 내통했다는 의혹을 받고 암살당할 뻔했다. 그때 그녀를 거의 죽음 직전으로 내몰았던 것이 바로 이렇게 받은 홍차 속에 든 독이었다. 세 기사도 그 사실을 알고 있기 때문에 평소에는 마시지 않는 허브티를 타준 것이리라.

굳이 그 말을 하지 않고 차를 입에 머금은 샤스틸은 작게 한숨을 흘렸다.

"맛있어. 피곤이 가시는 것 같아."

"그 무엇보다 기쁜 말씀, 감사합니다."

우락부락한 남자들이 사랑하는 딸이라도 바라보는 것처럼 흐뭇한 얼굴을 하고 있었다.

무심코 벽에 걸려 있는 시계로 시선을 돌렸다. 어느새 점심이 지나 있었다.

"벌써 시간이 이렇게 되었네. ……응? 그러고 보니 오늘은 신임 사제가 온다고 하지 않았어?"

성기사장이 교회의 집무를 죄다 끌어안고 있는 이 상황은 중대한 사태다.

그렇지만 대주교 이상의 간부를 그리 간단히 이동시킬 수도 없는 노릇이라 일단 보좌관으로 사제를 파견해주기로 했는데 아직 도착하지 않은 것이다.

세 기사가 분통을 터뜨리며 말했다.

"부임 첫날부터 지각이라니. 본부는 제대로 된 인재를 보낼 생각이 없는 건가!"

"자자, 그렇게 화내지들 마. 처음 온 마을이라 길을 잃은 건지도 모르잖아?"

샤스틸도 사생활에서는 자주 있는 일이라 별로 화낼 생각은 들지 않았다.

그것보다, 라고 샤스틸은 이야기를 돌리듯 말했다.

"어떤 사제가 오는지 아직 제대로 듣지 못했어. 어떤 사람이 오는 거지?"

지난 며칠, 산더미처럼 쌓인 서류와 씨름하느라 확인할 여유가 없었다. 그렇지만 새로 부임해 오는 부하의 프로필도 제대로 살펴보지 않은 건 샤스틸의 잘못이다.

샤스틸의 물음에 세 기사는 복잡한 표정을 지었다. 고개를 기울이더니 한 명이 서류를 내밀었다.

"류카온 출신의 수인족, 이라고 합니다."

의외라면 의외인 대답에 샤스틸의 눈이 동그래졌다.

"류카온이라면 동쪽 바다 너머에 있는 섬나라……지? 그 나라는 교회와는 다른 신앙을 가지고 있다고 들었는데."

이 대륙은 지금이야 교회 일색으로 물들었지만 옛날에는 무수히 많은 종교가 존재했고, 종교 사이의 마찰도 전쟁이 벌어질 정도로 컸다고 한다. 그랬던 것이 마술사라는 외적에 대항하기 위해 점점 하나가 된 것이다.

그런 가운데 류카온은 바다에 가로막힌 섬에 위치하고 있었던 덕분에 교회가 아닌 다른 종교에 대한 신앙이 짙게 남아 있었다.

동시에 그 신앙이 다른 신앙을 받아들이기 힘든 종류의 신앙이라는 사실도 이 대륙 사람들은 통감하고 있었다.

——한 가지 더 말하자면, 그 **나라**는 적대국은 아니지만 우호적인 나라도 아니지.

이 대륙에는 수많은 나라가 존재하는데, 육지로 이어져 있어서 나라와 나라의 경계가 애매모호하다. 국왕보다 교회가 더 큰 힘을 가지고 있기 때문에 발생한 현상이었다.

그러나 류카온은 바다 너머에 있기 때문에 경계가 명확하게 존재했다.

게다가 폐쇄적인 분위기 때문에 대륙과의 교류도 적었다. 소문으로는 신앙뿐만 아니라 마술과는 다른 힘까지 존재한다고 한다.

대륙과는 다른 문화를 가진 수수께끼의 섬나라, 그것이 바로 류카온인 것이다.

세 기사는 다소 누그러진 미소를 지으며 대답했다.

"역시 샤스틸 님은 박학다식하십니다. 다만 류카온의 종교는 다신교라서 교회의 신도 수많은 신들 중 하나로 받아들이고 있다고 합니다."

"상당히 유연한 사고방식을 가진 신앙이네. 나도 흥미가 생기는 걸."

교회가 숭상하는 신은 유일신으로——절대유일한 신이 단 하나만 있다고 믿는다.

마술사를 '악'으로 규정하고 단결하기 위해서는 신은 유일무이하며 완전무결한 존재라고 보는 게 더 유리하기 때문이다.

그렇지만 샤스틸은 성기장이라는 지위에 있으면서도 교회의 가르침이 절대적이라고 생각하지 않았다.

그런 그녀를 보고 믿음이 부족하다고 하면 대답할 말이 없지만, 교회의 가르침으로는 구원하지 못하는 사람들도 많다. 그녀는 그런 사람들을 한 명이라도 더 구할 수 있도록 최선을 다하는 것이 성검의 선택을 받은 자의 임무라고 생각했다.

그래서 공생파라는, 교회 안에서도 이색적인 파벌의 필두를 맡고 있는 것이다.

하지만 그렇다면 세 기사들의 씁쓸한 표정을 짓고 있는 이유는 무엇일까?

세 기사들의 말을 기다리자 마침내 그들은 체념한 것처럼 입을 열었다.

"이 사제, 아무래도 네 개의 귀를 가지고 있는 것 같습니다."

"네 개의 귀……?"

수인족이라고 해도 그 종류는 무척 다양하다.

대표적으로는 견수인(犬獸人)과 랑수인(狼獸人)이 있고, 샤스틸의 친구이기도 한 마뉴엘라 같은 익인족도 수인족으로 분류된다.

자간의 부하인 사자 수인 키메리에스는 그중에서도 멸종 위기에 처한 희귀종이다.

그렇지만 그들은 이형의 모습을 하고 있어도 귀는 두 개인 것이 보통이다.

그런데 가끔 인간의 귀와 짐승의 귀, 두 쌍을 가지고 태어나는 사람이 있다. 그들을 불길한 자라며 기피하는 풍조는 지금도 뿌리가 깊었다.

——그래서 신임 사제가 탐탁지 않은 태도인 건가.

역시 교회는 인간과 그 이외의 종족으로 구분하는 면이 있다.

물론 아인종(亞人種) 중에도 신자는 있고, 그들을 부당하게 박해하지도 않는다. 하지만 내부의 인간——사제나 주교에는 인간을 중용한다. 샤스틸도 사제 이상의 지위에 있는 사람들 중에서 인간이 아닌 종족을 본 기억이 없었다.

샤스틸은 세 기사를 찌릿 노려봤다.

"그런 식으로 말하지 마. 오히려 그런 입장에 있으면서도 사제의 자리까지 올랐다는 건 그만큼 많은 노력을 한 사람이라는 뜻이잖아."

"앗, 실언을 했습니다!"

세 기사는 등을 곧게 펴고 경례했다.

그들은 완고하기는 해도 절대 변화를 받아들이지 못하는 인간은 아니다. 단단히 새겨듣겠다는 듯한 그 표정을 보니 사제가 오더라도 혐오의 시선을 보낼 일은 없을 것 같았다.

——이 세 기사도 이런 반응이라니. 어쩐지 골치가 아파질 것

같은데…….

본인을 만나보지 않은 이상 뭐라고 말할 수는 없지만, 다른 성기사와 사제들이 비슷한 반응을 보이리라는 것은 상상하기 어렵지 않았다.

——더 이상 이상한 일이 늘어나지 않았으면 좋겠는데…….

그 소망은 이뤄지지 않을 거라고 말하는 것처럼 그날 결국 신입 사제는 나타나지 않았다.

◇

저녁. 자간은 사랑스러운 소녀의 곁을 떠나 성의 서고에서 낡은 수기를 넘기고 있었다.

네피의 고향인 엘프의 숨겨진 마을에서 가지고 돌아온 물건이었다. 어쩌면 천 년이 넘을지도 모르는 세월의 기록이다. 안 그래도 책이 늘어나서 비좁아진 서고에 산더미처럼 쌓여 있었다.

지금 제일 하고 싶은 일은 '네피와 연인다운 일을 해보는 것'이지만 자간의 원래 목적은 자신을 제외한 다른 〈마왕〉을 없애는 것이다.

그 모든 것은 네피와 포레가 햇빛이 비치는 곳에서 그 누구의 따가운 눈초리도 받지 않고 평온하게 살기 위해.

거기에 방해가 되는 적이 여럿 존재한다.

우선은 자신을 제외한 열두 명의 〈마왕〉들이다. ……그중에 한 명——네피의 어머니이기도 한 오리아스는 더 이상 적대자가 아니지만.

그 다음은 전승에 나오는 '마족'의 존재다.

이미 이 세계를 떠났다고 하지만 자간은 벌써 몇 번이나 그들과 대치한 적이 있었다. 게다가 〈마왕의 각인〉은 마족들의 왕인 마신과 밀접한 관계가 있다고 한다. 자간이 〈마왕〉으로 있는 한, 언젠가는 충돌하게 될 것이다.

따라서 마족에 대항할 수단도 필요하다.

세 번째로 교회라는 조직도 있지만……, 뭐, 이쪽은 지금은 그렇게 위협적이지 않다. 샤스틸이라는 협력자도 얻었으니 서둘러 제거할 필요가 있는 대상은 아니었다. 물론 방심할 수는 없지만.

어쨌든 그래서 지금은 '힘'이 더 필요하다.

그렇게 수기를 넘기던 자간은 문득 손을 멈췄다.

엘프의 문자로 쓰여진 수기 중에서도 유난히 특수한 문자——신령 언어가 적힌 부분이 있었다.

자간도 아직 다 읽지는 못하지만 익숙한 단어 몇 개가 늘어서 있는 게 보였다.

"——메타트론——아즈라엘——이건, 성검 리스트인가……?"

교회가 보유한 성검은 엘프의 상위종인 하이 엘프가 만들었을 가능성이 높다.

성검에 대해서도 알아볼 필요가 있기 때문에 어떤 단서가 있지는 않을지 기대는 하고 있었지만, 설마 이렇게 노골적인 것이 남아 있을 줄이야.

성검의 이름 자체는 읽지 못하지만 그 외의 것은 자간도 이해할 수 있다.

계속 읽어보니 성검은 아주 옛날에 하이 엘프가 만들었으며 인간에게 주었다고 적혀 있었다. 아무래도 언젠가 성검을 가진 자들이 마을을 찾아오면 되도록 협력하라는 **관례**를 적어둔 것 같았다.

엘프들은 검을 다루지 못한다고 하는데 이 수기에 따르면 성검은 엘프의 힘을 증폭시키는 효과도 있다고 한다.

——즉 성검의 곁에 엘프가 있는 것이 과거에 '마신'을 물리쳤던 힘의 조건인가?

적힌 글을 그대로 믿는 것은 경솔한 짓이지만 검증해볼 가치는 충분히 있다.

내용이 흥미진진해서 자간도 몰두해서 읽었는데, 반쯤 읽었을 때 문득 위화감이 들었다.

"……? 이건, 성검의 이름……이 맞지?"

신령 언어는 특징적인 문자다.

거기에 아는 이름이 두 개나 나오니 아마도 성검의 리스트가 틀림없을 거라고 생각했는데, 성검의 이름을 뜻하는 신령 언어가 하나 더 많은 것처럼 보였다.

자간은 잠깐 동안 생각에 잠겼다가 수기를 내려놓고 두 손을 마주쳤다.

"——라파엘. 라파엘, 거기 있나?"

그러자 몇 초 지나지 않아 서고 문을 두드리는 소리가 들렸다.

"라파엘이다. 불렀나, 나의 왕?"

"그래. 들어와."

자간이 그렇게 대답하자 문 너머에서 장신의 노인이 모습을 드러냈다.

뺨에서 미간에 걸쳐 무시무시한 흉터가 있고, 왼팔도 투박한 갑주로 뒤덮여 있다. 갑주는 마술에 의해 움직이는 의수다. 허리춤에는 장대한 검을 차고 있고, 마음이 약한 사람이 보면 정신을 잃을 수도 있을 만큼 흉흉한 눈빛을 발하고 있지만, 그 몸을 감싸고 있는 것은 주름 하나 없이 단정한 연미복이었다.

전(前) 성기사장이자 현(現) 자간의 집사인 라파엘이었다.

주방에서 식사 준비를 하고 있었는지 한 손에는 국자가 들려 있었다.

어쩐지 조화가 되지 않는 모습인 집사에게 자간이 물었다.

"한 가지 궁금한 게 있는데, 성검은 열두 자루밖에 존재하지 않는 것 아닌가?"

"맞다. 적어도 내가 아는 한은."

음, 하고 자간은 팔짱을 꼈다.

보기 드물게 심각한 표정을 짓고 있는 자간을 보고 라파엘이 고개를 갸웃거렸다.

"무슨 일이라도 있나, 나의 왕."

자간은 수기를 펼쳐 라파엘에게 보여주었다.

"이건 성검의 이름을 뜻하는 것 같은데 본 적이 있나?"

신령 언어를 읽지 못하더라도 그 이름은 문장(紋章)처럼 도신에 새겨져 있다. 라파엘 정도 되는 성기사장이라면 모든 문장을 한 번 정도는 봤을 것이다.

라파엘은 수기를 천천히 넘기며 고개를 끄덕였다.

"있고말고. 이건 내 〈메타트론〉에 새겨진 문장이다. 그게 이름이라면, 이건 샤스틸의 〈아즈라엘〉. 이건 성기사장의 필두인 기니어스의 〈라지엘〉. 이건 미하엘의 〈제라키엘〉. 이건——."

잇달아 이름을 맞춰가면서 열두 개의 이름을 다 말하더니 미간을 찌푸렸다.

"이것으로, 열두 개다. 그런데——."

"그래, 여기엔 열세 번째의 이름이 적혀 있어."

라파엘이 읽을 수 있는 것을 보면 이것은 성검의 이름이 틀림없었다.

그런데 여기에는 존재하지 않는 열세 번째 성검의 이름이 적혀 있었다.

자간은 고민스럽게 말했다.

"……음. 어떻게 생각해?"

"이 '열세 번째'가 성검인지 아닌지 말인가? 나도 처음 듣는 이야기지만, 만약 이게 성검에 대해 기록한 문헌이라면 '열세 번째'가 성검이라고 판단할 근거로는 충분하지 않을까?"

"하지만 왜 너도 모르는 성검이 존재하는 거지?"

이 질문에는 라파엘도 바로 대답하지 못했다.

한동안 고민하는 것처럼 관자놀이를 손가락으로 누르고 있다가 입을 열었다.

"음, 교회의 본부에 주인 없는 성검을 보관해두는 보물창고가 존재한다. 그곳에는 성검을 위한 대좌가 있는데, 그것도 열두 개밖에 없었어. 그렇게 생각하면 교회가 관리하고 있지 않은 성검이 있다고 볼 수도 있겠지."

"즉 교회도 그 존재를 모른다는 건가?"

"적어도 표면적으로는."

애매한 대답에 자간은 눈을 가늘게 떴다.

"그렇다는 건 뭔가가 있다는 뜻이군."

그 물음에 라파엘도 대답하기 곤란한 듯 신음했다.

"나의 왕이여. 그대도 알다시피 교회라는 곳은 하나로 똘똘 뭉친 조직이 아니야. 마술사에 대한 생각만 해도 나와 샤스틸 같은 공생파가 있는가 하면 반공생파도 있지. 그리고 그중에는 본래 교회에는 존재해서는 안 되는 파벌도 있다고 들었다."

"존재해서는 안 되는 파벌……?"

라파엘은 바로 대답하지 않았지만 자간은 대충 짐작이 갔다.

"즉――암부(暗部)이다. 부끄럽지만 교회 내부에서 수상한 죽음이 존재했던 건 사실이야. 그리고 거기에 13이라 불리는 '무언가'가 있다는 소문을 들은 적이 있지."

그것이 성검이라는 확실한 증거는 없지만 '13'이 존재한다면 아무 관계도 없다고 보기는 힘들다.

라파엘은 한숨과 함께 고개를 끄덕이더니 창 너머에 펼쳐져 있는 숲, 아니, 그 안쪽 깊은 곳에 있을 큐아노에이데스를 바라봤다.

"사실 내가 이 마을에 온 이유에는 샤스틸을 우리 쪽으로 끌어들이기 위한 것도 있었지만 그걸 조사한다는 목적도 있었다. 과거에 여러 번 이 마을을 담당하는 성기사장이 의문의 죽음을 당했지. 샤스틸 일도 있고 해서 그 꼬리를 잡을 수 있지 않을까 내심 기대했었다."

그러나 샤스틸을 죽이려 한 것은 그녀의 직속 상사인 큐아노에 이데스의 추기경 크라벨이었다.

라파엘은 샤스틸을 지키기 위해 크라벨을 암살했고 자신도 죽은 것으로 했다. 그것이 바로 지금 그가 이곳에 있는 이유이기도 했다.

——그렇군. 거기서 실마리가 끊긴 탓에 그 이상 추적하지 못하게 된 건가.

교회를 떠난 그가 이제 와서 교회 내부의 정보를 얻는 것은 어렵다.

——그럼 샤스틸에게 부탁해볼까?

엄밀히 따지면 그녀는 자간의 부하가 아니지만 그래도 협력자이기는 했다.

조금 정도는 교회 내부 사정을 알아봐줄 수 있으리라. '13번'의 존재는 교회 입장에서도 무시할 수 없는 정보일 테니까.

물론 같은 조직이라고 해도 암부를 탐색하는 것은 위험이 동반되지만, 그 소녀에게는 발바로스를 호위로 붙여두었다. 그 남자는 성격은 엉망이지만 마술사로서의 수완은 자간도 흉내 내지 못할 정도다.

만에 하나 무슨 일이 생기더라도 살아서 자간이 있는 곳으로 도망쳐 올 힘 정도는 있었다.

"알았다. '13번'에 관해서는 샤스틸에게 부탁해보지. 서툰 녀석이지만 직무라고 생각하고 움직이면 제법 유능하니까."

"음. 나도 같은 의견이다. 성기사장의 자세로 임하면 상당히 뛰어난 기사지."

동의한다는 게 그 점이냐, 하고 자간도 어이가 없었지만 쓴웃음을 지으며 고개를 끄덕였다.

"그런데 그 전에 이걸 읽는 법 정도는 알아두고 싶은데. 네피는 알 테니까 나중에 물어볼까……."

그때 서고 입구에서 어린 소녀가 이쪽을 살피는 게 보였다.

"포레냐. 그런 곳에서 뭐하는 거지?"

양녀인 포레였다.

오늘도 세 가닥으로 땋은 초록 머리가 등 뒤로 늘어져 있고, 귀 뒤에는 용의 뿔이 솟아 있었다. 하얀색과 심홍색을 베이스로 한 민족의상이 아주 잘 어울렸다. 호박색 눈동자가 허공을 헤매는 것이 안절부절못하고 있는 듯 보였다.

"들어가도 돼?"

진지한 이야기를 하고 있는데 방해가 되지는 않는지 물어본 것이다.

"그래. 안 그래도 이야기가 끝난 참이다. 들어와도 돼."

포레는 타다닷 달려와 자간을 올려다보며 이렇게 말했다.

"네프테로스, 오늘도 안 와?"

포레도 네피와 함께 엘프의 숨겨진 마을에서 네프테로스와 놀았었다. 오히려 당시의 기억이 애매모호한 네피보다 더 정이 들었을지도 모른다.

자간은 딸의 머리를 가만히 쓰다듬어주었다.

"괜찮아. 그래 봬도 그 녀석은 나 다음으로 힘이 세니까 어디서 뭘 하고 있는지는 몰라도 언젠가 돌아올 거다."

그렇게 말해주자 포레는 깜짝 놀란 듯 눈을 깜빡거렸다.

"네프테로스가 그렇게 강해?"

"그럼! 라파엘, 예전에 녀석이 우리 성에 왔을 때 하늘에서 들어왔었지?"

"그래. 나의 왕의 망토를 돌려주러 왔다고 했지만 공교롭게도 부재중이라 홍차와 구운 과자를 대접했었지."

"음. 그 점이 바로 네프테로스의 대단한 점이야."

자간은 웃었다.

"과거에도 내 결계를 부순 녀석은 있었지. 용이나 성검이라면 온 힘을 다하면 부술 수 있으니까. 발바로스처럼 내 결계를 다시 그려서 빼앗은 놈도 있었지. 하지만 부수지도 않고 다시 그리지도 않고 **그대로 통과**한 마술사는 없었다."

"그대로 통과……?"

고개를 갸웃거리는 포레를 보고 자간이 물었다.

"그래, 포레. 너는 이 성의 결계를 하나도 부수지 않고, 감지당하지도 않은 채 옥좌까지 올 수 있어?"

"못 해."

전(前) 마왕 후보인 소녀는 바로 대답했다.

"그렇지. 그런데 네프테로스는 그걸 해낸 거다. 그런 일을 할 수 있는 마술사는 어디서도 본 적이 없어. 나는 재능이란 얼마나 효율적으로 노력할 수 있는지를 의미한다고 생각하는데, 녀석은 경탄할 만한 재능을 가지고 뼈를 깎는 노력을 해왔을 거다."

"……자간, 기뻐하는 것처럼 보여."

뺨을 부풀린 채 토라진 포레.

아무래도 자신도 칭찬해줬으면 하는 모양이다.

"그렇게 화내지 마. 용인 너라면 나와 네프테로스보다 훨씬 더 강해질 수 있잖아."

"……열심히 할게."

그렇게 말하며 딸의 머리를 쓰다듬어주자 웬일로 라파엘이 즐겁게 웃었다.

"기분이 좋아 보이는군, 라파엘."

"음? 이거 실례. 내게 아이가 있었다면 이런 광경을 좀 더 빨리 볼 수 있었을지도 모른다고 생각했더니 **무심코**."

예상 밖의 대답이었다.

"딱히 사과할 일은 아니다만, 네게는 가족이 없나?"

"벌써 이런 나이다. 게다가 유감스럽게도 나의 동반자가 될 만큼 취향이 특이한 사람은 만나지 못했다."

"그런가. 보는 눈이 없는 놈들만 있었던 모양이군."

그렇게 대꾸하자 라파엘의 눈이 동그래졌다. 그러더니 큰 소리로 웃었다.

"하하하하, 역시 나의 왕은 말하는 것도 다른걸. 나도 이곳의 생활이 의외로 마음에 든다. 쫓겨나지 않도록 슬슬 다시 일을 하러 가볼까."

쑥스러워서 그러는 걸까? 라파엘은 얼른 돌아섰다.

그리고 서고를 나가려다가 문득 걸음을 멈췄다.

"……아, 가족이라면 한 명 있었지."

"오? 흥미로운 얘기인걸. 말해봐."

자간이 재촉하자 라파엘은 겸연쩍은 듯 입을 열었다.

"혈육은 아니다. 어쩌다 우연히 주워서 한동안 돌봐줬던 소녀가 있었지. 지금 생각하면 가족이라고 부를 수 있는 사람이었을지도 모른다는 생각이 드는군."

옛날 생각을 하는 듯한 목소리에 자간도 창문 너머로 시선을 돌리며 중얼거렸다.

"너는 충분히 잘해주고 있다. 게다가 내가 없는 동안에도 계속 일했지. 휴가를 고려해보는 건 어떨까?"

공식적으로 라파엘은 죽은 것으로 되어 있다. 가족에게는 자신이 무사하다는 사실을 알려주는 게 좋지 않을까?

자간이 그렇게 제안하자 라파엘은 고개를 옆으로 흔들었다.

"난 추기경을 죽인 반역자다. 살아 있다는 사실이 알려지면 다른 쓸데없는 혐의까지 뒤집어쓰게 될 터. 이대로 만족한다."

"……그래."

그런 다음 어깨 너머로 돌아봤다.

"그래도 배려해줘서 고맙다, 나의 왕."

라파엘은 조용히 머리를 숙이더니 서고에서 모습을 감췄다.

——만나게 해주고 싶다고 생각하는 건 괜한 참견이겠지.

큐아노에이데스에서는 어느 정도 우호적인 관계를 쌓고 있지만 어차피 마술사와 교회는 적이다. 반공생파가 라파엘이 살아 있다는 사실을 알게 되면 그의 가족이 어떤 일을 당하게 될지 모른다. 하지만 그래도…….

——나는 녀석도 가족이라고 생각하고 있는 거겠지.

네피와 만나기 전까지는 '가족'이라는 개념조차 몰랐던 자간이지만 지금은 자신이 동료들에게 품고 있는 이 감정을 그렇게 부른다는 것 정도는 알고 있었다.

——꼭 해야 하는 일이 계속 늘어나기만 하는군.

하지만 그건 의외로 나쁘지 않은 기분이었다.

라파엘이 일을 하러 돌아가자 포레는 자간의 무릎에 오도카니 앉았다.

응석을 부리고 싶은 걸까. 이런 포레는 보기 드물다. 딱히 화낼 일도 아니라 자간도 양녀의 머리를 쓰다듬으며 계속 생각에 잠겨 있었다.

그러고 있는데 머지않아 포레가 머뭇머뭇 자간의 얼굴을 올려다보았다.

"자간. 있잖아……."

"응?"

부탁할 일이라도 있는지 신중한 목소리다. 하지만 말을 잇지 못하고 이내 입을 다물어버렸다.

——뭔가 중요한 일인 것 같군.

자간은 재촉하지 않고 딸이 입을 열기를 기다렸다. 포레는 결국 결심이 서지 않는 듯 어깨를 축 늘어뜨렸지만 곧 뭔가 생각난 것처럼 고개를 들었다.

"맞아. 자간, 이것 좀 읽어봐."

포레가 내민 것은 얇은 그림책이었다. 받아서 보니 페이지에는 커다란 그림이 그려져 있고 짧은 글이 곁들여져 있었다.

——그러고 보니 부랑아 시절에 어울리던 아이가 이런 그림책을 읽었었지…….

당시에 자간은 글을 읽지 못했기 때문에 연상의 아이가 소리를 내서 읽어줬다. 제목은『사과 공주와 일곱 드워프』였다.

자간의 입에서 흐음 하는 소리가 흘러나왔다.

"오, 꽤 오래된 그림책이군."

상당히 오래된 책인지 종이가 힘을 살짝 주기만 해도 찢어질 것 같았다. 그런데도 아직 읽을 수 있는 상태로 남아 있다는 것은 이 책의 주인이 꽤나 소중히 다뤘다는 뜻이리라.

이 책을 망가뜨리지 않고 읽으려면 엄청난 끈기가 필요할지도 모른다.

자간은 경계하듯 물었다.

"포레, 어디서 이런 걸 손에 넣었지?"

"고메리가 빌려줬어. 자간에게 읽어달라고 하라면서."

그 할망구가 이런 책을 가지고 있다는 것은 굉장히 의외였지만, 그 나이가 될 때까지도 소중히 간직했다는 것은 느낄 수 있었다.

이 성에 있는 사람들 중에서도 조금 이상한……, 아니, 많이 뒤틀린 성벽의 소유자지만 고메리는 마왕 후보에도 이름을 올린 마술사다. 그녀의 힘이라면 이렇게 오래된 책을 새것과 똑같은 상태로 보관하는 일 정도는 아무것도 아닐 텐데 마술을 사용한 흔적이 없었다.

즉, 그 할망구에게 그만큼 특별한 물건이라는 뜻이리라. 정신이 들고 보니 자간의 이마에는 땀까지 맺혀 있었다.

——에잇, 〈마왕〉이 고작 그림책 따위에 주눅이 들어서 어쩌자는 거냐!

자간은 포레를 무릎에 앉힌 채 첫 페이지를 펼쳤다.

"미리 말해두지만 나는 다른 사람에게 그림책 같은 걸 읽어준 적이 없다. 잘 읽을 거라는 기대 따위는 하지 마."

"응. 자간이 읽어준다면 괜찮아."

"흠, 그런 말도 할 수 있게 되었구나."

마치 강대한 숙적을 상대로 싸우는 것처럼 부녀가 마주 보고 웃고, 자간은 첫 번째 줄을 읽기 시작했다.

"자, 어디 보자——'아주 먼 옛날, 어느 마을에 할머니와 소녀가 살고 있었습니다. 소녀는 할머니의 심부름으로 혼자 숲에 과일을 따러…….'——이 노파는 제정신인가? 어린애를 혼자 숲에 보내다니, 그냥 죽으라는 말이잖아."

포레가 혼자 숲에 들어간다고 하면 자간도 걱정할 것이다. 이 아이가 용이고 전 마왕 후보인 마술사이자 큰 힘을 가지고 있다는 것은 상관없다.

자신들 마술사가 인의니 정의니 하는 것들과는 대척점에 있는 악당이라는 사실은 자각하고 있지만, 그런 마술사인 자간도 망설일 일을 이 노파는 이렇게 어린아이에게 태연하게, 그것도 친손녀에게 명령한 것이다. 냉혈한인가?

"자간, 이 숲에는 분명 마수나 도적떼가 없을 거야."

"적이 없더라도 길을 잃거나 다칠 수도 있잖아."

"……자간, 과잉보호."

딸의 말은 비수가 되어 가슴에 박혔지만, 자간은 마음을 다잡고 다음 이야기를 읽었다.

"'숲에서 과일을 찾고 있는데 늑대 한 마리가 말을 걸었습니다. 아가씨, 그런 과일보다 더 맛있는 게…….'——잠깐. 이 자식, 인간의 말을 하는 걸 보면 상당한 고위 마수잖아. 이제 이 아이는 죽었어."

"자간, 이야기가 계속 끊어지잖아……."

그럴 줄 알았다면서 손으로 얼굴을 덮는 자간을 보고 포레는 탄식했다.

그 후에도 몇 줄 읽을 때마다 자간이 불만을 토로하는 바람에 이야기는 통 진행되지 못했고, 결국 몇 시간이 지난 뒤에도 다 읽지 못했다.

그래도 마침내 이야기는 종반에 접어들었고, 주인공 소녀는 함께 모험을 한 기사와 서로에게 마음을 전했다.

——왠지 내 이야기를 쓴 것 같아서 부끄럽잖아…….

자간이 얼굴이 빨개져서 고백하는 부분을 다 읽자 소녀와 기사가 많은 사람들의 축복을 받으며 고향으로 돌아가는 페이지로 접어들었다.

"'여행을 하며 두 사람은 지금까지 만났던 모든 사람들에게 축복을 받고, 아름다운 옷과 보석, 한 번도 본 적 없는 진귀한 음식을 몇 번이나 대접받았습니다. 그럴 때마다 두 사람은 행복의 눈물을 흘리'……? 이해가 안 되는군. 밥이 맛있는 건 좋은 일이지만 어떻게 이렇게 행복한 거지?"

"자간도 모르겠어?"

"음. 적어도 나는 경험해본 적이 없군. 어떤 심리인지 상상이 안 돼."

네피가 직접 만든 요리를 처음 먹었을 때는 형용할 수 없는 행복감에 휩싸였다. 금품을 손에 넣는 것도 보통은 감사한 일이다. 옷도 좋은 게 있어서 나쁠 일은 없다.

하지만 금품이나 예쁜 옷을 입은 것 정도로 눈물을 흘릴 만큼 감동하나?

자간도 상당히 특수한 부류지만 포레도 사람들이 사는 마을에서 떨어진 비경(秘境)에서 살아온 어린 용이다. 인간 남녀의 사랑에 대해서는 아직 잘 몰랐다.

그때 포레가 깜짝 놀란 것처럼 입을 열었다.

"자간, 이건 혹시 데이트가 아닐까?"

그 단어에 자간이 눈을 가늘게 떴다.

"데이, 트……? 그게 뭐지? 먹는 거냐?"

한 번도 들어본 적 없는 단어지만 네피가 만들어주는 디저트와 비슷한 어감이었다. 고개를 갸웃거리자 포레는 차분한 얼굴로 고개를 흔들었다.

"아니야. **연인**이 된 남녀는 데이트를 하면 행복해진다고 고메리가 말했어."

"……, 사실이냐, 포레?"

"응."

자간은 신음했다.

딸에게 이상한 것 좀 가르쳐주지 말라고 하고 싶었지만 고메리가 그렇게 말했다면 분명 사실일 것이다. 그 노파는 '사랑하는' 것에 관해서는 이상한 정열을 가지고 있으니까.

다시 그림책을 봤다.

그림책에 그려진 두 사람은 분명 행복한 얼굴을 하고 있었다.

"그런데 구체적으로 어떤 부분에서 기쁨을 느끼는 거지?"

"글쎄……. 그렇지만 자간이 옷을 사준 건 나도 기뻤어."

"그런 거냐?"

"응."

맛있는 음식을 먹는 게 행복이라는 것은 의심의 여지가 없는 사실이지만, 적당한 옷을 장만하는 것에서도 동일한 충족감을 얻을 수 있다는 말인가.

──하지만 나 역시 네피나 포레가 귀여운 옷을 입고 있는 모습을 보는 건 즐겁단 말이지.

고메리만큼은 아니지만, 사랑하는 사람이 더 사랑스럽고 아름다워지는 건 기쁜 일이었다. 그렇다면 입고 있는 사람에게도 동일한 심리가 작용할지도 모른다.

즉, 이게 바로 자간이 어떤 단계를 빠뜨린 것처럼 느꼈던, 자신들에게 부족한 것의 정체가 아닐까.

"그렇군. 알아볼 가치는 있겠어."

마술 연구도 결국은 시행착오의 반복이다.

네피가 기뻐한다면 그 '데이트'라는 것에 대해 알아보는 것도 하나의 재미일 것이다. 기뻐하는 그녀를 보면 자간도 행복에 젖을 테니까.

그렇게 납득하고 있는데 포레가 가만히 올려다보고 있는 게 보였다.

"앗, 미안. 아직 끝까지 읽지 않았지."

"아냐. 재미있으니까 괜찮아."

결국 자간은 마지막까지 이래저래 끼어들어 참견을 해댔지만 해가 질 무렵에는 그럭저럭 그림책도 다 읽었다.

"'이렇게 해서 두 사람은 영원히 행복하게 살았습니다'――음. 납득이 가지 않는 부분이 여럿 있지만 이 녀석들의 적은 사라진 것 같군."

"응. 재미있었어."

포레는 별다른 표정 변화 없이 짝짝 박수를 쳤다.

자간은 겸연쩍은 듯 시선을 이리저리 돌리며 말했다.

"역시 내가 아니라 네피에게 읽어달라고 하는 게 낫지 않았나?"

다행히 포레도 즐거웠던 것 같지만 아무리 생각해도 자신은 아이에게 동화책을 읽어주는 일과는 맞지 않는다.

하지만 포레는 고개를 옆으로 휙휙 흔들었다.

“자간이 읽어주는 게 좋아.”

“그래……?”

“이렇게까지 그림책에 감정이입을 하는 사람은 아마 자간밖에 없을 거야.”

“……그거 칭찬인가?”

조금 복잡한 심정이었지만 사랑하는 딸은 만족스럽게 고개를 끄덕였다.

그제야 자간은 신경 쓰였던 점을 물었다.

“그나저나 정말 그림책만 읽어달라고 온 거야?”

아무래도 하고 싶은 말이 있는 것처럼 보였는데…….

포레는 그림책을 품에 안고 자간의 무릎에서 내려왔다.

“고메리에게 그림책을 돌려주고 올게. 지금쯤이면 돌아왔을 거야.”

“음. ……뭐, 일단 나도 고마워한다고 전해줘.”

“알았어.”

포레는 타다닥 달려가려다가 갑자기 걸음을 멈췄다.

“자간.”

“응?”

“그림책, 다음에 또 읽어줄 거지?”

포레가 지금처럼 뭔가를 해달라고 조르는 건 드문 일이다.

자간도 씁쓸하게 웃으며 고개를 끄덕였다.

“잘할 자신은 없지만 그래도 괜찮다면 얼마든지.”

그렇게 대답하자 역시 보기 드물게 환한 얼굴로 웃는 포레.

"고마워, 아빠."

자간의 눈이 휘둥그레졌다.

포레도 막상 말하고 나니 쑥스러운지 귀까지 새빨개져서는 서고에서 뛰어나갔다.

——다음에 마을에 가면 그림책이라도 좀 사줄까.

그때까지 동화책 읽어주는 연습도 좀 해두자고 다짐하는 자간이었다.

——더는, 못 움직이겠어…….

나무에 기댄 네프테로스는 결국 걸음을 멈췄다.

연일 신령 마법을 사용하고 식량은커녕 물도 구하지 못해서 마술로 몸을 치료할 수 있는 한계를 넘어섰다.

비프론스에게 발각당했던 숲에서는 멀리 떨어진 곳이지만 필사적으로 도망치느라 어디를 어떻게 도망쳤는지는 자신도 몰랐다. 도중에 몇 번이나 평야와 마을을 지나 여기가 어디 근방인지 짐작조차 가지 않았다.

이제는 어딘지도 모르는 곳에서 그 괴물에게 붙들려 잡아먹히는 일만 남았다.

흐릿해진 눈으로 올려다본 하늘은 짜증이 날만큼 어두컴컴하고 차가운 구름으로 뒤덮여 있었다.

——비프론스 님의 소유물인 내가 주인을 배신했으니 당연한 말로인가…….

배반한 것을 후회하지는 않는다.

그래도 누구든 좋으니 마지막 순간 정도는 함께 있어줄 사람이 있었으면 했다.

"하하……."

그런 생각을 하자 어째서인지 제일 먼저 머리에 떠오른 것은 네페리아의 얼굴이었다.

이런 때까지 나오다니, 정말 지긋지긋한 여자다.

그래도.

——내게 처음 손을 내밀어준 것도 그 녀석이었지…….

지금도 그 소녀가 밉다.

'진실'을 알게 된 네프테로스는 저주에 가까운 감정까지 품고 있었다. 그렇지만…….

——혼자라는 건 이렇게 외로운 거구나…….

네페리아와……, 아니, 그때의 작은 여자아이를 네페리아라고 인식해도 될지는 모르겠지만, 그녀를 비롯한 자칸 일행과 함께 보낸 것이 불과 며칠 전의 일이다.

긴 시간을 함께한 것도 아니다. 고작 사흘 정도다.

하지만 지금은 그 시간이 너무도 그리웠다.

의식이 희미해지는 네프테로스의 귀에 바스락거리는 소리가 들렸다.

——드디어 따라잡았군…….

금색 눈을 들어 쳐다보니 그곳에 있는 것은 비프론스가 보낸 괴물이 아니었다.

"——어이, 저기 쓰러져 있는 거 마술사 아닌가?"

나타난 것은 백은의 갑옷을 걸친 기사들이었다. 그 손에는 문장이 새겨진 검이 쥐어져 있었다.

교회의 성기사다. 그들이 마술사를 '악'이라 부르고 그 악을 죽이는 일에서 삶의 보람을 느끼는 사람들이라는 것 정도는 네프테로스도 알고 있었다.

——하필이면 마지막 순간에 성기사의 손에 죽다니…….

그렇지만 생각지도 못한 괴물에게 죽는 것보다는 나을 것 같다.

어차피 노려볼 기력도 남아 있지 않았다. 네프테로스는 수마에 몸을 맡기듯 눈을 감는데…….

"——정신 차려. 물이다. 마시겠나?"

성기사들은 검을 휘두르지 않고 오히려 네프테로스를 구해주려는 것처럼 안고 있었다.

"……?"

영문을 몰라서 당황하는 네프테로스에게 성기사가 물통을 내밀었다.

——물……!

떨리는 손으로 물통을 잡은 네프테로스는 허겁지겁 입을 가져다 댔다.

바짝 마른 목을 적신 차가운 물은 타는 듯한 고통을 동반했다.

"쿨럭, 쿨럭."

잘 마시지 못해서 기침을 하는 바람에 갈색 피부에 물이 뚝뚝 떨어졌다.

성기사는 그렇게 한심한 모습을 보고도 웃지 않고 위로하듯 말했다.

"괜찮아. 진정하고 마셔."

목의 통증이 가시자 그제야 네프테로스는 중얼거렸다.

"성기사가, 어째서……?"

그 말에 성기사는 의아한 표정을 지었다.

"우리는 이 숲을 순회하고 있다."

"그게, 아니라……."

성기사는 마술사를 눈엣가시처럼 여긴다.

그제야 네프테로스가 무슨 말을 하려는지 깨닫고 성기사가 쾌활하게 웃었다.

"그쪽이 누구인지는 모르지만 다친 여자가 쓰러져 있는 걸 보고도 무시할 만큼 쓰레기는 아니거든."

쉽게 믿기 힘든 말이었다.

멍하게 있자 다른 성기사가 말했다.

"상당히 쇠약해져 있는 것 같군. 이야기는 나중에 하고 일단 본부로 데리고 돌아가서 치료를 하는 게 좋지 않을까?"

"그래. **마수를 봤다**는 보고도 있으니까."

마수——그게 자신의 뒤를 쫓는 키메라를 가리키는 말이라는 것을 직감한 네프테로스의 눈이 커다래졌다.

키메라는 네프테로스의 뒤를 쫓고 있다. 당연히 이 숲에도 들어왔을 것이다.

"어서 도망쳐……. 그 녀석이, 와."

"걱정하지 마. 마수 따위에게 당할 우리가——."

성기사의 말은 갑자기 들려온 기괴한 울음소리에 지워졌다.

숲의 수풀을 헤치고, 무수한 팔다리를 가진 그 괴물이 모습을 드러냈다.

"헉, 뭐야, 이 무섭게 생긴 괴물은!"

괴물이 노리고 있는 건 네프테로스다.

성기사가 검을 뽑아 들기도 전에 괴물은 성기사와 네프테로스를 한꺼번에 때려눕히려고 팔을 휘둘렀다.

"으윽!"

성기사의 팔이 지푸라기처럼 부러졌다.

그래도 성기사는 살아 있었다.

그리고 검을 뽑기를 포기하고 네프테로스를 안아 든 채 재빨리 뒤로 물러났다. 그것만 봐도 이 성기사 역시 제법 실력이 있는 자라는 것을 알 수 있었다.

그렇지만 이젠 싸우지 못한다.

다른 성기사들이 검을 들고 괴물을 향해 휘둘렀다.

"리처드! 그 녀석을 데리고 도망쳐. 본부에 응원군을 요청하고 와!"

"크……. 미안하지만 여긴 너희들에게 맡기마."

한 팔이 부러진 성기사도 이미 자신은 짐만 된다는 사실을 자각한 것이리라. 네프테로스를 안아 일으키더니 자신의 말에 태웠다. 그리고 자신도 말에 올라타려고 했다.

——'마신'의 조각까지 넣은 키메라를 평범한 성기사가 이길 수 있을 리 없어.

고작해야 몇 분. 전원 고깃덩이로 변할 뿐이다.

그래도 예기치 못하게 나타난 구원의 손길이다.

——이 녀석들을 방패 삼아 도망치면…….

불과 몇 분이라도 말을 타고 도망치면 체력을 회복할 시간을 벌 수 있다. 시간과 체력이 있으면 저 괴물을 죽이지는 못하더라도 봉인할 방법은 찾을 수 있을 것이다.

분명, 그렇겠지만——

"어이, 아가씨!"

"어서 가. 저건, 나를 쫓아온 거야."

성기사의 팔에서 빠져나온 네프테로스는 말의 엉덩이를 때려 출발시켰다.

왜 자신을 도와주려는 손길을 스스로 뿌리쳤는지는 네프테로스도 알 수 없었다.

그저 비프론스와 똑같은 짓은 하고 싶지 않다는 고집 같은 것이었는지도 모른다.

——그래도 저런 것의 손에 죽는 건 나 혼자만으로도 충분해.

그러니 싸울 것이다.

네프테로스가 말에서 내리는 사이에 성기사 한 명이 이미 쓰러졌다. 괴물의 팔을 피하지 못한 것이리라. 바닥에 팔다리를 뻗고 쓰러진 채 꿈쩍도 하지 않았다.

쓰러진 기사와 말에 태워 보낸 성기사를 제외하면 남은 건 네 명이다.

그 네 성기사들을 향해 괴물의 팔다리가 다가갔다.

「——달의 어금니——.」

손으로 대지를 짚고 신령 언어를 외우자 땅을 가르는 것처럼 수정의 칼날이 튀어나왔다.

수정의 칼날은 성기사들을 지키듯 괴물의 팔다리에 박혔다.

그와 동시에 강렬한 현기증이 엄습해서 더 이상 서 있을 수가 없었다.

——고작 물 한 모금에 그 정도로 회복할 수 있을 리, 없나…….

이미 일어나지도 못하는 상태였지만 네프테로스는 거칠게 외쳤다.

"당신들도, 어서 도망쳐! 이 녀석은, 불사신이야. 죽일 수 없어!"

괴물의 압도적인 힘은 이미 알고 있을 터.

그런데도 성기사들은 검을 고쳐 쥐고 괴물과 마주하고 섰다.

"그럴 수는 없다. 이 녀석이 마을로 침입하면 얼마나 많은 희생자가 나올지 몰라. 게다가 우리가 지켜야 하는 사람이 맞서 싸우고 있는데 성기사인 우리가 도망칠 수야 없지."

그것은 이미 죽음을 각오한 사람의 얼굴이었다.

——왜? 도망치게 해주겠다니까!

승산 따위는 없는데도 성기사들은 괴물과 맞서 싸우려 했다.

도와주기 위해 팔을 뻗었지만 네프테로스의 부름에도 신령 마법은 응답하지 않았다. 이제 마력이 전혀 남아 있지 않은 것이다.

또 한 성기사가 몸통이 꿰뚫려 쓰러졌다.

"제발, 도망쳐……."

몸통이 꿰뚫린 성기사를 구하기 위해 다른 성기사가 괴물의 팔을 베었지만 그 검은 허망하게 부서졌다.

무기를 잃고 경직된 순간에 괴물의 발에 짓밟혀 피가 솟구쳤다.

"도망치라고, 했잖아!"

네프테로스의 절규가 들리지 않았을 리 없다.

그런데도 성기사들은 굴하지 않고 검을 계속 휘둘렀다.

"응원군이 올 때까지 버티는 거다! 반드시, 그분이 와주실 거야!"

그렇게 외친 성기사가 괴물에게 맞아 허공을 날아가더니 나무 줄기에 부딪쳐 그대로 움직이지 않게 되었다.

그런 괴물의 팔을 빠져나온 성기사 한 명이 괴물의 머리 위로 올라갔다.

"우오오오오, 죽어라, 이 괴물아!"

그 검은 괴물의 머리를 노렸지만 가르지는 못했다.

"이 놈, 이 놈이이이이이익!"

괴물이 입을 크게 벌려서 성기사의 몸을 절반 물어뜯자 그대로 목숨이 끊어졌다.

그리고 괴물은 성기사들을 걷어차더니 마침내 네프테로스를 향해 돌아섰다.

계속 고함을 지르느라 목이 쉬어서 신령 언어를 읊조릴 수도 없었다.

최소한의 저항으로 노려보자 괴물은 이형의 팔을 내리쳤다.

"피해!"

그렇게 외친 것은 제일 처음에 쓰러졌던 성기사였다.

아직은 몸을 움직일 수 있는 정도의 부상이었는지 옆에서 네프테로스를 밀어냈다.

그리고 방금 전까지 네프테로스가 웅크리고 있던 곳에서 피가 튀었다.

자신을 구해준 성기사가 어떤 얼굴을 하고 있었는지조차 확인할 수 없었다.

“어째, 서…….”

그대로 죽은 척하고 있었으면 적어도 방금 그 성기사는 죽지 않았을 것이다. 살아남을 수 있었을 텐데 어째서 스스로 그런 짓을 한 걸까.

어느새 네프테로스의 뺨은 눈물로 젖어 있었다.

――나만 죽이면, 되잖아…….

그런데 왜 자신을 도와준 것 말고는 아무 잘못도 하지 않은 성기사들까지 죽이는 거지?

왜 이름도 모르는 사람의 죽음이 이렇게 가슴 아픈 거지?

“언제까지, 이런 일이, 계속되는 거야…….”

이젠 지쳤다.

차라리 죽고 싶다.

그렇게 체념하려고 했지만 분해서 참을 수가 없었다.

신령 마법은 더 이상 사용하지 못한다. 마술도 마찬가지다. 자신에게는 아무 힘도 남아 있지 않다.

자신의 감정조차 알 수 없어진 네프테로스는 그럼에도 외쳤다.

“너 같은 놈에게 죽을까 보냐!”

그 외침은 숲 속에 허망하게 울려 퍼졌다.

괴물은 네프테로스를 물어뜯으려고 그 입을 크게 벌렸다.

그런 괴물의 얼굴을——빛이 가로질렀다.

"엇……?"

얼빠진 소리를 내는 네프테로스를 가볍게 안아 든 팔이 있었다.

"……늦어서 미안."

낯익은 목소리였다.

분명 낯익었지만, 이렇게나 듬직하게 느껴진 적은 없었던 목소리였다.

"부하들의 복수다. 성기사장 샤스틸 릴키비스트. 간다!"

어디로 향하는지도 모른 채 미친 듯이 도망치던 네프테로스는 어느새 큐아노에이데스——〈마왕〉 자간이 지배하는 땅으로 들어온 모양이었다.

마치 동화 속 용사처럼 그 소녀는 네프테로스의 앞에 섰다.

조금도 믿음직스럽지 않았던 소녀였음에도 네프테로스는 이제 살았다는 생각이 들었다.

◇

엘프의 숨겨진 마을에서 모습을 감춘 네프테로스가 왜 이곳에 있는 걸까. 〈마왕〉 다음으로 강한 그녀가 어째서 이렇게 궁지에 몰린 걸까.

궁금한 건 산더미처럼 많지만 샤스틸이 제일 먼저 한 일은 네프테로스를 안아주는 것이었다.

——이 아이가 그렇게 울 줄은 몰랐어.

반드시 지켜주겠다고 굳게 결심했다.

그리고 재빨리 주위를 둘러보고 입술을 깨물었다.

이곳은 큐아노에이데스 교외에 있는 숲이다.

자간의 성이 있는 미혹의 숲과는 다른 곳이지만, 이곳은 마수 같은 위험한 생물이 서식하지 않기 때문에 상인이나 여행자들이 다니는 길로 사용되고 있다. 하지만 가끔 강도들이 나타나기도 해서 교회의 성기사들이 순찰을 하고 있었다.

그렇게 순찰을 하던 성기사들이 마수와 맞닥뜨린 것이다.

여섯 명이 작은 조를 이루고 있던 성기사들은 응원군을 요청하러 온 한 명을 제외하고 모두 쓰러져 있었다. 그 대부분이 이미 숨이 끊어졌다는 것을 한눈에 알아볼 수 있었다.

그런 짓을 한 놈은 마수라기보다는 마술로 합성한 생물인 것 같았다.

누더기 같은 로브를 걸치고 있지만, 샤스틸은 말할 것도 없고 다른 성기사들도 올려다봐야 할 정도로 거구다. 로브로 다 덮지 못한 손발이 **무수히** 많이 튀어나와 있는데, 거미 같은 곤충이 아니라 누가 봐도 분명 인간의 손발이었다.

생물적인 혐오감이 치솟아 구역질이 났다.

그리고 그 이상으로 피가 끓어오르는 듯한 분노가 솟아올랐다.

샤스틸은 함께 데리고 온 성기사들에게 말했다.

"리처드는 저 아이를 부탁한다. 창천의 세 기사는 나를 따르도록. 이 괴물의 숨통을 끊어놓는 거다!"

"""""넷!"""""

뛰쳐나가려고 하는데 네프테로스가 날카롭게 외쳤다.

"어서 피해, 샤스틸!"

고개를 들자 분명 두동강이 났던 괴물의 머리가 재생해서 빛이 모이고 있었다.

——뭔가를 발사할 생각인가!

반사적으로 피하려다가 자신의 뒤에 네프테로스가 있다는 사실을 떠올렸다. 샤스틸이 피하면 그녀는 죽는다.

——그렇다면 여기서 끝장을 내자!

그렇게 판단했을 때, 샤스틸은 이미 등에 찬 성검을 빼 들고 있었다.

"빛나라——성검 〈아즈라엘〉!"

샤스틸의 부름에 성검이 빛을 발했다.

그 직후, 괴물의 머리에서도 마력의 열선이 방출되었다.

라파엘의 〈메타트론〉이 불을 다루는 것처럼 〈아즈라엘〉의 힘은 빛이다. 성검의 빛은 괴물의 열선을 정면으로 받아서 그것을 양단했다.

이윽고 숨이 막힐 듯한 열선이 사라지고 난 자리에는 시원한 바람이 불고 있었다.

〈아즈라엘〉이 열까지 베어버린 것이다.

괴물은 성검을 위협적이라고 판단했는지 몇 개나 되는 팔다리를 지면에 붙이고 몸을 숙이더니 뒤로 크게 도약했다.

언뜻 봐도 몇 백 킬로그램은 나갈 것 같은 거구가 가볍게 허공을 날았다.

——저 몸놀림, 제법 귀찮겠는걸.

아무리 괴물의 모습이라고 해도 저렇게 가느다란 팔다리로 그 무게를 감당할 수 있을 리가 없다. 마술이나 그에 준하는 힘으로 몸을 지탱하고 있는 것이다.

그렇다면 마술을 사용할 가능성도 있다. 거리가 벌어지면 불리하다.

샤스틸은 냉정하게 관찰하고 지시를 내렸다.

"세 기사들, 녀석의 다리 수를 줄이도록!"

"""""넷!"""""

우선 큰 방패를 든 성기사 라이언이 돌격했다.

괴물은 팔 하나를 치켜들더니 라이언을 후려치려고 내리찍었다. 얼핏 보기에는 연약할 것 같지만 자간의 주먹을 연상시키는 파괴력이 느껴졌다.

"가소롭군!"

라이언은 그 팔을 정면으로 받아내더니 손목을 돌려 방패를 몸 바깥쪽으로 돌렸다.

괴물의 공격을 가볍게 받아넘긴 것이다.

일격이 헛수고로 끝나고 괴물은 순간적으로 빈틈을 보였다.

라이언은 그 틈을 놓치지 않고 방패를 들고 몸을 직접 부딪쳤다.

실드 배시의 일격에 괴물의 거구가 크게 기울어졌다.

"지금이다! 해치워, 토레스, 알프레드!"

"""네!"""

라이언의 뒤에는 이미 창을 든 토레스와 장검을 든 알프레드가 달려와 있었다.

그들이 괴물이 비틀거리는 틈을 놓치지 않고 그 팔다리를 절단했다.

샤스틸이 지시를 내린지 불과 10초도 지나지 않아 괴물은 기동력을 잃고 그 자리에 멈추고 말았다.

예전부터, 아니, 벌써 몇 번이나 자간에게 무시당했던 그들이지만 일반적인 싸움이라면 이 정도는 아무것도 아니다. 그저 자간이 너무 강한 것이다.

"잘했다! 마지막이다――〈아즈라엘〉!"

샤스틸도 다시 성검에 빛을 모아 뒤를 따랐다.

똑바로 내려치는 성검으로 안면을 베고, 검을 거두는 것과 동시에 몸통을 가른다. 연속 공격은 그것으로 끝나지 않았다. 목을 옆으로 벤 다음 어깨에서 몸통으로, 몸통에서 다리로, 잘려 날아간 팔다리를, 거대하기 그지없는 몸뚱어리를 다시 한 번 더 일섬.

보통 사람의 눈에는 눈 깜짝할 사이에 빛이 번뜩인 것처럼 보였으리라. 샤스틸은 순식간에 10여 번에 달하는 참격을 휘둘렀다.

"성공이다!"

성기사 중 한 명이 쾌재를 불렀다.

하지만 샤스틸의 얼굴에 승리의 여유는 없었다.

——뭐지, 이 느낌은……?

검으로 베었다는 감각이 전혀 느껴지지 않았다.

성검이 워낙 날카롭기 때문에 물을 벤 듯한 감각에 사로잡힐 때는 있다.

그렇지만 지금은 그런 감촉도 아니었다.

샤스틸은 외쳤다.

"아직 멀었다! 방심하지 마!"

역시나 샤스틸이 고함을 지름과 동시에 괴물의 몸에서 무수한 팔다리가 다시 튀어나왔다.

우득 하고 자신의 관절이 부서지는 것도 개의치 않고 꺼낸 팔다리는 샤스틸뿐만 아니라 괴물로부터 떨어져 있는 세 기사들에게까지 뻗어 갔다.

"으아앗!"

"이, 이건!"

샤스틸의 목소리에 반응했던 세 기사는 자력으로 그 공격을 피했다.

그러나 가까운 거리에서 공격을 받은 샤스틸은 그러지 못했다.

"으으읏……!"

다시 빛의 검을 휘둘렀지만 베자마자 다른 팔다리가 뻗어 왔다.

——이래선, 끝이 없어……!

열두 명의 성기사장 중에서도 가장 빠른 것으로 유명한 샤스틸을 상회하는 '수'의 공격.

결국 미처 다 처리하지 못한 팔의 일격에 샤스틸은 텅 빈 몸통을 노출시키고 말았다.

——아뿔싸!

몸을 잔뜩 움츠렸을 때였다.

「——달의 어금니——.」

당장이라도 꺼질 것 같은 목소리.

하지만 그 목소리에 성검이 눈부신 빛을 발했다.

그리고 그 끝에서 무지개빛 수정이 산탄처럼 쏟아져 나왔다.

——뭐지, 이 힘은?

성검 자체의 힘은 아니다. 샤스틸을 붙잡았다고 생각했던 괴물의 팔도 비처럼 쏟아지는 수정에 맞아 부서졌다.

「끼아아아아아아아아아아악!」

괴물이 절규했다.

그리고 겁에 질린 것처럼 샤스틸로부터 떨어지더니 쉬쉬쉭 하는 소름 끼치는 소리를 내며 숲 속으로 사라졌다.

괴물의 기척이 완전히 사라진 것을 확인한 샤스틸은 그제야 검을 내렸다.

"도망쳤다……. 아니, 놓아준 셈인가?"

그런 다음 네프테로스를 돌아봤다.

——그녀가, 도와준 거겠지……?

성검에서 나온 수정의 일격은 네프테로스의 장기인 신령 마법과 아주 비슷했다.

하지만 물어볼 기회는 없었다.

"네프테로스!"

다크 엘프 소녀는 이미 의식을 잃었는지 바닥에 쓰러져 있었다.

서둘러 안아서 일으킨 샤스틸의 얼굴이 굳었다.

"열이 심해. 몸도 많이 쇠약해졌고. 서둘러서 치료를 하지 않으면……."

쌔액 쌔액 거친 숨을 몰아쉬는 네프테로스는 이미 거의 의식을 잃은 상태였다.

——이 아이가 이 정도로 궁지에 몰리다니…….

샤스틸이 아는 한, 자간 같은 〈마왕〉을 제외하면 네프테로스는 견줄 자가 없을 정도로 강력한 마술사다. 하이 엘프의 마력을 가지고 있고, 신령 마법과 고도의 마술을 다루며, 적에게는 자비를 베풀지 않는다. 단순한 전투력만 보면 네피도 능가할 것이다.

샤스틸은 성기사들에게 말했다.

"세 기사들은 키메라의 추적을. ……그리고 생존자를 치료하도록."

안타깝게도 전사자까지 수습하기엔 사람이 부족하다.

샤스틸이 명령하지 않아도 세 기사들은 이미 쓰러진 기사들을 치료하고 있었다. 방패의 라이언과 장검의 알프레드가 일어났다.

"저와 라이언이 괴물을 추적하겠습니다!"

목소리는 패기로 넘쳤지만 그 표정은 고통스러워 보였다.

부상자를 치료하고 있던 토레스가 불안해하며 말했다.

"어제 모습을 보이지 않았던 신입과 방금 그 괴물. 아무 관계도 없는 걸까요……?"

그랬다. 어제 도착하기로 했던 사제는 결국 나타나지 않았다.

교회 본부에 문의는 넣어뒀지만 아직까지 답신은 없었다. 그리고 파견처인 교회에서 큐아노에이데스로 오려면 이 길을 지나야만 한다.

――방금 그 괴물의 습격을 받았다고 생각하고 싶지는 않은데…….

벌써 몇 명이나 되는 성기사들이 희생되었다.

희생자가 더 있다는 생각은 하고 싶지 않았다.

샤스틸은 알프레드와 라이언이 괴물의 뒤를 쫓아 달려가는 걸 보고 난 후 발치에 있는 그림자를 향해 말했다.

"발바로스, 거기 있지?"

그러자 발밑에 있는 샤스틸의 그림자가 꿈틀거렸다. 그리고 그곳에서 귀찮아 죽겠다는 듯한 목소리가 들려왔다.

「아앙? 무슨 일인데 그래?」

"자간에게 연락 좀 해줘. 방금 그 괴물은 키메라였어. 범인이 누구인지는 모르지만 마술사가 관련되어 있는 건 분명해."

그렇게 부탁하자 그림자 속에서 음울해 보이는 얼굴이 슥 기어나왔다.

오늘도 눈 주위의 다크 서클이 진한 것이 빈말로도 착한 사람으로 보이는 얼굴은 아니다. 그래도 예전에는 마왕 후보 중 한 명으로 꼽히기도 했던 마술사인데, 무슨 일이 있었는지 지금은 샤스틸의 호위 비슷한 일을 해주고 있었다.

발바로스는 언짢은 얼굴로 샤스틸을 노려봤다.

"어이, 자간에게 널 지켜주라는 부탁을 받기는 했지만 네 하인이 된 기억은 없는데?"

뭐, 이런 게 바로 마술사라는 자들이다.

그가 샤스틸을 지켜주고 있는 것도 자간의 명령이자 보수까지 받고 있기 때문이다. 이득 될 것이 하나 없는데 샤스틸의 부탁을 들어줄 이유가 없다.

"그래도 부탁해. 일각을 다투는 일인 것 같은 느낌이 들어. 내가 할 수 있는 일이라면 나중에 뭐든 해줄 테니, 부탁할게."

샤스틸이 머리를 숙이자 발바로스의 눈이 동그래졌다.

그러더니 혀를 찼다.

"쳇, 하여간에 마음에 안 들어. ……그래도 뭐, 자간만큼은 아니어도 교회에 은혜 하나 정도 베풀어주는 것도 나쁘지는 않을지도 모르지."

"고마워. 이 은혜는 꼭 갚을게."

이런 상황에서도 샤스틸이 웃으며 고맙다고 하자 발바로스의 눈이 다시 한 번 동그래졌다. 그러더니 고개를 돌리고 다시 혀를 찼다.

"……역시 지금의 넌 마음에 안 들어."

"……? 내가 신경에 거슬리는 말이라도 했나?"

발바로스는 얼굴을 찌푸리기만 할 뿐 아무 대답도 하지 않았다.

그 대신 정신을 잃은 네프테로스를 쳐다봤다.

"그래서? 키메라에 대한 것만 전해주면 되는 거냐?"

"음, 네프테로스에 대해서도 전해줘. 자간이 보호해주는 게 안전하겠지만 네피와의 문제도 있으니까. 일단 보고라는 형태로 전해두는 게 좋겠지."

엘프의 숨겨진 마을에서는 사이좋게 지내는 것처럼 보였지만, 그때는 네피가 저주에 걸려 어린아이로 변했었다. 지금은 어떨지 모른다.

——이렇게 심하게 다쳤는데 마음고생이 늘어날 곳으로 데리고 가는 건 조금 고민해봐야겠지.

발바로스는 그 말을 어떻게 받아들인 건지 어깨를 으쓱였다.

"네, 네, 그럼 얼른 다녀——아야야!"

발바로스가 그림자 속으로 들어가려고 하자 가냘픈 손이 그의 머리카락을 잡았다.

"잠깐……, 기다려……. 그에게는, 알리지, 마……."

"네프테로스?"

언제 의식을 되찾았는지 다크 엘프 소녀는 잠꼬대를 하는 것처럼 말했다.

"하지만……."

"부탁, 이야……. 그 녀석에게……, 네페리아에게, 이런 모습, 보이고 싶지, 않아……."

"알겠으니까 이것 좀 놔!"

지난번 일로 조금은 사이가 좋아진 줄 알았는데 네프테로스와 네피 사이에는 여전히 응어리가 남아 있는 모양이다.

소리를 질러대는 발바로스에게 샤스틸은 어쩔 수 없다는 듯이 말했다.

"알았어. 발바로스, 자간에게는 키메라에 대한 것만 전해줘. ……그러니까 네프테로스, 이제 그 녀석을 놔주지 않겠어?"

하지만 네프테로스는 발바로스의 머리카락을 잡은 채 다시 정신을 잃은 모양이라 그 손에서 머리카락을 빼내는 데만도 꽤 시간이 걸렸다.

이때 샤스틸은……, 아니, 당사자인 네프테로스조차 몰랐다.

이미 네프테로스에게는, 설령 목숨을 건다고 해도 신령 마법을 사용할 힘이 남아 있지 않았다는 것을.

◇

같은 시각. 마을 외곽에서 그런 사건이 일어났다는 사실을 알 리 없는 자간은 큐아노에이데스에 나와 있었다.

웬일로 네피와 포레도 없이 혼자였다.

"……음? 무슨 사건이라도 있었나?"

큐아노에이데스는 성기사들의 마을이기도 하다. 소동을 일으킨 건달과 성기사가 입씨름을 하는 광경은 일상다반사다.

그런데 오늘은 평소와 달리 긴장된 표정의 성기사들이 몇 무리나 말을 타고 달리고 있었다.

그 모습을 보고 불길한 기운을 느낀 것은 자간만이 아닌지 주민들도 불안한 얼굴로 바라보고 있었다. 아직 구체적인 소문이 돈 것은 아니지만 맑은 물에 먹물을 떨어뜨린 것처럼 불길한 분위기가 퍼지고 있었다.

——이 분위기는 네피와 처음 만난 날이 떠오르는군.

자간이 악우 발바로스와 함께 경매장에 왔을 무렵, 이 마을은 소녀만 노린 납치 사건이 일어나서 삼엄한 분위기에 휩싸여 있었다. 참고로 자간도 범인 중 한 명으로 의심을 받는 바람에 엉뚱한 살기를 맛봐야만 했다.

다만 그때와 달리 자간에게 터무니없는 적의를 보이는 일은 없었다.

그리고 길을 가는 사람들의 옷차림도 바뀌어 있었다. 4개월 전에는 팔이 드러난 가벼운 옷을 입은 사람들이 많았지만, 지금은 모두 따뜻해 보이는 외투를 걸치고 있었다. 목에는 부드러운 머플러를 두르고 손에도 장갑을 끼고 있었다.

이제 슬슬 이 주변에도 눈이 내릴 계절이다.

자간도 쌀쌀한 느낌에 마술로 체온을 올렸다. 좀 더 본격적으로 추워지면 주위에 마력의 불씨나 사역마를 거느리고 다녀야만 할 것이다.

마을 사람들처럼 방한구를 갖추는 게 더 편할지도 모르지만, 마술로 대충 해결할 수 있기 때문에 매년 이렇게 겨울을 보내고 있었다.

——포레는 괜찮겠지만 네피에게는 방한 마술을 가르쳐주는 게 좋겠지.

하지만 추위를 막아도 불온한 분위기는 사라지지 않는다.

현재 이 마을에서 성기사와 교회를 이끌고 있는 건 샤스틸이다.

"……뭐, 혼자 감당하기 힘들면 말하겠지."

그녀에게는 발바로스를 붙여뒀다. 만일의 경우가 생기더라도 목숨은 건질 수 있을 테고, 직무를 수행 중일 때의 샤스틸은 그 정도로 궁지에 몰릴 때까지 아무런 방법도 강구하지 않을 만큼 무능하지 않다.

……물론 사생활에서는 꼭 그렇지만도 않지만.

——일단 난 내 할 일이나 해볼까.

자간이 이 마을에 온 이유는 간단명료하다.

"자, 데이트라는 건 거리를 걷는 거라고 하는데 어디를 걸으면 즐거울까?"

요컨대, 데이트 사전 조사를 하기 위해 온 것이다.

포레가 들고 온 그림책 덕분에 연인들은 데이트를 한다는 사실을 알게 되었는데, 지금까지 전혀 몰랐던 개념이었다.

네피도 그쪽 방면의 지식에 대해서는 어두운 것 같았다. 이 문제는 자간이 어떻게든 해야 한다.

그러나 이내 난관에 부딪쳤다.

——옷 가게라고는 마뉴엘라의 가게밖에 모르잖아!

자간도 옷에 대한 건 아무것도 모르기 때문에 늘 잘 아는 점원에게 맡기고 있는데, 그 여자는 툭하면 네피를 인형 삼아 이것저것 입히려고 들었다.

덕분에 데이트라는 것을 하면서 들어가도 되는 가게인지 심히 의심스러웠다.

일단은 주위에 있는 남녀 커플들이 어떤 가게에 들어가는지 살펴——시선을 받은 커플은 겁에 질려 사색이 되었지만——보았다. 그들이 노점에서 과일을 사서 그걸 먹으며 걷는 모습을 보고 자간도 먹음직스러운 사과 한 알을 사보았다.

——음, 네피와 사과를 먹으며 걸어보는 것도 나쁘지 않을 것 같군.

그런 생각을 하며 다시 걸으려다가 걸음을 멈췄다.

"……어디서 싸우고 있는 것 같은데."

이곳은 번화가이고 무슨 사건이 있었던 듯한 분위기이니 소란스러운 것은 당연했지만, 그 와중에 말다툼을 하는 것 같은 목소리가 들려왔다.

주위를 둘러봐도 딱히 싸우는 듯한 모습은 보이지 않았다. 아니, 그 이전에 지나가는 사람들도 싸우는 소리를 듣지 못한 눈치였다.

마술사의 강화된 청각 덕분에 들린 걸까.

걸음을 멈춘 김에 귀를 기울여 목소리에 집중해보았다.

「——잘도 도망갔겠다——사람 귀찮게 하고 말이야——왜 이런——네가 무슨 짓을 했는지——어서 데리고 가자——이 녀석은 비싸게 팔릴 거다——.」

한쪽은 굵은 남자 목소리로 상대를 협박하고 있었다. 다른 한쪽은 젊은 여자 목소리였는데 떨면서도 필사적으로 무언가를 호소하고 있는 것 같았다.

단편적으로 들리는 단어로 추측하건대, 노예 상인이 **상품**과 옥신각신하고 있는 건가?

——자, 어쩔까.

성기사들과는 관계가 없는 것 같아 자간은 망설였다.

노예상은 정당한 장사이고, 노예를 그 신분에서 해방시켜주는 것이 반드시 도움이 된다고만은 볼 수 없기 때문이다.

우선 노예를 사려면 돈이 든다. 돈이 들기 때문에 파는 입장에서도 좋은 상태——최소한의 식사와 옷을 제공해서 건강한 상태를 갖추고 나서 팔려고 한다. 노예는 팔리기 전까지는 목숨을 보장 받고, 사는 사람도 그렇게 비싼 돈을 주고 산 노예를 적당히 쓰다 버리지는 않는다.

과거의 네피가 좋은 예다.

본인이 저항하지 않기도 했지만, 네피에게는 먹을 것도 주어졌고 옷차림도 단정했다. 그렇게 아름다운 미모를 가졌으면서 몸을 더럽히는 일도 없었다.

물론 거기에 인권은 없으며 학대 받고 있다는 사실 역시 변함이 없을지도 모른다. 덧붙여 말하자면 파는 쪽도 사는 쪽도 쓰레기지만, 그래도 목숨을 부지할 수는 있다.

이 세상에는 훨씬 더 시답잖은 이유로 죽임을 당하는 인간이 수없이 많이 있다. 개중에는 먹을 입을 줄이려고 죽임을 당하는 것보다는 나을 거라며 팔려온 아이도 있을 것이다.

노예 시장이 없어지면 노예들은 자유와 존엄을 얻게 되지만 없으면 없는 대로 죽어가는 사람도 늘어날 터.

노예 제도를 긍정적으로 봐야 하냐고 물으면 자간 역시 고개를 갸우뚱거리겠지만, 살기 위해 마술에 손을 담그고 원하는 것을 빼앗으며 생명을 아무렇지도 않게 생각하는 자신들 마술사가 그 제도를 비난할 입장도 아니라고 생각했다.

——아, 그래도 네피와 포레가 납치당한다면 역시 그놈은 죽이겠지.

특별히 정의감에 눈을 뜬 건 아니지만 신경은 쓰였다.

자간은 방향을 바꿔 목소리가 들리는 쪽으로 향했다.

뒷골목에서 실랑이를 벌이고 있는 것 같았다.

번화가라고 해도 조금만 벗어나면 인기척이 없고 조용한 작은 길이 몇 개나 뻗어 있다. 자간도 부랑아 시절에는 그런 곳을 주거지로 삼고 있었기 때문에 익숙한 분위기이기도 했다.

소동의 근원은 금방 찾을 수 있었다.

"——이 아이는 절대 넘겨줄 수 없어요!"

"……!……."

자매인가.

그곳에는 두 명의 수인족 소녀가 웅크리고 있었고, 맞은편에는 개의 머리를 가진 남자들——코볼트 네 명 정도가 앞을 가로막고 서 있었다. 코볼트 중 한 명이 한쪽 팔을 누르고 있는 걸 보니 소녀들의 저항으로 반격을 당해 흥분을 한 것 같았다.

코볼트 중 한 명이 나이프를 꺼냈다.

"이 계집애가 어디서 건방지게 굴어!"

"어이, 진정해. 이 녀석은 희귀종이야. 흠집이라도 나면 값이 떨어진단 말이다."

"그래도!"

팔을 물린 것으로 보이는 코볼트가 화가 나서 고함을 지르자 다른 남자가 달랬다. 가여운 자매는 떨고만 있었지만, 언니로 보이는 소녀는 자신의 몸을 방패로 삼아서 나머지 한 명을 감싸고 있었다.

이들이 겁에 질려 아무 저항도 하지 않았다면 자간도 그대로 무시하고 가버렸을 것이다.

하지만 언니는 그 자그마한 어금니로 상대를 깨물어서 여동생을 지키려 하고 있었다.

마음이 살짝 움직여 잠깐 도와줄까, 라는 생각이 들었다.

——어라? 이럴 때는 뭐라고 말을 걸면 되지……?

도와줄지 말지도 확실히 정하지 않았던 자간은 이 상황에서 어떻게 끼어들면 좋을지 알 수 없었다.

고민에 빠진 자간은 코볼트가 멍멍 짖어대는 모습을 바라보며 아까 구입한 사과를 베어 물었다.

——이 자식들, 손을 대려면 빨리 하든지…….

그걸 말리는 식으로 끼어들면 부자연스럽지 않을 것 같았다.

그러나 코볼트들이 고함을 질러대는 가운에 사과를 씹는 소리가 부자연스러울 정도로 크게 울려 퍼졌다.

"——넌 또 뭐야, 응……?"

코볼트들은 그제야 자간의 존재를 알아챘는지 고개를 돌렸지만 그 표정은 순식간에 얼어붙었다. 노예 상인이라도 자간의 얼굴 정도는 알고 있는 모양이다.

자간은 재미없는 연극이라도 보는 관객처럼 태연하게 사과를 먹으며 말했다.

"왜 그래, 계속해."

의식적으로 한 건 아니지만 그 목소리는 평소보다 낮고 험악하게 들리기도 했다.

코볼트들이 창백해져서 떨기 시작했다.

얼굴까지 체모로 뒤덮인 코볼트들이지만 창백하다는 말은 비유가 아니었다.

어떤 사람은 갈색이었던 털에서 색소가 빠져 새하얘졌고, 또 다른 사람은 체모가 후두둑 빠지고 말았다. 그 정도까지는 아닌 사람도 전신에서 땀을 흘려 덥수룩하던 털이 소나기라도 맞은 것처럼 흠뻑 젖어 피부에 찰싹 달라붙었다.

코볼트들은 덜덜 떨면서 목숨을 구걸하기 시작했다.

"히익, 주, 죽고 싶지 않아……!" "모, 목숨만은……."

——으음……. 내 얼굴이 그렇게 흉악하게 생겼나?

물론 자신의 인상이 좋다고 생각하지는 않지만 이렇게까지 노골적으로 무서워하는 모습을 보니 조금 우울해졌다. 아니, 그보다 사람을 물건 취급하는 놈들이 '죽고 싶지 않아' 같은 말 하지 말라고. 악당은 악당답게 당당하게 죽어야지.

그렇지만 역시 익숙하지 않은 일은 하는 게 아니다.

귀찮아진 자간은 턱을 치켜들어 보였다.

"계속할 생각이 없으면 꺼져. 거추장스럽다."

"네, 넷, 지금 당장 가겠습니다!"

코볼트들은 나이프를 집어던지고 도망쳤다.

남겨진 자매는 자간을 멍하니 올려다보고 있었다.

——응? 이 녀석들, 자매가 아닌가……?

자세히 보니 언니인 줄 알았던 쪽은 고양이 귀와 꼬리를 가진 묘수인(猫獸人)이었고, 작은 쪽은 여우처럼 큰 귀와 꼬리를 가진 호수인(狐獸人)이었다.

자간의 얼굴을 보더니 호수인 소녀가 움찔 떨었다.

뭐, 무장한 코볼트가 그 자리에서 목숨을 구걸할 정도의 얼굴이니 어쩔 수 없다.

반면, 묘수인 소녀는 안심한 것처럼 한숨을 쉬었다.

"저, 저기, 감사합니다. 도와주신 거죠?"

그렇게 말하며 자간을 향해 미소를 지었다.

목덜미까지 오는 단정한 머리는 윤기가 흐르는 검은색이었고 그 위에 삼각형 귀가 쫑긋 솟아 있었다. 머리와 같은 색의 체모로 뒤덮인 귀는 부드러워 보였고, 그 안쪽에는 색소가 옅은 체모가 나 있었다. 아직 공포가 가시지 않았는지 움찔움찔 떨고 있었다.

옷은 노예 상인에게 붙잡히는 바람에 상당히 더러워져 있었지만 붉은색과 검은색을 베이스로 소매와 옷자락이 나풀거리는 복장이었다. 민족의상인 것 같지만 포레가 입고 있는 것과는 달라서 처음 보는 것이다.

묘수인이라고는 해도 인간의 피가 더 진한지 피부와 손가락 같은 부분은 인간과 똑같았다.

——겁 없는 소녀군.

그렇게 생각했다가 이내 아니라는 것을 알았다.

——이 녀석, 혹시 눈이 보이지 않는 건가……?

소녀의 붉은 눈동자는 동공이 완전히 열려 있어서 아무것도 비치지 않았다. 그래서 자간을 보고도 겁을 먹지 않았던 모양이었다. 옆에 있는 호수인 소녀는 새파랗게 질려서 묘수인에게 딱 달라붙어 있었다.

자간은 어깨를 으쓱였다.

"기분 탓이겠지. 난 그냥 지나가던 중이다. 아무 상관없어."

조금은 도와줄까 하는 마음이 있었지만 결국 아무것도 하지 않았는데도 노예 상인들이 도망가버렸다. 이걸 도와줬다고 주장하기에는 무리가 있었다.

여기에서 자간이 할 일은 아무것도 없다.

그대로 떠나려는데 소녀들의 발로 시선이 갔다.

소녀들의 발목에는 투박한 족쇄가 채워져 있었다. 사슬은 중간쯤에서 절단되어 있었는데, 그 덕에 도망칠 수 있었던 것 같았다.

그리고 이대로 마을로 나가면 다시 비슷한 놈들이 노릴 거라는 사실은 불을 보듯 뻔했다.

——그건 그것대로 뒷맛이 찝찝하지…….

하는 수 없이 자간은 소녀들의 앞에 서더니 여우 소녀에게 먹다만 사과를 내밀었다.

“들고 있어.”

여우 소녀는 거역하면 죽을 거라고 생각했는지 시키는 대로 사과를 받았다.

손이 빈 자간은 소녀들의 족쇄를 힘껏 뜯었다.

두 소녀는 입을 쩍 벌리고 자간을 올려다봤다.

“……그럼 이만.”

그냥 지나가던 사람이 이 이상 무슨 일을 해도 쓸데없는 참견일 뿐이다. 이번에야말로 떠나려고 작은 소녀에게서 사과를 낚아채자 고양이 소녀가 다급하게 외쳤다.

“아, 잠깐만 기다려주세――앗.”

족쇄가 없어졌는데도 고양이 소녀는 바닥에 얼굴을 부딪치며 넘어졌다.

눈물을 글썽이며 몸을 일으키더니 이번에는 손으로 더듬으며 뭔가를 찾기 시작했다.

“어, 어라? 어디로 간 거지?

고개를 갸우뚱거리는 자간의 눈에 소녀에게서 조금 떨어진 곳에 긴 막대가 떨어져 있는 것이 보였다.

――아아, 지팡이 말이구나.

맹인이 지팡이를 이용해 주위 상황을 살핀다는 이야기는 들어본 적이 있다.

작은 쪽 소녀도 겁을 먹는 바람에 지팡이가 어디에 있는지 모르는 것 같았다. 자간은 지팡이를 주워주었다.

――응? 이 지팡이, 묘하게 무거운데……?

가냘픈 묘수인, 그것도 맹인 소녀가 들기에는 너무 무거운 것 같았다. 게다가 길이도 제법 길어서 순례하는 승려들이 들고 다니는 석장만한 크기였다.

그 정체는 금방 짐작이 갔지만 자간은 소녀에게 지팡이를 건네주었다.

“여기 있다.”

“앗, 감사합니다!”

의외로 씩씩한 목소리로 외치며 소녀는 지팡이를 받았다.

그리고 머리를 꾸벅 숙일 때 자간은 보고 말았다.

소녀의 측두부에는 고양이 귀와는 별도로 사람의 귀도 있었다.

——**네 개의 귀**라고 하는 건가.

인간과 수인족 사이의 혼혈이거나 인간이 저주를 받아 수인의 모습으로 변한 경우에 드물게 나타나는 인종이다. 일종의 돌연변이라 마술사에게는 가치가 높다.

게다가 자세히 보니 소녀의 엉덩이에 달린 꼬리도 하나가 아니라 둘로 나뉘어 있었다. 자간도 본 적 없는 종류의 특징이었다.

아무래도 이것 때문에 납치를 당한 모양이다.

“저는 쿠로카라고 해요!”

그 이름을 들은 자간의 시선이 자연스럽게 향한 곳은 소녀의 머리카락이었다.

고양이 귀가 달린 아름다운 흑발. 분명 이 머리카락을 가리켜 지은 이름일 것이다.

——그러고 보니 나도 이름을 말하지 않았군.

이름을 말하려고 입을 열려던 때였다.

"이 은혜를 어떻게 갚으면——으앗!"

머리를 꾸벅 숙이는 소녀의 위에서 갑자기 엄청난 양의 물이 쏟아졌다.

머리 위를 올려다보니 옆에 있는 건물의 2층에서 꽃병에 든 물을 버린 멍청한 놈이 있는 것 같았다. 창문에서 항아리처럼 생긴 물건을 치우는 참이었다.

머리에서 더러운 물을 뚝뚝 흘리는 고양이 소녀——쿠로카는 바들바들 떨었다.

——혼자 가만히 있는데 이렇게 되는 녀석은 처음 봤어…….

칠칠맞지 못한 걸로 따지면 샤스틸도 보통이 아니지만, 이쪽은 마치 불운을 끌어당기는 자석 같았다. 재난의 수준이 다르다. 마술이 걸린 것은 아닌 듯하지만 자간까지 저주 받은 게 아닐까 하는 생각이 들 정도였다. 여우 소녀도 보다 못한 듯 얼굴을 가렸다.

——오늘은 바쁜데…….

자간도 도저히 가만히 보고 있을 수 없어서 마지못해 이렇게 말했다.

"……잠깐 따라와."

◇

"우후후후훗! 좋아, 이 아이, 무척 좋은 소재야!"

자주 가는 옷 가게의 점원 마뉴엘라가 엄청나게 기뻐하며 쿠로카에게 빰을 비볐다. 등에 난 초록 날개를 펄럭거리며 흥분을 가라앉히지 못하겠다는 듯 자간을 쳐다봤다.

“이 아이, 내가 원하는 대로 해도 되지?”

“에, 에엣? 원하는 대로라니, 여긴 뭐하는 곳이죠?”

눈이 보이지 않으니 이곳이 무슨 가게인지도 인식하지 못하는 것이리라. 쿠로카는 겁에 질린 얼굴로 비명을 질렀다.

──옷 가게라고 설명해주는 게 좋을까. ……그렇지만 귀찮단 말이지.

자간은 네피나 포레가 아닌 사람에게 그렇게까지 신경을 써줄 정도의 인격자가 아니다. 결국 아무 말도 하지 않고 보고 있기로 했다.

“우후후, 걱정하지 말고 이 언니에게 다 맡기면 돼.”

왠지 나쁜 짓을 한 것 같은 기분이 들기 시작했지만 저렇게 흠뻑 젖은 꼴로 밖을 돌아다니는 것도 불쌍한 일이다.

자간은 대충 고개를 끄덕였다.

“밖을 돌아다닐 수 있을 정도의 옷이라면 뭐든 괜찮다. 네 마음대로 해.”

“오오~! 그쪽이 이렇게 통이 큰 건 이번이 처음 아니야? 평소에는 쓸데없는 짓 좀 하지 말라고 화냈잖아!”

“그 녀석들은 지나다가 주웠을 뿐 처음 보는 사이다. 그렇게까지 신경 써줄 이유는 없어.”

아무래도 상관없는 사람에게 옷을 사주는 것 자체가 어불성설이라고 생각하면서도 자간은 차갑게 내뱉었다.

쿠로카는 버림받은 것처럼 새파랗게 질렸지만 마뉴엘라는 환하게 웃고 있었다.

"그런 거라면 서비스해줄 테니까 또 귀여운 애가 있으면 데리고 와!"

마뉴엘라는 일방적으로 그렇게 말하더니 쿠로카의 대답도 기다리지 않고 탈의실로 끌고 갔다.

안에서는 '냐아아앙' 하는 비통한 소리가 들려왔다.

그 광경을 본 여우 소녀가 덜덜 떨었다.

다시 찬찬히 살펴보니 이 소녀도 그렇게 어리지는 않은 것 같았다. 아마 원래부터 작은 종족인 모양이다. 얼굴은, 음, 어려 보이기는 하지만 나올 곳은 확실히 나와 있다. 발육은 샤스틸보다 좋은 것 같았다.

그 귀여운 얼굴도 지금은 공포로 잔뜩 굳어 있지만 말이다.

뭐, 노예 상인도 잽싸게 도망갈 정도로 무섭게 생긴 남자가 갑자기 근사한 옷 가게로 데리고 왔으니 또 어딘가로 팔려가는 건 아닐까 하는 것도 무리는 아니다.

딱히 이 소녀들을 겁주려고 주운 것도 아니기에 자간은 먹다 만 사과를 내밀었다.

"먹어. ……불쌍해 보여서 옷을 사주는 것뿐이다. 옷을 갈아입고 나면 어디든 원하는 곳으로 가면 돼."

그 후의 일까지 돌봐줄 생각은 없다.

자간이 그렇게 말하자 여우 소녀는 그제야 입을 열었다.

"저, 저기, 나는, 쿠우라고 해. 아저씨는, 자간……님, 이지?"

——아저씨…….

그래도 아직은 10대인 자간은 살짝 좌절했다.

그나저나 이렇게 작은 아이도 자간의 이름을 아는 모양이다.

"음, 그런 이름으로 불리고 있지."

"좀 더 무서운 사람일 줄 알았어."

"악인이라는 의미라면 틀리지는 않았는데."

여우 소녀——쿠우는 그제야 웃어 보였다.

"정말 나쁜 사람은 자신을 착한 사람이라고 해. 아까 그 코볼트들은 그랬어."

"그렇다면 다음에는 잡히지 않도록 해."

"응!"

그런 대화를 나누고 있자 마뉴엘라가 돌아왔다.

"음후후훗, 어때, 자간 씨?"

마뉴엘라에게 끌려 나온 쿠로카는 거의 속옷이나 다를 바 없는 옷을 입고 있었다.

목부터 가슴에 걸쳐 신축성 있는 소재로 된 옷을 입고 있었는데, 크기가 작은지 아래쪽 절반은 다 덮이지 않아 배꼽이 그대로 보였다. 밑에는 당장이라도 벗겨질 것 같은 끈 같은 반바지와 속이 거의 다 비쳐서 허벅지가 훤히 보이는 속치마 같은 것을 두르고 있었다.

옷을 입으면 더 말라 보이는 체형인지 의외로 나올 곳은 나와 있었다.

——그래, 네피에게도 이런 옷을……, 아니, 이건 아니지.

살짝 보고 싶은 마음도 있지만 성안이라고 해도 이런 차림으로 다니게 놔둘 순 없다.

자간은 별로 흥미가 없는 것처럼 힐끗 쳐다봤다.

"인형 놀이를 하는 건 상관없지만 제대로 된 옷도 준비해줘."

"괜찮아! 최종적으로는 멋지게 코디할 거니까!"

"최, 최종적이라는 게 무슨 뜻이죠? 전 지금 어떤 모습을 하고 있는 거예요?"

"자, 자, 다음 옷을 입어볼까!"

"싫어어어어어!"

그 후 꼬박 30분 정도 마뉴엘라의 인형 노릇을 한 소녀는 최종적으로는 원래 입고 있던 민족의상과 비슷한 차림이 되었다.

"휴우……. 류카온의 소녀는 피부가 탱글탱글해서 너무 좋다니까."

"……흑."

마뉴엘라는 만족스러운 한숨을 흘렸지만 고양이 소녀는 반쯤 울먹이고 있었다.

어쨌든 마뉴엘라도 적당히 만족한 것 같아서 자간도 자리에서 일어났다.

"고맙다. 얼마지?"

"음, 보자. 이 정도?"

마뉴엘라가 제시한 건 시세의 절반도 되지 않는 금액이었다. 말로 하지 않고 손가락으로 보여준 건 소녀들에게 부담을 주지 않기 위한 배려였다.

"……이것만 받아도 되나?"

"뭐, 덕분에 실컷 놀았으니까. 이렇게라도 가격을 낮춰주지 않으면 다음에는 안 올지도 모르잖아? 장사꾼은 수지에 맞지 않는 짓은 하지 않는답니다."

쿠로카의 모습을 보면 이 정도가 맞긴 맞는 건지 하는 의문이 생기지만…….

계산을 마치자 그제야 쿠로카도 정신을 차리고 자신의 몸을 더듬어 옷의 형태를 확인했다.

"저기, 이 옷, 사주신 거죠? 옷값 정도는 제가 낼게요!"

"……너 무일푼이잖아?"

"네……?"

노예 상인에게 잡혀서 몸에 지니고 있던 물건은 죄다 빼앗겼을 것이다. 옷은 입고 있지만 짐은 지팡이를 제외하면 모두 빼앗겨서 없다는 것은 한눈에 알 수 있었다.

창백해진 쿠로카는 얼굴을 가렸다.

"아~! 어, 어어어어어어떡하지! **근무처**에 가야 되는데 소개장도 없어졌어!"

"근무처……?"

일 이야기인가? 다만 어디서 일하는지는 모르겠지만 '근무처'라는 말은 흔히 쓰는 단어가 아니다. 쿠로카는 이방인이니까 그쪽에서는 자주 쓰는 말인 건가?

고개를 갸웃거리고 있자 쿠로카는 아우우 하고 한탄하면서 말했다.

"저, 전, 일을 하러 이 마을에 왔어요. 그런데 그 소개장을 잃어버려서……. 이미 오늘 하루는 무단결근까지 했고, 아우우, 어떡하지……."

듣기로는 이 소녀들이 잡힌 지 벌써 하룻밤이 지난 모양이었다.

그러고 보니 어떤 사이인지도 물어보지 않았지만, 뭐, 어차피 같은 놈들에게 붙잡혀 있다가 같이 도망쳐 나온 거겠지.

"어, 언니, 분명 괜찮을 거야……."

쿠우도 위로해주려 했지만 쿠로카는 맥없이 주저앉았다.

마뉴엘라도 보다 못해 입을 열었다.

"사정은 잘 모르겠지만 일단 교회에 보호를 부탁해보는 건 어때? 샤스틸이 이끌게 되면서 기부금도 싸졌고, 뭔가 사건에 휘말린 거라면 신변의 안전도 보증해줄 거야."

마뉴엘라의 말을 듣자 자간도 샤스틸이 주교의 자리에 있다는 사실이 떠올랐다.

교회라는 조직은 마술사나 도적 떼의 습격을 받은 사람들에게 피난처를 제공해주기도 한다. 그래서 사람들은 투덜거리면서도 비싼 기부금을 내고 있는 것이다.

그런데 쿠로카는 한층 더 어두워진 얼굴로 어깨를 늘어뜨렸다.

"실은 그 교회에서 일할 예정이었어요……. 그런데 이렇게 되어버리다니. 교회 분들을 뵐 면목이 없어요."

어라, 하고 자간은 생각했다.

——그러면 성기사들이 마을을 그렇게 뛰어다니던 게 이 녀석을 찾느라 그런 거였나?

그렇게 중요한 인물일 줄은 몰랐지만, 샤스틸의 성격을 생각하면 일반적인 수녀가 행방불명이 되더라도 전력을 다해 조사할 것 같기는 하다.

──그나저나 어서 용건을 끝내고 성으로 돌아가고 싶다…….

네피를 비롯해 다른 사람들도 슬슬 저녁 준비로 바빠질 시간이다. 이러다간 데이트 제안을 할 타이밍도 놓칠 것 같다.

귀찮아진 자간은 쿠로카의 목덜미를 잡아서 들어 올렸다.

"히이익?"

쿠로카의 비명을 묵살하고 쿠우를 쳐다봤다.

"이 녀석을 교회에 던져두고 올 건데 넌 어떻게 할 거냐?"

"저, 그게……."

"……돌아갈 곳은 있고?"

여우 소녀는 머리를 옆으로 휙휙 흔들었다.

"그럼 따라와. 교회라면 지낼 곳 정도는 마련해줄 테니까."

그렇게 말하고 성큼성큼 걷기 시작하자 쿠우도 허둥지둥 뒤를 따라왔다.

"항상 감사합니다~. 다음엔 네피와 포레도 함께 와주세요."

마뉴엘라의 배웅에 소녀들은 몸서리를 쳤다.

◇

"아, 저, 저기요, 걸을 수 있으니까 내려주세요!"

말 그대로 고양이처럼 목덜미를 잡힌 채 들려 있는 쿠로카가 울먹이는 목소리로 말했다. 참고로 지팡이는 직접 들게 해줬다.

그렇지만 자간은 매정하게 내뱉었다.

"난 바쁜 몸이다. 언제까지 너희들 뒤치다꺼리나 해줄 수는 없다고."

그렇다면 어서 내팽개치면 될 텐데 어째서인지 자간은 그 선택지를 생각도 못하고 있었다.

그러던 중 뒤에 있는 쿠우가 제대로 따라오지 못하고 있다는 사실을 깨달았다.

뭐, 어른과 아이는 보폭부터 다르니 어쩔 수 없다. 자간은 걸음을 멈추더니 다른 한 팔로 여우 소녀도 휙 들어서 안았다. 쿠우는 고함도 지르지 않고 깜짝 놀라 자간을 올려다보기만 할 뿐이었다.

그것을 기척으로 느꼈는지, 쿠로카가 옛날 생각이 나는 듯한 목소리로 중얼거리듯 말했다.

"오빠는 참 좋은 분 같아요."

"기분 탓이겠지."

"후후후……. 그런 점이 왠지 저희 아버지와 비슷해요."

"그거 참 불쌍한 녀석이군."

자간과 비슷하다면 분명 제대로 된 남자는 아니었을 것이다.

그렇지만 쿠로카의 표정은 결코 싫은 추억을 이야기하는 얼굴이 아니었다.

"오빠, 뭔가 보답을 하고 싶어요."

"됐어."

"제발요!"

왜 그렇게 간청하는지는 모르겠지만 쿠로카는 필사적인 얼굴로 말했다.

——아, 그러고 보니 이 녀석도 일단은 여자지.

남자인 자간은 모르는 것도 여자라면 알 수 있을지도 모른다.

"그럼 대답 하나만 해봐. 여자는 뭘 해주면 좋아하지?"

쿠로카와 쿠우의 눈이 휘둥그레지며 딱딱하게 굳었다.

"음, 저기, 그건 오빠의, 연인, 에 대한 이야기인가요?"

"……뭐, 그렇게 생각해도 되고."

서로에게 마음을 전하기는 했어도 아직 연인다운 일은 아무것도 하지 못했다. 그런데도 당당하게 연인이라고 주장하는 건 자간에게는 아직 어려운 일이었다.

그때 쿠우가 먼저 손을 들었다.

"저요! 난 먹을 것을 받으면 기뻐."

"……그야 그렇겠지."

하지만 음식이라면 네피가 만드는 게 제일 맛있다. 그녀가 기뻐할 만큼 맛있는 음식을 사주는 건 어려울 것 같았다. 게다가 데이트를 하면 잠깐 쉴 겸 음식점에 들어가기도 할 것이다. 결정타가 되기에는 조금 부족하게 느껴졌다.

자간이 고민하고 있자 이번에는 쿠로카가 말했다.

"그렇지만 선물은 기뻐할 거예요. 저도 아버지에게 이 지팡이를 받았을 때 얼마나 기뻤는지 몰라요."

"음. 선물이라……."

옷이라면 이따금씩 사주고 있지만 네피의 평상복은 파란색 원피스와 앞치마로 이루어진 시녀복이다. 귀여운 옷이라면 괜찮을 것 같기도 했다.

——마뉴엘라 녀석의 인형이 될 위험성이 있다는 게 걱정이군.

그래도 그 점만 어떻게 해결하면 나쁘지 않은 생각이었다.

“좋은 아이디어다. 고맙다.”

“도움이 되었다니 다행이에요.”

한편, 자간은 마술사다.

마술사의 신체 능력은 초인적이라서 대화를 나누는 사이에 벌써 교회가 보이기 시작했다. 그동안 계속 목덜미를 잡혀 있었던 쿠로카가 어쩐지 축 늘어져 있었지만 큰 문제는 아니었다.

교회의 거점은 오래된 대성당이었다.

고개를 들어서 봐야 할 정도로 거대한 문. 중앙에 있는 첨탑까지 포함하면 자간의 성보다 클 것이다. 석조벽에는 성기사를 본뜬 장엄한 석상들이 늘어서 있어서 교회의 부와 권력을 상징하는 듯한 건물이었다.

자간은 그 건물의 문을 두드리려다가 눈살을 찌푸렸다.

——이 냄새……, 피인가?

안에서 누가 살해당했나 싶을 만큼 심하지는 않았지만, 부상당한 사람을 안으로 옮긴 건지도 모른다.

그것을 알아챈 사람은 자간만이 아니었다.

쿠로카가 코를 킁킁거리며 굳은 표정을 지었다.

“오, 오빠, 내려주세요. 무슨 일이 있었나 봐요!”

“그런 것 같군.”

자간이 내려주자 쿠로카는 지팡이를 짚고 자기 발로 섰다.

대화 소리를 들었는지 안에서 성기사 한 명이 나왔다.

이 사람에게서도 피 냄새가 풍기는 걸 보니 전투 직후인 모양이었다. 아무리 그래도 성당 안에 사람이 쓰러져 있는 것 같지는 않지만 말이다.

다만 묘하게 낯익은 얼굴이라 고개를 갸웃거리고 있었는데 남자가 호들갑을 떨어대서 그 정체가 생각났다.

"으윽! 네놈은, 여기엔 무슨 일로 온 거냐!"

"……? 아, 세 바보 중 한 명이군."

샤스틸의 측근 중 한 명이다. 늘 세 명이 함께 다니는데 지금은 한 명밖에 없어서 금방 알아보지 못했다.

"샤스틸을 만나러 왔는데 바쁜 것 같군."

"에잇, 그분이 너 같은 놈을 약속도 없이 만나주실 것 같으냐!"

입에 거품을 물고 고함을 질러대는 성기사를 보고 겁을 먹었는지 쿠로카가 자간의 뒤에 숨어 옷자락을 잡아당겼다.

"저, 저기, 오빠, 여긴 교회죠? 이곳의 사제님은 무서운 분이신가요?"

"신경 쓰지 마. 이 녀석은 사제가 아니라 그냥 피라미다."

자간이 그렇게 설명하자 성기사는 얼굴이 새빨개져서 분노를 드러냈다.

"무례한 놈! 우리 창천의 세 기사는 사제의 자격을 가진 성기사다! ……그런데 그 아이들은 누구지?"

성기사는 그제서야 쿠로카와 쿠우를 봤다는 듯이 눈을 동그랗게 떴다.

“오다가 주웠다. 여기 있는 쿠로카는 교회에 용건이 있다더군. 이쪽은 쿠우라고 하는데 납치를 당한 가여운 아이다. 돌아갈 곳도 없는 것 같으니 너희들이 좀 돌봐줘.”

“갈수록 더 무례한……, 뭐, 납치라고?”

성기사가 쳐다보자 쿠우는 고개를 끄덕였다.

“무서운 아저씨들에게 끌려가는데 이 언니와 오빠가 구해줬어.”

“음……. 아무래도 거짓말은 아닌 것 같군.”

자간이 쿠우를 바닥에 내려놓자 성기사는 여우 소녀 앞에 무릎을 꿇고 앉아서 말했다.

“나는 성기사인 토레스라는 사람이다. 이 교회는 안전하니까 안심해도 돼. 지낼 곳도 알아봐줄 수 있을 거다.”

쿠우는 믿어도 되냐고 말하는 듯한 얼굴로 자간을 올려다봤다.

“이 녀석은 몰라도 이곳의 상사는 신뢰할 수 있는 사람이다. 믿어도 괜찮을 거야.”

“으, 응.”

그제야 쿠우가 경계심을 풀자 성기사는 쿠로카에게로 시선을 돌렸다.

“그쪽에 있는 아이도 납치당한 건가?”

“납치당한 건 사실이지만 실은 어제부터 여기서 일하기로 되어 있다고 하더군.”

“어제부터……?”

고개를 갸웃거리던 성기사의 눈이 커다래졌다.

“설마 어제 부임해 오기로 했던 사제, 쿠로카 아델하이드냐?”

“아, 네! 늦어서 죄송합니다.”

눈물을 글썽이며 고개를 숙이는 쿠로카를 보고 자간은 의외라고 생각했다.

——이 녀석, 사제라는 직함을 가지고 있었나.

사제는 교회 안에서도 제법 높은 고관에 해당한다.

쿠로카는 기껏해야 16, 7세 정도로, 입방아에 오르내리기 쉬워 보이는 네 개의 귀에 맹인이기까지 하다. 도대체 어떻게 그런 지위를 손에 넣은 걸까?

성기사는 자간의 의문은 아랑곳 않은 채 진심으로 안심한 듯 가슴을 쓸어내렸다.

“안심했다. 마물의 습격을 받은 게 아닌가 하고 수색대를 보내려던 참이었다. 그래, 납치당한 소녀를 구하려고 분투했던 거군.”

“그, 그렇게 대단한 일은……. 결국 전 잡혔는걸요.”

확실히 이 소녀에게 전투력 같은 게 있어 보이지는 않았다.

눈이 보이지 않으니 뛰어서 도망치지도 못할 텐데 쿠우가 납치당하는 현장을 맞닥뜨리고 그냥 지나치지 못한 모양이었다.

——사제라면 교회에서 호위라도 좀 붙여주지…….

자간은 어이가 없어 한숨을 쉬었지만 성기사는 꾸벅 머리를 숙이는 쿠로카를 흐뭇하게 바라보며 말했다.

“부임하자마자 미안하지만, 바로 일에 착수해줘. 보다시피 정신없이 바쁘거든. 일손이 아무리 많아도 부족한 상황이다.”

“네! 열심히 하겠습니다!”

그 모습을 지켜보고 있던 자간은 문득 의문이 생겼다.

"그러고 보니 너, 눈이 보이지 않는데 무슨 일을 한다는 거냐?"

"괜찮아요! 이래 봬도 성서도 전부 다 외우고 있어서 집회도 혼자 할 수 있는 걸요!"

"오, 그건 대단하군."

자간도 마도서라면 한 번 읽어서 전부 다 외우지만 흥미도 없는데 그렇게 두꺼운 성서를 외우는 건 불가능하다. 게다가 쿠로카의 경우에는 누군가가 낭독해주는 걸 하나도 놓치지 않고 다 외워야만 한다. 이건 보통 노력이 필요한 일이 아니다.

하지만 감탄하는 자간과 반대로 성기사는 무척이나 놀란 모습이었다.

"에, 맹인? 눈이 보이지 않는다고……?"

"보면 알 수 있잖아?"

손에는 지팡이를 들고 있고 목소리가 들리는 방향으로 고개를 돌리고 있어도 시선은 맞추지 못한다.

자간은 배려를 좀 하라고 생각했지만 성기사가 놀란 이유는 조금 다른 것 같았다.

"문관으로 온 게 아닌가?"

자간과 쿠로카는 고개를 갸웃거렸다.

문관이란 말 그대로 서류 정리부터 정책에 이르는 사무 업무를 담당하는 사람의 총칭이다.

――이 녀석, 서류도 못 읽을 텐데 괜찮나?

쿠로카도 순식간에 새파랗게 질렸다.

"에, 엣, 저, 혹시, 저를, 부르신 게 아닌가요? 제가 오면 안 된다는 느낌인가요……?"

"에잇, 울지 마! 일손이 부족하다는 말 못 들었나? 할 일은 얼마든지 있다."

"훌쩍, 죄송합니다, 열심히 할게요."

그렇지만 이곳은 처음 온 건물이다.

성기사는 쿠로카의 손을 잡고 안으로 안내해주었다. 쿠우도 그 뒤를 따라 성당 안으로 들어가면서 마지막으로 손을 흔들었다.

"오빠, 고마워~!"

"됐으니까 어서 가기나 해."

휘휘 손을 흔들자 쿠로카가 당황한 얼굴로 뒤돌아봤다.

"앗, 자, 잠깐만요. 오빠, 성함이 어떻게 되세요?"

그러고 보니 자간은 이름도 말해주지 않았다.

——쿠우도 말하기도 전에 내 이름을 알고 있었고.

뭐, 어찌 됐든 쿠로카도 교회 사람이다. 마술사와 엮여서 좋은 일은 거의 없을 터. 아무것도 모르고 이야기를 나누었다면 그대로 모르고 있는 게 낫다고 생각했다.

"이만 간다."

그래서 자간은 한 손을 흔들어 보이고 돌아섰다.

그리고 샤스틸을 찾아 성당 옆으로 돌아 들어갔을 때였다.

「——이제야 혼자가 되었군.」

바로 옆에 있는 그림자 속에서 음울한 목소리가 들려왔다.

◇

건물이 만들어낸 그림자 속에서 퀭해 보이는 얼굴이 슥 기어 나왔다.

"발바로스냐. 무슨 일이라도 있었나?"

썩 보고 싶은 얼굴은 아니지만 성기사들 사이에서 뭔가 사건이 있었다는 사실은 이미 파악하고 있었다. 그런 상황에서 샤스틸에게 호위로 붙여둔 남자가 나타났으니 쓸데없는 이야기나 하러 온 것은 아니리라.

발바로스는 짜증 난다는 듯 머리를 긁적이며 그림자에서 기어 나왔다.

"혼자 있을 때까지 기다리느라 죽는 줄 알았네."

다른 사람이 들으면 안 되는 이야기인 모양이었다.

"음. 잠깐 기다려."

자간은 발뒤꿈치로 땅을 살짝 쳐서 발밑에 마법진을 만들었다.

그 순간 두 사람의 모습이 아지랑이처럼 흔들리다가 사라졌다. 소리와 빛을 일그러뜨리는 결계였다.

주위에서 보이지 않게 되는 것은 물론, 이 안에서 아무리 큰 소리로 외쳐도 근처 사람들에게는 바람 소리처럼 들릴 뿐이고, 가까이 오는 사람은 방향 감각을 잃고 이곳을 피해서 가게 된다.

발바로스가 그 결계를 보고 보기 드물게 휘파람을 불었다.

"잘도 이런 걸 순식간에 만들어내는군……."

"그렇게 어려운 것도 아니잖아?"

실제로 예전에 파괴한 발바로스의 거점에도 전개되어 있었던 것이다.

"그야 누구든 만들 수는 있지. 며칠이나 걸린다는 게 문제지만."

이 결계 자체는 흔히 볼 수 있는 것이고 구조 또한 엄청나게 고도의 구조는 아니다. 하지만 이것을 촉매나 주문 없이 즉흥적으로 만들 수 있는 마술사의 수는 얼마 되지 않는다.

"그나저나 무슨 일이지?"

"……흠. 성기사들이 여기저기 뛰어다니고 있다는 건 이미 알고 있지? 근처 숲에 키메라가 나타나서 난리도 아니야."

자간의 눈이 날카롭게 빛났다.

"어떤 멍청한 놈이 키우는 개를 제대로 관리하지 못한 건……, 아니겠지?"

합성생물이나 인조생명, 인조인간처럼 마술로 만들어낸 생물은 마술사가 관리하지 않으면 금방 괴사한다.

그런 것이 활개를 치고 있다는 건 어떤 마술사가 자간의 영지에서 난동을 부리고 있다는 뜻이다.

——게다가 키메라의 힘이 사역하는 마술사의 역량을 능가하는 경우는 없지.

자신의 역량을 넘어서는 마술을 사용하면 폭주하거나 발동하지 않는다고 봐야 한다. 자신보다 강한 키메라를 만들어낸다면 제일 먼저 공격당하는 건 술자 자신인 것이다.

예전에 자간은 마족을 재료로 삼은 키메라와 싸운 적이 있는데, 그 키메라를 만들어낸 사람은 선대 〈마왕〉인 마르코시어스였다.

마족으로 만들어진 키메라는 〈마왕〉이 아니면 제어하지 못했고, 실제로 마르코시어스의 사후에 기동한 키메라는 요란하게 폭주를 했다.

"즉, 성기사들을 공격했고 샤스틸도 죽이지 못한 키메라를 내 영지에 풀어놓은 자기 주제를 모르는 놈이 있다 이거군."

키메라가 마술사의 역량을 넘어서지 못하는 이상, 성기사가 평범한 키메라에게 패하는 일은 거의 없다. 그럼에도 불구하고 뒤쪽에 있는 대성당으로 성기사의 사상자가 실려 왔다. 당연히 그들의 우두머리인 샤스틸도 싸우러 갔을 것이다.

그리고 발바로스가 알려주러 왔다는 것은 키메라가 아직 건재하다는 뜻이다.

그 정도면 마르코시어스의 마족 키메라 정도는 될 터.

발바로스가 어깨를 으쓱였다.

"상황을 빨리 파악해주니 편하군."

"어떤 키메라지? 보고 있었을 것 아냐?"

키메라의 특징을 알면 술자의 정체를 알 수 있을지도 모른다.

웬일로 발바로스의 표정이 험악해졌다.

"그 덜렁이가 산산조각을 냈는데도 재생하는 골치 아픈 키메라다. 아무래도 여러 명의 마술사를 뒤섞은 것 같아. 인간으로 보이는 부분이 몇 개나 있었거든."

마술사가 한 일이니 건전할 리 없지만, 그래도 소름 끼치는 이야기다. 그리고 재료로 마술사가 사용되었다면 마술을 사용할 가능성도 있다.

"그리고……."

발바로스가 말하기 곤란한 듯 중얼거렸다.

"뭔데 그래?"

"아무래도 그것과 비슷한 물건을 최근에 본 듯한 기분이 든단 말이지."

지금 발바로스에게 들은 이야기만으로는 판단하기 위한 재료가 부족했다.

다음 말을 기다리고 있자 발바로스는 구역질이라도 참는 것처럼 이렇게 말했다.

"그놈이야. ……. 스프라기다에 나타났던 진흙 같은 괴물――비프론스가 '마신'이라고 불렀던 놈이다."

"오……?"

자간은 호전적으로 웃었다.

――확실히 그 녀석, 어떤 상처든 순식간에 재생되었지.

그때 싸운 녀석은 자간과 신령 마법을 손에 넣은 네피, 거기에 성검 두 자루와 전 마왕 후보를 포함한 수십 명에 이르는 마술사들이 같이 싸워서 간신히 호각을 이뤘던 무시무시한 적이었다.

그리고 발바로스가 비슷하다고 표현한 것은 재생 능력만을 가리키는 게 아니리라.

――그렇다면 범인과 그 목적도 대충 짐작이 가는군.

자신의 생각을 정리하듯 자간은 중얼거렸다.

"과연. 그렇다면 그 키메라를 사역하고 있는 건 비프론스겠군."

"……어이, 너무 갑자기 비약하는 것 아니야?"

발바로스가 당황하며 말하자 자간은 당연하다는 듯 말했다.

"아무리 잔류사념이라고 해도 '마신'을 되살려놓고 그놈이 그냥 구경만 했을 리 없잖아. 잔해든 핵이든 분명 뭔가를 얻어서 가지고 돌아갔을 거다. 애당초 마족보다 더 위험한 마신을 제어할 수 있는 건 〈마왕〉 정도밖에 없고."

비프론스의 말에 따르면 열세 명의 〈마왕〉이 가진 이 〈마왕의 각인〉은 마신의 시신을 봉인한 열쇠 같은 거라고 한다.

그래서 마족이 〈마왕〉에게 복종하는 것이고, 〈마왕〉이 마신의 잔류사념을 불러낼 수도 있는 것이다.

그렇게 인지(人智)를 뛰어넘는 존재에 간섭하는 방법은 〈마왕의 각인〉 말고는 없다.

——그대로 물러날 놈이 아닌 줄은 알았지만 생각보다 빨리 움직였군.

발바로스도 이해했을 것이다. 침을 꿀꺽 삼키는 소리가 났다.

"그런데 움직이기 시작한 것치고는 나타난 장소도 목적도 이해가 되지 않는군. 나와 네피를 공격할 생각이라면 성 근처나 우리가 밖에 있을 때를 노렸을 텐데."

표적이 성검을 가진 샤스틸이라도 마찬가지다.

발바로스가 아무 말도 하지 않는 것이 샤스틸이 무사하다는 증거이기도 했고, 비프론스는 표적을 잠시 살려둘지언정 놔주지는 않는다.

——뭔가 다른 목표가 있고 그게 내 영지 안으로 흘러들어왔다고 생각하는 게 맞겠지.

자간은 자신과 부딪치면 수지가 맞지 않을 거라고 말해두었다. 비프론스가 그 위험을 무릅쓰면서까지 여기서 소란을 일으킬 일이라고 하면…….

"——역시 네프테로스인가."

엘프의 숨겨진 마을에서 모습을 감춘 그녀가 어떤 이유로 쫓기고 있다면 그렇게 흉악한 키메라를 보낸 것도 설명이 된다.

그 다크 엘프 소녀는 평범한 마술사나 성기사가 떼로 덤벼도 상대가 되지 않을 만큼 강하기 때문이다.

발바로스의 몸이 움찔 굳었다.

그 반응을 보고 이 남자가 네프테로스와의 관련성을 알고 있으면서 말하지 않았다는 사실을 알 수 있었다.

자간은 발바로스를 찌릿 노려봤다.

"왜 네프테로스에 대해 말하지 않았지?"

"……그 덜렁이가 말하지 말라고 했어."

"호오……?"

도대체 무슨 일이 있었는지 모르겠지만 샤스틸이 그런 행동을 한 것도, 발바로스가 거기에 협력한 것도 의외였다.

——하긴 네프테로스라면…….

그 소녀의 성격을 생각하면…….

"내가 알게 되는 것보다는 네피가 알게 되는 게 더 싫었던 거겠지."

"다 보고 있었냐?"

아무래도 정곡을 찔린 모양이다. 발바로스가 어안이 벙벙해져서 말했다.

"상황과 그 녀석의 성격을 생각하면 충분히 알 수 있는 일이잖아?"

"너나 그렇겠지……."

자간은 이해가 안 된다는 표정을 짓는 발바로스를 힐끗 쳐다보더니 고개를 흔들었다.

"뭐, 됐어."

"엥? 됐다고?"

깜짝 놀라는 발바로스의 모습에 자간은 어깨를 으쓱였다.

"어린애도 아니고 샤스틸이 말하지 말라고 했으면 자기가 돌보기로 결심한 거겠지. 하고 싶은 대로 하게 놔둬."

"괜히 더 골치 아파질 것 같은 느낌이 들지 않아?"

"그 녀석은 덜렁댈 때는 덜렁대지만 유능할 때는 유능하다."

"……그게 칭찬하는 거냐?"

발바로스는 어이없다는 표정을 지었지만 더 이상 뭐라고 하지는 않았다.

——그보다 난 네피와 데이트라는 것을 해야 된다. 비프론스 같은 놈을 신경 쓸 때가 아니라고!

그러다 문득 어떤 생각이 떠올랐다.

——아니, 잠깐. 비프론스가 노리는 게 네프테로스뿐이라는 보장이 있나?

다른 사람이 싫어하는 짓을 하는 게 삶의 보람이나 마찬가지인 마술사다.

그런 놈에게 기르던 개한테 손을 물려서 버릇을 고쳐주려고 했더니 끈질기게 도망쳐서 자간의 영지로 들어왔다, 라는 말도 안 되는 이야기가 가능한가?

그것보다는 자간이 제일 방해받고 싶지 않은 타이밍을 노리고 일부러 소란을 일으킨 것이라고 보는 게 더 자연스럽지 않을까?

——즉, 녀석은 내가 네피와 조용히 데이트를 하고 싶은 지금이 타이밍을 노린 게 분명해!

피해망상에 불과할지도 모르지만, 유감스럽게도 비프론스라는 〈마왕〉은 그런 의심을 사고도 남는 마술사였다.

"크, 크하하하……."

자기도 모르게 웃음이 흘러나왔다.

"어, 어이, 자간……?"

최근……이라고 할까, 네피를 만난 후로는 보기 힘들었던 종류의 웃음이었다.

발바로스가 겁에 질려 뒷걸음쳤다.

"재미있어. 이 정도로 나를 바보 취급하다니, 그 자식, 아직 혼이 덜 났나보군."

분노로 인해 흘러나온 마력에 말끔한 돌바닥이 갈라졌다.

자간은 발바로스를 봤다.

"아무래도 이제 슬슬 비프론스를 처리해야 될 것 같다. 그놈은 신경 쓰지 않아도 돼."

"너 갑자기 왜 그렇게……. 도대체 비프론스가 뭘 꾸미고 있다는 거야?"

"넌 신경 쓰지 않아도 된다고 했을 텐데."

네피와의 데이트를 방해받을 것 같아서라고 하면 바보 취급당할 것 같아 발바로스를 위압적으로 노려보기만 했다.

역시 효과가 있었는지 발바로스는 숨을 삼키고 입을 다물었다.

"보고할 건 그것뿐인가?"

"어? 어어……."

"그럼 그만 가봐. 난 비프론스를 죽이기 전에 샤스틸에게 용건이 있다."

"아, 알았어……."

발바로스는 이 세상의 멸망이라도 본 것 같은 얼굴로 고개를 끄덕이더니 그림자 속으로 사라졌다.

그 모습을 지켜본 자간은 다시 발뒤꿈치를 쳐서 결계를 풀었다.

샤스틸의 집무실은 성당 뒷문으로 들어가는 게 더 가깝다. 그쪽으로 가려다 마지막으로 다시 한 번 성당 안으로 시선을 돌렸다.

따뜻한 물이 담긴 그릇을 들고 뛰어가다가 요란하게 넘어지는 쿠로카가 보였다.

◇

자간은 마치 제집이라도 되는 양 교회의 성당 뒷문으로 당당하게 발을 들여놓았다.

――그러고 보니 이곳에 들어가는 건 처음이군.

네피와 함께 샤스틸을 찾아온 적은 있지만 늘 성당에서 대화를 나누었다. 안에 들어간 적은 없었다.

이내 검을 뽑아 든 성기사들이 튀어나왔지만 자간의 얼굴을 보더니 멈춰 섰다.

"읏……, 너, 넌 〈마왕〉 자간! 우리 교회에 무슨 용건이냐!"

비록 임시지만 이곳의 우두머리인 샤스틸은 마술사와 적대하지 않고 공존을 꾀하는, 교회 내에서도 이색적인 공생파라는 파벌에 속해 있다.

하지만 그것은 샤스틸 개인의 문제라 일반적인 성기사는 마술사를 적대시하는 것 같았다.

――하여간 성기사는 골치 아파서 싫다니까…….

무시하고 걷어차도 되지만 여긴 샤스틸이 관리하는 구역이다.

자간은 최소한의 경의를 담아 입을 열었다.

"샤스틸에게 용건이 있다. 녀석은 집무실에 있나?"

성기사들은 기에 눌린 것처럼 뒷걸음쳤지만, 그래도 떨리는 손으로 검을 고쳐 쥐고 외쳤다.

"으, 으으……. 아, 알겠다. 가서 말씀 드릴 테니 응접실에서 기다려라."

"아니, 괜히 수고할 필요 없다. 정신없이 바쁘다는 건 보기만 해도 알 수 있으니까."

자간은 일방적으로 그렇게 말하고 뚜벅뚜벅 안으로 들어갔다.

적의가 없다는 사실은 전해졌는지, 성기사들은 딱딱하게 굳은 채 가는 길을 막으려고 하지는 않았다.

(소, 손가락 하나 까딱하지 못했어……! 샤스틸 님에게 위험하다고 알려야 하는데.)

(잠깐, 혹시 방금 한 말은 '바쁜 것 같으니 일부러 가서 불러올 필요는 없다'……라는 뜻으로 한 말 아닐까?)

(엇, 설마, 〈마왕〉이잖아.)

(뭐, 그렇긴 하지만…….)

성기사들은 뭐라고 속닥거리더니 감시할 생각인지 자간의 뒤를 따라왔다.

——그럴 시간이 있으면 부상당한 사람들이나 치료해주면 될 텐데…….

그렇지만 나름대로 역할 분담이 되어 있는 건지도 모르니 자간이 뭐라고 할 문제는 아니다.

조용한 복도에 딱딱한 구두 소리와 나무 바닥이 삐걱거리는 소리만 울려 퍼졌다.

교회 내부는 나름대로 깔끔하게 관리되어 있었지만 성당과 달리 조촐하고 소박한 느낌이었다. 교회는 민중들에게 기부금을 받아 운영되고 있으니 좀 더 화려한 장식품들이 늘어서 있을 줄 알았는데 의외로 그렇지 않았다.

——성기사들은 병사니까 목숨을 걸고 일하는 만큼 그에 걸맞은 급료 정도는 필요하겠지.

아까도 몇 명이나 되는 성기사들이 목숨을 잃은 것 같았다.

그들의 가족에게도 위로금을 줘야 할 테니 그들이 기부금을 받는다는 게 민중들이 생각하는 것처럼 악질적인 것은 아니지도 모른다.

그런 것들을 관찰하며 걷고 있자 머지않아 샤스틸의 집무실이 보이기 시작했다.

문 위에 설치된 '집무실'이라는 푯말을 확인하고 문을 두드렸다.

"샤스틸, 안에 있나?"

"어엇? 아, 저 목소리, 자간인가?"

안에서 허둥대는 소리가 나더니 문이 빼꼼 열렸다.

"저기, 들어와……."

당황한 기색이 역력한 표정으로 샤스틸이 고개를 내밀었다.

――혹시 안에 네프테로스도 있나?

발바로스의 말에 따르면 그녀에 대한 건 비밀로 해달라고 했다고 한다.

자간은 아무것도 눈치채지 못한 척 시선을 돌렸다.

"그게 말이지, 발바로스에게 이야기를 들었다. 잠깐 이야기 좀 할 수 있을까?"

"――그, 그것 때문에, 일부러 여기까지 온 거야? 저, 거, 걱정이 되어서……?"

샤스틸의 얼굴이 눈에 띄게 빨개졌다.

"다른 용건도 있어서 왔다만……."

그렇게 말하며 뒤에 있는 성기사들에게 시선을 던졌다.

지금의 샤스틸은 직무를 수행 중인 샤스틸이다. 자간이 무슨 말을 하려는지 금방 알아채고 고개를 끄덕였다.

"그는 내 손님이다. 여긴 걱정하지 말고 각자 하던 일로 돌아가."

"그, 그렇지만……."

(눈치 좀 있어라.)

이의를 제기하는 사람도 있었지만 다른 성기사가 경례를 하고 제지했다.

"네! 그러면 용건이 있으면 불러주십시오, 샤스틸 님."

그 말을 남기고 성기사들은 자리를 떠났다.

그중 몇 명은 울면서 어깨를 늘어뜨리고 있는 것처럼 보였다.

(세상에……. 샤스틸 님이 저런 남자에게…….) (아냐, 아직 확실한 건 아니잖아!) (그렇게 말하지 마, 도밍게스. 샤스틸 님이 선택한 사람이라면 우린 그걸 받아들여야 해.) (눈물이나 닦아, 안드레.)

――어이, 그냥 흘려들을 수 없는 이야기를 한 것 같은데, 저대로 놔둬도 되나?

성기사들이 소곤거리는 이야기가 들리지 않는지 샤스틸은 멍하니 고개만 갸웃거릴 뿐이었다.

"왜 그래? 안 들어와?"

"……뭐, 괜찮겠지."

자간은 아무 말도 못 들은 걸로 하고 집무실로 들어갔다.

큰 걸음으로 세 걸음 정도만 걸으면 벽과 마주하게 되는 아담한 방이었다. 예전에 라파엘이 크라벨을 죽이기도 했던 곳이지만 그런 흉흉한 기운은 느껴지지 않았다.

샤스틸 외에는 아무도 없는 것 같았다.

방 안에는 커다란 떡갈나무 책상이 있었고, 잡다한 서류들이 쌓여 있었다. 그 앞에는 키가 낮은 손님용 테이블과 소파가 짝을 이뤄 놓여 있었는데 샤스틸은 그중 하나에 걸터앉았다.

"이, 일단 앉아. 지금은 다들 나가고 없어서 제대로 된 대접도 못하지만."

"성기사가 마술사를 대접해서 어쩌자는 거냐."

자간이 어이없어하자 반대로 샤스틸은 씁쓸한 미소를 지어 보였다.

"당신이야말로 내가 어떤 파벌에 속해 있는지 잊은 거야?"

공생파가 어떤 활동을 하고 있는지 자간은 잘 모르지만 지금 상황은 그리 나쁘지 않은 것 같았다. 이런 대꾸를 하는 걸 보니 현재 샤스틸은 '직무 중'인 모양이다.

자간은 어깨를 으쓱였다.

"흠, 제법이군."

그리고 소파에 앉으려는데 샤스틸이 안절부절못하며 계속 자간의 뒤, 집무실 벽으로 시선을 주는 게 보였다.

힐끔 쳐다보니 눈에 띄지 않는 선반 뒤에 작은 문이 있었다.

위치로 보았을 때 주교용 수면실 같은 곳인가.

그쪽으로 향하는 샤스틸의 시선은 불안해 보였는데, 자간이 보면 곤란하다기보다는 자신이 그곳에 있지 못해서 걱정을 하는 배려심이 느껴졌다.

——혹시 저기에 네프테로스가 있나?

집무 중에는 철두철미한 줄 알았는데 감추는 데 서툰 건 사생활과 별 차이가 없어 보였다.

귀를 기울여 기척을 살펴봤지만 문 너머에서는 희미한 숨소리만 겨우 들릴 뿐, 몸을 움직이는 기척은 전혀 없었다.

아주 깊이 잠들었거나 정신을 잃었는지도 모른다.

——그렇다는 건 네프테로스 녀석, 설마 다치기라도 한 건가?

네프테로스가 이번 일과 관련이 있다는 것 자체는 간파했지만, 그녀가 어떤 상태에 있는지는 생각해보지 않았다. '13번' 문제를 의뢰하고 얼른 돌아가고 싶었지만 이렇게 알아버렸으니 무시하기도 어렵다.

소파에 몸을 묻고서 몇 초 정도 생각한 자간은 이렇게 말을 꺼냈다.

"키메라가 나타났다는 이야기를 들었다. 그놈을 조종하는 건 십중팔구 비프론스야."

샤스틸의 눈이 동그래졌다.

"대단해. 내가 놈과 맞닥뜨린지 얼마 지나지도 않았는데 벌써 거기까지 알아내다니."

"그놈은 내 적이다. 네가 신경 쓸 일이 아니야. 그놈과 키메라를 처리하는 건 내게 맡겨."

——키메라 따위가 나다니면 네피와 안심하고 데이트할 수가 없으니까!

현재 자간에게는 최우선 사항이다.

샤스틸은 깜짝 놀란 표정을 지었지만 이내 미소를 지어 보였다.

"당신이 그렇게 말해주니 이보다 더 든직할 수가 없군. ……그런데 당신이 그렇게 화를 내다니, 혹시 네피에게도 무슨 일이 있었던 거야?"

──어라? 이렇게 머리가 잘 돌아가는 녀석이었나?

집무 중에는 유능하다는 걸 알고 있었지만 자간이 생각했던 것보다 더 예리했다.

정곡을 찔리긴 했지만 데이트를 방해 받고 싶지 않아서 긍정하지 않으려고 대충 얼버무리듯 헛기침을 했다.

"아직은 아무 일도 없지만 머지않아 나와 네피의 방해가 될 게 분명해. 그래서 그 전에 처리하려는 것뿐이다."

"……? 자세한 건 모르겠지만 그래서 네피가 안전해진다면 나도 이의는 없어."

말은 그렇게 했지만 샤스틸의 미소는 불안한 듯 흐려져 있었다.

역시 네프테로스가 신경 쓰이는 것처럼 보인다.

"그러고 보니 다친 마술사를 구했다고 들었는데, 비프론스가 조종하는 키메라의 공격을 받다니 운이 나쁜 놈이군. 상태는 어떻지?"

네프테로스에 대해서는 모르는 척을 하고 물어보자 샤스틸은 몸을 움찔 떨었다.

"아, 아아, 맞다……. 크게 다친 건 아니지만 몸이 많이 쇠약해져서……, 괜찮아지면 좋을 텐데."

유도 신문을 할 셈은 아니었지만 샤스틸은 자신이 말실수를 했다는 사실은 깨닫지 못한 것 같았다.

자간은 흐음 하고 고개를 끄덕였다.

——예전에 신령 마법을 사용했을 때도 네프테로스는 피를 토했었지…….

그녀에게 있어 신령 마법은 부담이 큰 게 아닐까. 그와 동시에, 키메라라는 적이 그럼에도 신령 마법을 사용해야 할 정도의 상대였다는 것도 알 수 있었다.

"마술이나 마법으로 인해 피폐해진 마력은 시간이 지나면 회복된다. 외부에서 공급해주는 방법도 없는 건 아니지만 푹 쉬게 해주는 게 제일이지."

"엇, 마력이라는 건 외부에서 받을 수도 있는 거야?"

마법이라는 단어를 입에 올린 건 실수였다고 생각했지만 샤스틸은 바로 그 부분을 덥썩 물었다.

——그만큼 네프테로스가 쇠약해져 있다는 뜻일지도 모르지.

그래 봤자 샤스틸이 어떻게 할 수 있는 일은 아니지만.

"뭐, 불가능하지는 않다는 뜻이다. 보통은 하지 않는 일이야."

고메리라면 신나서 할 것 같은 느낌이 들었지만, 그래서 더 그 노파에게는 네프테로스에 대해 말하면 안 된다고 다짐했다.

"일단 자세하게 들을 수 없을까? 그 마력 공급이라는 건 마술사가 아니라도 할 수 있는 거야?"

"아니, 뭐, 못하는 건 아니지만……."

"그렇다면 가르쳐줘. 그 덕분에 살 수 있는 사람도 있을지도 모르잖아."

자간은 떨떠름한 얼굴로 대답을 망설였다.

――헉……. 여자를 상대로 그 이야기를 하라고?

그런 자간의 반응을 어떻게 받아들였는지 샤스틸은 불안한 표정을 지었다.

"위험한 행위인가?"

"위험하다면 위험한가……."

제발 눈치 좀 채라고 말하고 싶었지만 성기사에게 마술에 대한 상식을 요구하는 것도 무리다. 눈치 없는 샤스틸은 기대가 담긴 눈으로 자간을 바라봤다.

"듣지 않는 게 좋을 텐데……?"

"마술사에 대해 제대로 알고 싶어. ……안 될까?"

가르쳐주지 않으면 물러나지 않을 기세다.

자간은 한숨을 쉰 다음 머뭇머뭇 입을 열었다.

"입맞춤이나, 성교……같은 거다."

가장 원시적이기에 보편적이며 확실한 방법이었다.

물론 자신의 영역에 들어온 인간에게서 일방적으로 마력을 흡수하는 마술도 있지만 누구나 할 수 있는 건 그 정도가 전부다.

무슨 말인지 잘 이해가 되지 않는지 샤스틸은 한동안 눈만 깜빡였다. 그리고 기대감으로 가득했던 얼굴이 점점 새빨개졌다.

"미, 미미미미안! 괜히 이상한 걸 물어서."

"……아니, 괜찮아."

자간도 머쓱해져서 시선을 돌렸다.

왠지 분위기가 이상해지자 자간은 화제를 바꾸듯 말했다.

"그런데 아무리 공생파라도 성기사가 대놓고 마술사를 도와줘도 되는 거냐?"

이 교회의 사람도 자간에게는 경계심을 드러냈다.

——내가 좀 험악하게 생기긴 했지…….

그 점에 대해서는 자각하고 있기 때문에 불평할 생각은 없지만.

샤스틸은 또 눈이 동그래졌지만 이내 씁쓸하게 웃으며 고개를 가로저었다.

"아무리 나라도 사람들을 공격하는 마술사가 있다면 주저 없이 검을 휘두를 거야. 공생파니 반공생파니 하는 건 그런 게 아니라 마음가짐에 대한 문제라고 생각해."

"무슨 뜻이지?"

"말로 하면 어려운데, 요컨대 '가능성을 믿느냐 믿지 않느냐' 하는 게 아닐까?"

"오, 상당히 철학적인 이야기군."

"그렇지도 않아."

샤스틸은 침착하게 앞머리를 쓸어 올리더니 조심스럽게 말을 골라서 이야기를 이어갔다.

"난 마술사이든 아니든 인간은 누구나 나아질 수 있다고 생각해. 잘못을 하면 벌을 주는 게 아니라 속죄할 기회를 줘야 해. 대부분의 마술사들이 죄로 손을 더럽혔을지도 모르지만, 사람의 마음이 있으면 화해와 협력도 가능하지 않을까?"

"무슨 말을 하고 싶은지는 알겠지만 그건 불가능하다고 생각하는데."

"그렇게 생각해? 그야 성기사가 다짜고짜 마술사를 적대시하는 현재 상황에서는 어려울 수도 있지만, 서로 어떤 부분은 양보할 수 없고 어디까지는 양보할 수 있는지 맞춰가다보면 공생도 가능할 거야."

그렇군, 하고 자간은 고개를 끄덕였다.

"즉 서로의 영역을 존중하며 살아가자는 건가. 하지만 그게 실현되더라도 경계를 넘는 바보는 양쪽 세력 모두에 존재할 거다."

"그럴지도 모르지. 그렇지만 그건 범죄가 사라지지 않는 것과 똑같은 것 아닐까? 서로 규칙을 정하고 그것을 어느 쪽의 법으로 다루고 재판할지 명확하게 해나가면 막을 수 있을 거야. 적어도 교회는 지금까지 그런 노력을 하지 않았지. 그렇다면 해볼 만한 가치는 있다고 생각해."

이 대답에는 자간도 혀를 내둘렀다.

――라파엘 자식. 사람 보는 눈이 제법이잖아.

샤스틸이 한 말은 허울뿐인 말이 아니었다. **현재**를 정확하게 받아들인 후 거기에 기초해서 가능성을 제시, 행동하고 있었다.

상징적인 존재로 이보다 적합한 사람은 교회에도 없을 것이다.

"따라서 마술사가 도움을 필요로 하고 있으면 도와주고 우리의 법을 어기면 막는다. 그런 식으로 생각하고 있는데……, 이상해?"

마지막에는 자신 없어 하는 점이 역시 샤스틸답다.

자간은 쓴웃음을 지었다.

“글쎄? 그렇지만 그런 네가 없었다면 우리가 이렇게 대화를 나누지도 못했겠지. 옳으니 그르니 하는 건 그런 걸 따지고 싶은 놈들이나 따지라고 해.”

“당신은 늘 흔들림이 없어. 그런 점은 정말 부러워.”

이야기를 나누는 동안 제법 진정되었는지 그렇게 말하는 샤스틸은 자연스러운 미소를 짓고 있었다.

——슬슬 본론으로 들어가도 괜찮을까?

자간은 시간을 신경 쓰는 것처럼 시계를 올려다보더니 품에서 종이 한 장을 꺼냈다.

“잡담이 좀 길었군. 이런 상황에 미안하지만 한 가지 부탁하고 싶은 게 있어서 왔다.”

“당신이 내게 부탁을? 어쩐 일이야?”

“이걸 본 기억이 있나? 엘프의 숨겨진 마을에서 들고 온 수기에 적혀 있던 거다.”

자간이 보여준 것은 엘프들의 수기에 있었던 ‘13번’이라는 문장이었다.

샤스틸은 종이를 가만히 보더니 고개를 옆으로 흔들었다.

“성검의 문장과 비슷하긴 하지만 똑같이 생긴 건 본 적이 없어.”

“그렇겠지. 이건 열두 자루의 성검에는 없는 문장이다.”

그 말의 의미를 직감한 걸까. 샤스틸의 표정이 굳었다.

“그건 즉, 다른 성검이 존재한다는 뜻이야?”

한마디를 듣고 여기까지 이해하다니, 역시 직무 수행 중인 샤스틸이다.

"그럴지도 모르지. 그래서 네가 이게 교회 안에 있는지 찾아봐 줬으면 하는 거다."

그 말에는 아무리 샤스틸이라도 '네, 알겠습니다'라고 대답하지 못했다.

"글쎄……. 나도 교회의 모든 것을 파악하고 있는 건 아니야. 동지에게 부탁해도 쉽지 않을 거고."

동지라는 건 공생파 사람을 뜻하는 것이리라.

"그런 건 오히려 라파엘 님이 더 잘 알고 계시지 않을까?"

"그게 말이지, 녀석의 말로는 만약 있다면 교회의 암부가 아닐까 하더군."

샤스틸은 자신의 귀를 의심하듯 눈을 깜빡거렸다.

"암부라면 교회에 암살을 하는 기관이 있다는 말이야?"

이런 반응을 보이는 것을 보니 샤스틸은 전혀 모르는 조직인 듯했다.

"그런 모양이다. 녀석은 그 암부라는 조직에 대해서도 찾아봤다더군. 생전에 이야기지만."

샤스틸의 집무실이라도 누가 엿듣고 있을지 모른다. 자간은 **생전**을 강조해서 말했다.

샤스틸은 씁쓸함이 배어나는 얼굴로 입술을 깨물었다.

"크라벨 님이 그 암부에 가담했던 거야?"

"글쎄. 라파엘도 확신은 못했던 것 같지만 대대로 성기사장을 암살했던 남자다. 관련되었을 가능성은 높지."

세례 갑옷을 입은 성기사장을 죽일 수 있는 독약쯤 되면 아무리 추기경이라도 간단히 손에 넣지는 못했을 것이다.

샤스틸은 잠깐 고민하는 것 같더니 이내 고개를 끄덕였다.

"알겠어. 어디까지 힘이 될 수 있을지는 모르겠지만 크라벨 님의 기록을 찾아볼게."

"부탁한다. ……그렇지만, 키메라 문제도 있으니까 무리하지 않는 범위 내에서 알아봐줘."

"그래. ……어라?"

알겠다고 말하던 샤스틸이 고개를 갸웃거렸다.

"저, 혹시 배려해준 거야?"

"……? 그야 네가 죽으면 곤란하니까 '돌봐줄 사람'을 붙여두긴 했다만."

"아니, 그게 아니라……, 그 전에 키메라 어쩌고 한 거……."

듣고 보니 평소의 자간이라면 자신의 용건부터 꺼냈을 것이다.

――괜히 동요하게 만들어서 샤스틸이 입을 잘못 놀리기라도 하면 큰일이니까…….

암부에 대한 이야기를 줄줄 늘어놓으면 암살해달라는 말과 다를 게 없다.

샤스틸은 그제야 안심했다는 표정을 지었다.

"고마워. 문장에 대한 것도 되도록 열심히 알아볼게."

그리고 다시 '아' 하고 외치는 샤스틸.

"그러고 보니 이걸 읽는 방법 같은 건 없어? 성검의 문장이라면 신령 언어일 텐데."

"아아, 그렇지."

자간은 깜빡 잊고 있었다면서 손을 마주쳤다.

"——〈아자젤〉——그게 바로 '13번'의 이름이라는군."

그 이름은 성검의 이름치고는 불길한 느낌이 드는 울림을 가지고 있었다.

◇

"하아, 하아……. 제기랄, 하여간에 더럽게 재수도 없어요!"

코볼트 남자가 내뱉듯이 말했다.

"그 반대겠지. 〈마왕〉이 우리를 노려보고도 그냥 놔줬으니까 오히려 재수가 좋은 거야. 보통은 그냥 죽었을걸."

"모처럼 손에 넣은 상등품을 놓친 건 사실이잖아."

번화가에서 멀리 떨어진, 큐아노에이데스 교외에 있는 빈민가에서 노예 상인 코볼트들은 갖은 불평을 쏟아내고 있었다.

이미 해는 졌다. 노예 상인들은 그 무시무시한 자간이 쫓아오는 건 아닐까 하는 공포에 시달리며 계속 도망을 다니고 있었다.

하지만 몇 시간이나 계속 도망을 다니다보면 체력도 떨어지는 법이다. 걸음을 멈추자 입을 열 여유도 생겼다. 그렇게 해서 꼴사나운 책임 전가가 시작되었다.

코볼트 중 한 명이 말했다.

"그러니까 그냥 어제 팔아치웠으면 됐잖아!"

"그렇게 말해봤자 **그 뒤에는** 어떻게 할 방법이 없었잖아."

분명 시작은 꼴사나운 책임 전가였다.

그런데 불행하게도 거기서 위화감을 느낀 코볼트 중 한 명이 외쳤다.

"어이, 어제 말인데, 왜 저 녀석을 팔지 않고 잡아뒀었지?"

그들의 사업은 인신매매다.

상품은 사들이는 게 아니라 외모가 괜찮은 자를 납치해서 조달한다. 당연히 꼬리가 잡히면 그 자리에서 죽어도 할 말이 없다. 그렇기 때문에 리스크는 최소한으로 해야만 한다.

그런데 그날은 왜 상품을 잡고서도 보고만 있었던 걸까.

코볼트 한 명이 당연한 것처럼 대답했다.

"그야 상등품이니까 조금이라도 비싸게 팔려고……, 그랬던 거 아니야?"

"그런데 우리가 비싸게 팔려고 뭔가를 하긴 했나? 아니, 애당초 뭘 할 생각이었지?"

정식 노예 상인과 달리 불법 시장에서는 보통 상품을 헐값에 후려친다. 그렇다면 상품을 좋은 상태로 유지하는 의미도 없어진다.

그런 건 충분히 알고 있는데도 왜 당장 팔러 가지 않았을까?

그 누구도 제대로 된 답을 알고 있지 못했다. 점점 불길한 느낌이 들기 시작했다.

"아, 아무래도 상관없잖아! 벌써 도망갔으니까. 그보다 마시기나 하자. 그 녀석들한테서 빼앗은 돈이 있잖아."

"아, 맞다, 그랬지……."

이런 장사에 발을 담그고 있으면 뭔가 찝찝한 일을 겪기도 하는 법이다. 그럴 때는 미친 듯이 마시고 잊어버리는 게 상책이다.

누가 먼저랄 것도 없이 술집을 찾아 걸음을 떼려던 순간이었다.

"응? 어이, 저 녀석, 아까 그놈 아니야……?"

어떻게 된 일인지 아까 도망친 수인족 소녀가 앞에서 걸어오고 있었다.

비틀거리는 걸음걸이, 눈의 초점도 맞지 않는 것처럼 보였다.

코볼트들은 서로 얼굴을 마주보더니 음흉한 미소를 지었다.

"어이, 아기 고양이 씨. 혼자 이런 곳을 걸어 다니면 위험하지."

"으……아……?"

목소리를 듣고 있는지 의심스러운 표정으로 소녀는 멍하게 그들을 올려다봤다.

아무래도 상황을 이해하지 못하고 있는 것 같았다.

(어이, 이 녀석, 무슨 일이 있었던 건가?)

(자간은 마술사라고. 이렇게 맛있어 보이는 여자를 건졌는데 아무 짓도 안 했을 리 있겠냐.)

요컨대, 노예상인의 손에서 구출된 줄 알았더니 흉악한 마술사에게 더 험한 꼴을 당한 것이다.

(히히, 그래서 차라리 우리에게 잡혀 있는 게 더 행복할 것 같아서 돌아온 건가. 우리 입으로 이런 말을 하는 것도 좀 그렇지만, 이렇게 운이 없는 여자도 처음 아니냐?)

바로 코앞에서 오가는 대화도 들리지 않는지 소녀는 비틀거리며 가만히 서 있었다.

그 공허한 눈동자를 보고 있자 하반신에 힘이 불끈 들어갔다.

(어이, 모처럼의 기회인데 맛이라도 좀 볼까?)

(나쁘지 않은 생각이야. 어차피 오늘은 장사도 접었으니 좀 놀아볼까.)

남자들은 천박한 미소를 지으며 소녀의 옷을 힘껏 찢었다.

모양 좋은 유방이 드러나서 그들이 입맛을 다시기 시작했을 때였다.

소녀를 향해 뻗은 남자의 팔이 중간 즈음부터 사라졌다.

"어……?"

팔이 절단된 부분에서 불꽃이 터지는 것처럼 피가 팟 솟구쳤다. 인지를 뛰어넘는 힘에 의해 찢겨졌다는 사실을 이 남자는 이해조차 못했을 것이다.

멍하게 있었던 건 불과 한순간, 이윽고 격통이 머리끝까지 내달렸다.

"아아아아아아아아아아아아아아아아아아! 내, 내 팔이이이이이이!"

바닥에 쓰러져 몸부림치는 남자는 보았다.

소녀의 팔에서 나락(奈落)의 색을 띤 '진흙' 같은 것이 흘러나오고 있는 것을.

그리고 그 '진흙' 속으로 가라앉듯이 남자의 팔이었던 물체가 사라져가는 것을.

그것이 자신들이 감당하지 못하는 존재라는 사실을 바로 깨달은 사람은 아무도 없었다.

"이, 이 계집이!"

코볼트 한 명이 용감하게 나이프를 뽑았지만 그것을 휘두르기 전에 '진흙'이 촉수처럼 휘어서 뻗어왔다.

다음 순간, 개의 머리는 과일처럼 터져 있었다.

그런데 기묘하게도 목이 사라진 부분에서는 피가 흐르지 않았다. 제일 먼저 뜯겨 나갔던 코볼트의 팔에서는 지금도 폭포수처럼 피가 흐르고 있는데도. 그저 허공에 뻥 뚫린 구멍처럼 시커먼 단면을 드러내고 있을 뿐이었다.

곧이어 악몽 같은 광경이 펼쳐졌다.

두개골이 날아간 코볼트의 몸이 안쪽으로 빨려 들어가듯이 찌부러진 것이다. 그곳에서 솟아나온 것은 피가 아니라 자신의 머리를 날려버린 '진흙'이었다.

마술에 대한 지식이 없어도 그가 '진흙'에 잡아먹혔다는 사실을 직감할 수 있었다.

"히익, 도, 도망――."

발걸음을 돌려 도망치려던 코볼트의 발목을 '진흙'의 촉수가 낫처럼 후려쳤다.

코볼트는 얼굴부터 엎어지며 바닥에 입을 맞췄다.

"히익, 살려, 살려줘어어어어어어어어어어!"

그렇게 외치는 코볼트의 얼굴에서는 '진흙'이 뿜어져 나오고 있었다. 몸의 내부에서부터 잡아먹히고 있는 것이다.

귀를 막고 싶어지는 단말마는 불과 몇 초 만에 사라졌다. 그 즈음에는 이미 육체 자체가 무너져서 사라졌기 때문이었다.

다른 코볼트들도 도망치려고 했지만 무의미했다.

어느새 제일 처음에 팔이 뜯겨 나간 남자를 제외하고는 모두 '진흙'에 녹아들어 있었다.

목소리도 내지 못한 채 덜덜 떨고 있는 코볼트 앞에서 소녀의 눈알이 빙글 돌았다. 그리고 처음으로 표정다운 표정을 지은 얼굴로 깜짝 놀란 듯 코볼트를 바라봤다.

「어머? 아직 살아 있는 게 있네. ……그렇구나. 너무 약해서 먹기 전에 팔이 뜯어진 거구나. 약해서 운이 좋았어. 아하하.」

남자인지 여자인지 구분이 가지 않는 앳된 목소리로 소녀가 웃었다. 그리고 옷이 찢어져 훤히 드러난 가슴을 가리려고도 하지 않고 즐거워하며 코볼트의 주위를 걸었다.

그 목소리는 분명 자신들이 잡았던 소녀의 것이 아니었다.

"도, 도대체 뭐가 어떻게……."

대답을 기대한 말은 아니었다.

하지만 소녀는 광기어린 눈으로 바라보며 웃었다.

「아, 미안. 내 소개가 늦었네. 네가 알고 있는지는 모르겠지만, 내 이름은 비프론스. 이 마을을 통치하는 자간의 동료다.」

소녀는 노래하듯 이야기하며 그 자리에서 빙글 돌았다.

「내 사랑스러운 인형을 가지고 노는 데에 너무 몰두했었거든. 그런데 잠깐 사이에 그만 자간의 영지로 도망을 쳤지 뭐야. 그렇지만 소중한 인형을 자간에게 빼앗기는 건 재미없잖아? 그래서 그렇게 되지 않도록 손을 좀 쓰고 있는 중이지!」

뭐가 그렇게 재미있는지 비프론스라는 소녀는 또 '아하하' 하고 웃었다.

「자간은 무섭지만 약점이 많거든. 이 아이의 몸도 그중 하나. 게다가 성검이 수중에 있는 건 자간만이 아니라는 것도 보여주고 싶고. 후후후, 즐거운 파티가 될 것 같아.」

소녀는 악의라고는 없는 얼굴로 웃더니 남자 앞에 웅크리고 앉았다.

코볼트는 이미 출혈로 인해 의식이 몽롱한 상태였다. 죽는 것도 시간문제다.

「깜빡 잊고 말하지 않았는데 고마워. 너희들 덕분에 〈**아자젤**〉을 자간과 접촉시키는 데 성공했어. 우후후, 친해진 소녀가 자신을 원수로 여기고 증오하는 복수자라니, 아아, 이렇게 비극적일 수가! 하아, 재미있어……, 어라? 내 말 안 들려?」

이미 흰자위를 드러낸 남자를 보고 소녀는 시시하다는 듯 뺨을 부풀렸다.

「뭐야. 모처럼 사람이 비밀로 하고 있었던 흉계를 이야기해주는데. ……그러고 보니 지금까지는 네프테로스가 내 이야기를 들어줬었지. 그렇지만 너무 오냐오냐 키운 걸까. 난 참을성이 없거든. 아하하.」

소녀는 한차례 웃더니 만족스럽게 입을 열었다.

그곳에서는 검은 '진흙'이 침처럼 흐르고 있었다.

「그럼, 바이바이. 비록 잔해이기는 해도 '마신'의 제물이 될 수 있으니 기쁘게 생각하도록 해.」

그리고 마지막으로 남은 코볼트 또한 '진흙'에 삼켜져 사라졌다.

"——……어라?"

수인족 소녀는 세모난 귀를 떨며 중얼거렸다.

"어, 엇……? 여긴, 어디지……? 왜 내가……."

당황해서 중얼거리는데 가슴이 묘하게 서늘했다.

"에엑, 뭐, 뭐야, 이게? 옷이, 찢어졌어?"

여자인 자신의 옷이 찢어져 있어서 누군가에게 무슨 짓을 당한 건 아닌지, 무서운 상상이 뇌리를 스쳤지만 주위에는 **아무것도 없었다**.

몸에서도 폭행을 당한 듯한 흔적은 느껴지지 않았다.

"……왠지, 기분이 나빠."

자신의 몸에 무슨 일이 생겼는지 불안했지만, 이유는 알 수 없지만 그 불안은 점점 희미해지면서 사라졌다.

"음……? 내가 뭘 하고 있었더라? 심부름……이었나? 음~, 교회로 돌아가자."

그리고 소녀는 아무것도 모른 채 자신의 새 거처로 돌아갔다.

"아, 어서 오세요, 자간 씨."

자간이 성으로 돌아오자 키메리에스와 고메리가 그를 맞이해주었다.

두 사람 모두 전 마왕 후보이자 자간의 부하다.

둘 다 모습을 바꿀 수 있는 마술사, 아니, 종족이라서 검은 갈기를 흔드는 키메리에스는 인간의 모습, 그 어깨에 올라가 있는 고메리는 어린 소녀의 모습을 하고 있었다.

하루 종일 그들은 선대 〈마왕〉 마르코시어스의 마왕전에 가 있었다.

두 사람 모두 그곳에서 '어떤 일'을 하고 돌아온 참인 것 같았다.

――네피는……, 없군. 무슨 일이라도 있나?

자간이 외출을 하고 돌아오면 네피가 언제나 현관까지 그를 맞으러 나온다. 그런데 오늘은 그녀의 모습이 보이지 않았다. 저녁 준비를 하느라 바빠서 그런 건지도 모르지만, 그러다 몸살이라도 나면 큰일인데…….

그렇지만 지금은 부하들이 그를 맞으러 나와 있었다. 자간은 손을 들어 대답했다.

"그래, 수고 많다. 너희들도 지금 돌아온 참인 모양이군. 마침 잘됐다."

"네, 자간 씨는 마을에 갔다 오셨습니까?"

"그래."

고개를 끄덕인 후 어린 소녀의 모습을 한 고메리를 쳐다봤다.

"그나저나 너는 왜 그런 모습으로 있는 거지? 미리 말해두는데, 네가 그런 모습을 하고 있어도 포레처럼 응석을 받아줄 생각은 없다."

"그런 게 아니다! 안 그래도 피곤해 죽겠는데 어떻게 노파 같이 허리가 아픈 모습으로 있으란 말이냐!"

——그 모습, 허리가 아픈 건가…….

뭐, 지팡이가 없으면 걷는 것도 힘들어 보이는 모습인데, 실제로도 아픈 모양이다.

소녀 고메리는 이마에 달린 산양 같은 뿔을 만지작거리며 말을 이었다.

"게다가 젊은 모습으로 있으면 키메리에스가 부끄럽다면서 업어주지 않는다고. 그래서 필연적으로 이 모습으로 있을 수밖에 없는 거다."

"고메리 씨. 지금도 충분이 부끄러운데요……."

검은 체모로 뒤덮여 자세히는 모르겠지만 키메리에스는 지금도 얼굴을 붉히고 있는 것 같았다. 콧등이 조금 발그레해져 있다.

"키메리에스, 이 녀석의 응석을 너무 받아주지 마."

"……네. 생각해 보겠습니다."

떼려야 뗄 수 없는 악연이라고 해야 할까. 고개는 끄덕였지만 그가 다음에도 고메리를 업어주거나 안아주리라는 것을 직감할 수 있었다.

자간은 어깨를 으쓱였다.

"너희들 사이의 일에 참견할 생각은 없다. 그보다 마왕전의 상태는 어떻지?"

키메리에스와 고메리는 서로 얼굴을 마주보더니 곤란한 표정을 지었다.

"선대 〈마왕〉의 골렘은 수리할 수 있을 것 같습니다. 마왕전의 방어에는 도움이 될 겁니다. 그런데 다른 하나는……."

"〈마왕〉, 그건 나와는 맞지 않는 것 같다. 아니, 그런 걸 나더러 어떻게 제어하라는 거냐~."

완전히 기진맥진한 모습을 보니 대충 짐작이 갔다. 고메리는 다 포기하고 싶다는 듯한 얼굴로 외쳤다. 키메리에스도 고개를 끄덕였다.

"마술사에게는 잘하는 분야라는 게 있으니까요. 저는 그렇다 쳐도 고메리 씨의 마술과는 상당히 궁합이 맞지 않습니다."

고메리의 마술은 생물의 시간적 흐름에 간섭하는 것이다. 생명력을 다룬다고 할 수 있을지도 모른다.

그 반면, 키메리에스는 소리를 다루는 마술에 뛰어났다. 자간만큼은 아니어도 전투에 적합해서 이미 어느 정도는 성과를 얻었다.

"……흐음. 그렇지만 '그것'을 제대로 운용할 수 있을 것 같은 사람은 너희들밖에 없다. 시간이 걸려도 상관없으니 어떻게든 다룰 수 있도록 해봐."

고메리는 떨떠름한 표정을 지었지만 마지못해 고개를 끄덕였다.

"나의 〈마왕〉이 그렇게까지 말하는데 못 하겠다곤 할 수 없지."

"그런데 제가 이런 말을 하는 것도 좀 그렇지만, 정말로 저희가 '그것'을 사용해도 됩니까? 영광이기는 하지만……, 저, 너무 힘을 많이 가지게 되는 것 아닐까요?"

"안 되나?"

자간이 고개를 갸웃거리자 고메리가 어이없다는 듯 말했다.

"〈마왕〉, 그건 그대의 재산이다. 그것도 까딱하면 세상을 바꿀 수도 있는 위험하고 숭고한 재산이란 말이다. 그걸 만난 지 얼마 안 된 우리에게 나눠줘도 되냐는 거다."

요컨대 자간이 그 물건의 가치를 제대로 알고 있는지 불안한 것 같았다.

"음, 그렇군……. 〈마왕〉이라는 건 동화 속에 나오는 괴물을 가리키는 말이 아니다. 마술사 중 최고의 경지에 오른 왕의 칭호다. 다른 〈마왕〉들은 괴물 쪽이 되고 싶은 것 같지만, 나는 이미 자신을 왕이라 생각하고 있다."

그 외에 오리아스도 자간과 비슷한 생각을 가지고 있는 것 같았지만, 그녀는 부하를 거느리지 않는 고고한 왕이었다. 그 또한 자간과는 다른 길이리라.

"왕이란 충신에게 상을 내리는 자다. 너희들은 그만큼 일을 잘 해주었고, 앞으로도 그래주기를 바라고 있다. 그래서 나는 상으로 **힘**을 주는 것이다."

고메리와 키메리에스는 믿을 수 없다는 표정을 지었다.

"이상한가?"

"글……쎄?"

자간의 물음에 고메리는 평소와 달리 진지한 얼굴로 고개를 숙였다.

"마술사치고는 확실히 이질적인 사고로군. 애당초 마술사는 자신밖에 생각하지 않는 인간들이니까. 그대의 생각은 밝은 곳에서 살아가는 자들에 가까워서 어둠 속에서 살아가는 마술사에게는 사도(邪道)다. 그렇지만 그대는 마술사이기 때문에 결코 정도(正道)가 될 수는 없어. 정도도 사도도 되지 못하는 그대는 한없이 위태롭지."

그것은 비난이 아니라 고메리 자신도 대답을 찾고 있는 듯한 말이었다.

그리고 잠시 후, 뭔가 생각이 난 듯 자간을 봤다.

"아아, 그래. 그렇기 때문에 **왕도(王道)**인 것인가."

대답을 찾은 듯 고메리와 키메리에스는 누가 먼저랄 것도 없이 머리를 숙였다.

""왕의 분부에 따르겠습니다.""

그런 다음 키메리에스가 자간의 안색을 살피듯 올려다봤다.

"하지만 그렇다면 포레 아가씨에게도 줘야 하는 것 아닐까요? 그건 원래 자간 씨의 따님인 포레 아가씨에게 주어야 하는 것입니다."

케메리에스의 말은 지당했다.

자간이 지금 그들에게 맡긴 일은 자간의 양녀라는 위치, 용이라는 종족의 잠재능력, 그리고 전 마왕 후보라는 마술사의 경험을 볼 때 포레가 가장 적임자다.

——게다가 마왕전은 용의 술식으로 움직이는 장치도 많지.

그야말로 용인 포레를 위한 공간이기도 했다.

"물론 최종적으로는 그럴 생각이다. 포레 역시 여전히 강한 힘을 원하고 있고."

"그렇다면……."

그런데도 자간은 엄중한 표정으로 고개를 옆으로 흔들었다.

"얼마 전에 작아진 네피를 보고 생각했다. 나도 네피도……, 아니, 대부분의 마술사가 그렇지만, 모두 제대로 된 유소년기를 보내지 못하지 않았나?"

"그건……."

키메리에스와 고메리도 짐작 가는 구석이 있었던 것이리라. 두 사람 모두 아무 대답도 못했다.

"내가 이런 말을 해도 되는지는 모르겠지만, 포레는 지금 우리가 얻지 못했던 '그런 시간'을 보내고 있는 게 아닐까."

자간과 네피의 무릎에 앉아 그림책을 읽어달라고 보채고 과자를 먹고 같이 자는 등, 평범한 가족을 가진 사람이라면 당연히 누렸을 시간이다.

이미 친부모인 오로바스를 잃은 그녀가 그런 시간을 얻었다는 건 기적에 가까운 일이 아닐까.

"너희에게 준 힘은 아마 앞으로 금주(禁呪)가 될 거다. 힘을 얻는 대가로 힘과 인연을 끊고 살 수는 없어지겠지. 그렇기 때문에 포레에게는 아직 일러. 조금 더 크고 나서 줘도 돼."

고메리가 어쩔 수 없다는 듯 한숨을 쉬었다.

"완전히 아버지 다 됐군. 사랑 받고 있는걸, 그 용 아가씨. 나도 그렇게 말해주는 부모가 있었으면 좋았을 텐데. 굳이 말하지, 멋진 사랑과 힘이다."

그렇게 말하더니 씩 미소를 지었다.

"그나저나 나의 〈마왕〉, 나의 아빠가 되어줄 수는 없겠나? 보다시피 난 어린아이로도 변할 수 있고, 그대가 좋아하는 스타일의 숙녀가 되어 교육 받는 것도 가능한데."

"퍽이나 그렇겠군."

자간이 뿌리치듯 손을 흔들자 고메리는 토라진 것처럼 뺨을 부풀렸다.

"비교적 진지하게 말한 건데."

"키메리에스가 싫어하잖아. 그만둬."

그 말에 동요했는지 키메리에스가 고메리를 툭 떨어뜨렸다.

"으앗?"

"아아아아, 죄송합니다, 고메리 씨. 옷은 더러워지지 않았습니까?"

"내 얼굴부터 걱정해야 되는 것 아니냐!"

그렇게 옥신각신하는 모습을 보고 있는데 키메리에스가 화제를 바꾸듯 말했다.

"그, 그보다 자간 씨. 우리에게 뭔가 용건이 있었던 것 아닙니까?"

“맞다, 그랬지.”

자간은 목소리를 낮춰 입을 열었다.

“──비프론스 녀석이 다시 수작을 부리기 시작했다.”

그 이름을 듣자 고메리와 키메리에스는 경직되었다.

당연한 일이었다. 그들 역시 비프론스와 엮이는 바람에 하마터면 죽을 뻔한 적이 있는 사람들이다. 그래서 그때 함께 싸운 자간의 부하가 되기로 선택한 것이다.

“그러나 놈의 목적은 다른 데 있는 것 같다. 시답잖은 짓을 하는 건 변함이 없지만, 다른 일을 하면서도 적당히 상대할 수 있다고 얕보고 있는 모양이야.”

자간은 타이르듯 웃더니 키메리에스의 두툼한 가슴을 툭 쳤다.

“그런 놈은 낯짝을 한 방 날려서 본때를 보여줘야겠지?”

자간은 놈이 자신들에게 보낸 ‘적’에 대해 이야기했다. 샤스틸을 비롯한 성기사들이 무엇과 싸웠는지 듣자 두 사람의 안색도 노골적으로 변했다.

하지만 자간은 겁낼 것 없다며 마지막에 이렇게 덧붙였다.

“──잘 들어. 그놈은 적당히건 아니건 간에 반드시 우리가 싫어하는 짓을 전력을 다해 저지를 거다. 우리가 생각할 수 있는 최악의, 아니, 그것도 능가하는 짓을 할 거야. 그러니 ‘그것’을 사용해도 된다. 정성껏 죽여드리도록 해.”

키메리에스가 놀라는 표정을 짓는가 싶더니 사자답게 사나운 미소를 지었다.

“분부에 따르겠습니다.”

"극진하게 대접해볼까. 비프론스가 거품을 무는 얼굴이 기대되는군."

그리고 고메리가 유쾌하게 웃었다.

"얼른 비프론스를 처리하지 않으면 네피 아가씨와 마음 놓고 데이트도 못하겠지. 우리 〈마왕〉이 무자비해지는 것도 당연한 일 아니겠나?"

그 한마디에 자간의 몸이 움찔 굳었다.

"……어이, 고메리. 설마 포레에게 그림책을 빌려준 게 데이트를 하게 만들려고 한 거였나?"

"크흐흐흐, 그대들은 넘치는 재능을 가지고 있으면서 그런 부분에서는 너무 늦되다니까. 내가 등을 밀어주지 않으면 언제까지고 똑같은 곳에서 한 발짝도 못 내딛을 것 아닌가. 안 그래? 그래도 괜찮나? 아니, 괜찮지 않지. 내가 답답해서 더는 못 보고 있겠단 말이야!"

변함없이 제멋대로 사는 소녀의 말에 자간도 머리가 아파오기 시작했다.

——뭐, 나 혼자서는 뭘 어떻게 하면 좋을지 몰랐던 것도 사실이니까…….

이 노파라면 더 과격한 묘사가 있는 책을 쥐여 줘서 노골적인 유도도 할 수 있었을 터. 게다가 짓궂은 장난을 칠 생각이었다면 마음대로 가지고 놀 수도 있었을 것이다.

하지만 그 말대로 그것은 분명 '등을 떠밀어주는' 정도였다.

자간은 분한 듯 머리를 헝클며 말했다.

"……안 그래도 어떻게 해주면 네피가 기뻐할지 몰라서 곤란하던 참이다. 일단 고맙다."

고메리는 눈이 동그래지더니 씩 웃었다.

"우리 왕이 마음에 드셨다면 그보다 기쁜 일이 또 있을까. 일이 끝나면 어떤 **밤**을 보냈는지 실컷 들려주기만 하면 돼. 이히힛!"

"……마음대로 떠들어라. 일단 성 쪽은 믿고 맡기마."

"알았다."

첫 싸움이 있었던 배 위는 비프론스의 **영지**였다.

이번에는 반대로 성과 마을이라는 자간의 **영지**다.

——이곳에서는 아무것도 빼앗아가지 못한다.

비프론스 역시 그에 상응하는 것을 준비해 오겠지만 상대가 누가 됐든 자간에게서 그의 것을 빼앗아가지는 못할 것이다.

하지만 이때 자간은 알지 못했다.

비프론스 역시 마찬가지였으리라.

두 〈마왕〉의 예상을 벗어난 자가 하나, 이 땅에 몰래 들어와 있다는 사실을.

◇

"어, 어서 오세요, 자간 님."

옥좌의 방으로 돌아가자 네피가 기다리고 있었다. 저녁 준비를 하느라 바쁜 줄 알았는데.

——여기서 기다리고 있었다는 건 단둘이 하고 싶은 이야기가

있다는 건가?

그런 게 아니라면 성의 현관에서 기다려주는 게 이 소녀다.

다시 네피의 모습을 살펴보니 하고 싶은 이야기라도 있는지 손을 뒤로 모으고 머뭇머뭇 자간의 얼굴을 올려다보고 있었다.

뾰족하게 솟은 귀는 초조함인지 긴장인지 알 수 없는 감정으로 움찔움찔 가늘게 떨리고 있었다.

——헉, 이 반응, 혹시 데이트 사전조사를 한 게 들켰나?

놀라게 해주고 싶어서 비밀로 하고 있었던 일이다. 갑자기 들키면 자간도 쑥쓰러워진다.

자간은 횡설수설하며 물었다.

"무, 무슨 일이지, 네피? 할 말이라도 있나."

"아, 네, 저……, 실은 전해드리고 싶은 게 있어서……."

그리고 네피가 머뭇거리며 내민 것은 작은 종이 꾸러미였다. 새빨간 리본이 묶여 있어서 무척 귀여웠다.

——이건 선물이라는 건가?

쿠로카의 조언을 듣고 자간도 뭔가 준비해야겠다고 생각은 했지만 구체적으로 무엇을 주면 좋을지는 떠올리지 못했다. 게다가 오리아스의 펜던트 건도 있었다.

자간이 고민하는 동안 네피는 한 걸음 더 다가온 것인가.

——아, 앗, 잠깐만. 좋아하는 사람에게 선물을 받았을 때는 어떻게 하면 되지?

눈에 잘 띄는 곳에 장식해둬야 하나? 아니, 일단 보관부터 하는 건가?

예전에 작아진 네피에게 화관을 선물 받은 적이 있는데, 그때는 바로 식물이 시들지 않도록 시간을 정체시키는 마술을 걸 만큼 냉정할 수 있었다.

어린 네피도 분명 사랑스러운 소녀지만 어린아이이기 때문에 흐뭇하게 바라볼 수 있었다.

하지만 지금은 달랐다. 네피는 원래대로 열여섯 살로 돌아왔고, 자간이 첫눈에 반했던 모습을 하고 있다. 그런 네피가 자간을 위해 선물을 준비해주었다고 생각하니, 뭐랄까, 거기에 담긴 마음의 무게가 다른 것 같은 느낌이 들었다.

자간은 그런 선물을 앞에 두고 깜짝 놀라서 그저 우두커니 서 있기만 했다.

——에잇, 자간, 한심한 놈! 네가 지향하는 〈마왕〉은 이런 일에 사사건건 동요하는 거냐? 음, 동요하지 않는 게 이상하지!

마음속에서 자신을 질타하는 목소리조차 금세 굴복했다.

누가 뭐라고 해도 사랑하는 소녀에게 처음으로 받은 선물인 것이다. 냉정하게 있는 것은 그 어떤 마술사라도 불가능할 것이다.

어쩔 줄 몰라하고 있는데 네피가 불안한 얼굴로 자간을 올려다보는 모습이 보였다.

——앗, 그래. 일단 열어봐야지!

자간은 헛기침을 한 번 하고 말했다.

"저기, 열어봐도 되나?"

"네."

포장이 찢어지지 않도록——이것도 잘 보관해두자——조심스레 열어보자 안에서 나온 것은 털실로 짠 직물이었다.

"이건, 머플러……라는 거냐?"

새빨간 털실로 짠 것인데 가장자리에는 금색 실로 작은 장식이 되어 있었다. 자신의 손으로 만져보는 건 처음이지만, 오늘도 마을에서 이런 걸 두르고 있는 사람을 종종 봤다.

네피는 속삭이는 듯한 목소리로 말했다.

"마술을 사용하는 자간 님에게는 필요하지 않을지도 모르지만, 이제 곧 추운 계절이 되잖아요. 도움이 되면 좋겠다는 마음으로 만들어봤어요."

자간의 눈이 경악으로 인해 휘둥그레졌다.

"뭐, 이게, 직접 만든 거라고?"

"네."

"그게, 마술이나 마법이 아니라, 손으로 직접 짰다고……?"

"네."

마술을 사용하지 않았다면 하루나 이틀 만에 만들지는 못했으리라. 상당히 예전부터 틈틈이 짰던 것이 분명했다.

감동으로 가슴이 뜨거워졌다.

앞으로 추워진다는 것은 알고 있었지만 자간은 마술을 가르쳐줘야겠다는 생각밖에 하지 못했다. 최연소 〈마왕〉이 될 정도로 마술에 정진해왔으니 당연한 일인지도 모르지만, 방한용품 자체는 마을에서도 자주 봤으니 이 답을 찾을 수도 있었을 것이다.

——나도 아직은 평범한 마술사에 지나지 않는 건가…….

네피를 햇빛이 비치는 곳에서 살게 해주고 싶다고 생각했으면서, 자신이 가진 '햇빛이 비치는 곳'이라는 것의 이미지가 얼마나 빈곤했는지 절감했다.

오리아스의 펜던트와는 별개로 자신도 뭔가 이런 선물을 해주고 싶었다.

그런 생각을 하다가 문득 의문이 떠올랐다.

"네피, 이건 어떻게 사용하는 거지?"

마을에서 본 사람은 목에 두르고 있었는데 막상 자신이 하려니 잘되지 않았다.

너무 힘을 주면 자신의 목을 조를 뿐만 아니라 머플러도 상할 것 같았다. 하지만 너무 느슨하게 하면 금방 바닥에 떨어진다. 게다가 아무리 해도 머플러 끝자락이 많이 남거나 짧아졌다.

네피는 못 말리겠다는 듯 미소를 짓더니 머플러를 살짝 집어 들었다.

"잠깐 실례할게요. 이런 식으로 두르시면 돼요."

네피는 적당히 힘을 줘서 자간의 목에 머플러를 두르더니 남은 끝자락은 등 뒤를 향해 살짝 넘겼다.

"음. 오……. 따뜻하군."

"도움이 될 것 같나요?"

"그래. 마음에 들었다. 고마워. 소중히 사용하도록 하마."

"……감사합니다."

네피는 귀 끝까지 새빨개져서 고개를 숙였다.

추위 탓인지 가슴 앞에 가만히 모은 두 손은 빨개져 있었다.

——네피, 이 옷은 이제 추울 것 같군. 장갑 같은 거라도 사주면

기뻐할까?

자간은 직접 장갑을 짜지는 못하지——아니, 완성될 즈음이면 이미 겨울이 지나 있을 것이다——만 기성품에 마술을 걸어서 추위로부터 지켜줄 수는 있다.

이제야 데이트 때 할 일을 찾은 것 같은 느낌이 들었다.

바로 그때였다. 캄캄한 하늘에 천둥이 쳤다.

"——꺄악."

긴장이 풀리는 바람에 더 놀랐을 것이다. 네피가 짧은 비명을 지르며 자간에게 매달렸다. 자간은 자연스럽게 그녀의 허리에 팔을 두르고 안았다.

앒치마 너머이기는 하지만 부드러운 가슴이 느껴지자 자간도 동요하기 시작했다.

——그러고 보니 오늘은 날씨가 안 좋았지.

마음을 진정시키기 위해 다른 생각을 하려고 하는데 문득 팔 안에 있는 네피가 작게 떨고 있는 게 느껴졌다. 천둥소리에 놀랐다기보다는 추위 때문에 떨고 있는 것 같았다.

"흠, 네피. 그대로 가만히 있어라."

"네? 에엣?"

자간은 네피를 공주님처럼 부드럽게 안아 들더니 그대로 옥좌에 앉았다.

그런 다음 목에 두른 머플러를 반쯤 풀어서 네피의 목에도 감아주었다.

"이렇게 하면, 따뜻하지?"

"네……, 저, 따뜻, 해요……."

네피가 또 새빨개져서 부르르 떨고 있자 자간은 자신이 한 일에 대해 의문을 품었다.

――어라? 둘이서 같은 머플러를 두르고 무릎에 앉히는 거, 혹시 굉장히 밀착하지 않으면 안 되는 상태인 건가……?

왠지 평소보다 대담한 짓을 한 것 같다.

네피는 동요하는 자간과는 별개로 체념한 듯 그에게 기댔다.

두근두근, 네피의 가슴이 빠르게 뛰고 있는 게 느껴졌다.

네피는 가냘픈 손가락으로 자간의 가슴을 만졌다.

"……자간 님의 심장, 빠르게 뛰고 있어요."

"네, 네피 너도 그렇다."

서로의 심장 소리가 들릴 정도로 가까운 거리라는 것을 재확인한 두 사람은 동시에 얼굴을 붉혔다.

누가 먼저랄 것도 없이 입을 열었다.

"한동안 이렇게 있을까."

"……네."

네피의 얼굴을 살짝 바라보니 쑥스러움과 안도감 사이에서 방황하는 것처럼 입술을 떨고 있었다. 눈동자에는 눈물까지 촉촉하게 맺혀 있었지만, 그래도 떨어질 생각은 없는지 그 손은 자간의 옷을 꼭 쥐고 있었다.

――네피도 표정이 제법 풍부해졌군…….

무표정해도 귀를 보면 무슨 생각을 하는지 알 수 있었지만, 역시 표정을 보여주니 더 매력적이다.

그렇게 감개무량해 있다가 네피의 표정에 그림자가 살짝 드리워져 있다는 것을 깨달았다.

──그래, 아직 네프테로스를 걱정하고 있구나.

어제도 자신만 행복해져도 되는지 의문을 품었었다.

자간은 네피의 머리를 가만히 어루만지며 말했다.

"그러고 보니 오늘은 큐아노에이데스에 가서 샤스틸을 만났다."

물론 데이트 사전 답사를 하러 갔다는 것은 비밀로, 명목상으로는 샤스틸에게 '13번'에 대해 알아봐달라고 부탁하기 위해 간 것이다. 덧붙여 포레에게 선물로 줄 그림책도 구했다.

친구의 이름이 나오자 네피의 얼굴도 조금 밝아졌다.

"네. 잘 지내고 있던가요?"

"잘 지내고는 있는데 이래저래 바빠 보이더군. 그리고 한 가지 재미있는 사실을 알게 되었다."

"재미있는 사실이요?"

고개를 갸웃거리는 네피에게 자간은 가능한 한 부드러운 미소를 지어 보였다.

"네프테로스 녀석, 지금은 샤스틸이 돌봐주고 있는 것 같더군."

네피는 진심으로 놀란 얼굴로 눈을 깜빡거렸다.

"샤스틸 씨와 네프테로스 씨가 함께 있다고요?"

"본인은 비밀로 하고 싶은 것 같지만."

"비밀인데 제게 말해도 괜찮나요?"

"녀석은 아무리 직무 중이어도 역시 숨기는 데는 서투른 모양이다. 내가 가만히 있었어도 금세 알 수 있었을 거다."

네피는 안심했다는 듯 가슴을 쓸어내렸다.
"다행이다……."
"음, 샤스틸을 상당히 신뢰하고 있군."
두 사람이 좋은 친구 사이라는 사실은 자간도 알고 있지만, 그만큼 샤스틸이 얼마나 칠칠맞지 못한지도 잘 알고 있었다.
네피는 당연하다는 듯 고개를 끄덕였다.
"샤스틸 씨는 저를 제외하면 처음으로 자간 님을 이해해준 사람인걸요. 네프테로스 씨도 분명 구해주실 거예요."
그 말에 자간은 겸연쩍은 표정을 지었다.
――나를 이해해준다……라.
뭐, 처음 만났을 때부터 서툴다고 할까, 좋은 사람이라는 생각은 했지만, 그 이상으로 계속 괴롭히고 싶어지는 유혹에 시달리게 만드는 소녀다.
그래서 자기도 모르게 그만 괴롭히곤 했는데, 조금 반성했다.
네피는 이상하다는 듯 중얼거렸다.
"신뢰라고 하시니 말인데, 자간 님도 샤스틸 씨를 신뢰하고 계신 것 같아요."
"음, 그래……?"
의외인 말이었지만 자간도 자신이 샤스틸을 의심하지는 않는다는 사실을 깨달았다.
"……그래, 그런지도 모르겠군. 무언가를 지키는 일이라면 샤스틸은 유능하지. 내 등 뒤를 맡길 수 있을 정도로."
"네."

그렇게 대답하자 네피도 기쁜 듯 고개를 끄덕이더니 이내 토라진 것처럼 뺨을 부풀렸다.

"……그런데 자간 님, 계속 샤스틸 씨에 대한 이야기만 하는 것 같아요."

"너도 그렇잖아."

"그렇긴, 하지만……."

기분이 안 좋다기보다는, 섭섭한……걸까. 어째서 갑자기 토라진 거지?

자간은 고개를 갸웃거리다가 깨달았다.

――앗, 혹시 이게 바로 '질투'라는 건가?

네피의 얼굴과 귀를 살펴보니 역시 '친구를 칭찬해주는 건 기쁜 일이지만, 단둘이 있는데 다른 여자 이야기만 해서 조금 섭섭하다'라는 것처럼 보였다.

당연히 네피가 제일 소중하다고 말해주고 싶은 마음도 있지만…….

――음, 이런 네피도 왠지 신선해서 좋군.

그래서 그냥 가만히 바라만 봤다.

이윽고 자간이 아무 말도 없다는 것을 의아하게 생각한 네피가 불퉁한 얼굴로 위를 올려다봤다가 그대로 자간과 눈이 마주쳤다.

네피는 깜짝 놀라서 눈을 깜빡였지만, 이내 자간이 줄곧 자신을 바라보고 있었다는 사실을 깨닫고 새빨개진 뺨을 손으로 가렸다.

"……자간 님, 제 얼굴을 보고 있어봤자 하나도 재미없을 텐데요."

"그럴 리가 있나."

"——?"

즉시 단언하자 당황해서 눈을 깜빡이는 네피.

자간은 세상의 진리라도 이야기하는 것처럼 진지한 얼굴로 말했다.

"잘 들어, 네피. 난 너에게……, 그, 사랑한다, 고 말했다."

"……네."

막상 말하고 나자 두 사람 모두 얼굴이 빨개졌다.

"그러니까, 그, 뭐냐. 내가 네피를 보고 싶은 건 당연한 일이란 말이다."

"……네."

자기가 말하고도 너무 강압적이지 않나 싶었지만 네피는 가만히 고개만 끄덕일 뿐이었다.

예의 바르게 무릎 위에——이걸 예의 바르다고 할 수 있는지는 모르겠지만——오도카니 앉아, 뺨에는 땀까지 흘리며 크게 동요한 것처럼 입술을 떨고 있었다. 감청색 눈동자는 어디를 보면 좋을지 모르겠다는 듯 빙글빙글 돌고 있었다.

——그렇게 순순히 받아들이면 내가 더 부끄럽잖아……!

자간은 쑥스러움을 감추려는 듯 어흠 하고 헛기침을 했다.

"스스로는 잘 모르겠지만 표정도 많이 부드러워졌다. 그 변화를 즐기는 건 내 소중한 즐거움이야. 그것을 빼앗지 말아줘."

"……아, 알겠습니다."

도저히 못 참겠는지 네피는 두 손으로 얼굴을 가렸다.

그러더니 손가락 사이로 자간을 살짝 올려다봤다.

"저, 자간 님. 제가, 제대로 웃을 수 있게, 되었나요……?"

네피가 그런 질문을 할 줄은 몰랐던 자간의 눈이 동그래졌다.

——네피도 신경 쓰고 있었나?

자간은 애를 태우듯 되물었다.

"음, 넌 어떻게 생각하지?"

"어엇, 저, 연습은 하고 있지만 잘하고 있는지, 자신이 없어서……."

그러더니 붉게 달아오른 자신의 하얀 뺨의 근육을 풀듯이 잡아당겼다.

그런 다음 두 손의 검지로 입 양쪽 끝을 밀어 올려 웃는 모양을 만들어 보였다.

확실히 입가는 웃고 있지만 그 눈빛은 곤란해서 어쩔 줄 몰라하고 있었다. 그 어색한 몸짓은 너무나도 서툴렀지만, 그래도 열심히 애쓰는 그 기특한 모습에 자간은 일찍이 경험하지 못한 충격을 받았다.

——그만 둬! 내 무릎 위에서 그렇게 범죄적으로 귀여운 짓을 하면 심장이 버텨내질 못하잖아!

덜덜 떨면서, 그래도 자간은 생각했다.

얼마 전에 어린아이로 변했던 때를 제외하면 이 소녀는 늘 조심스럽게 미소만 지을 뿐, 즐거워서 못 견디겠다는 얼굴로 웃는 모습은 한 번도 본 적이 없다.

——네피가 연습하고 있다는 미소도 한번 보고 싶군.

그래서 자간은 지극히 진지한 얼굴로 대답했다.

"글쎄. 아까도 말했지만 네피의 표정은 점점 변하고 있다. 지금 네피가 환하게 웃고 있다고 생각하는 얼굴이 내가 생각하는 것과 반드시 똑같다고 할 수는 없지 않을까?"

"그, 그럼 어떻게 하면 될까요……?"

그런 사랑스러운 소녀에게 자간은 초원에 부는 바람처럼 웃는 얼굴로 이렇게 말했다.

"우선 연습하고 있다는 미소를 한번 보여줘."

"네……?"

그 한마디에 네피는 딱딱하게 굳어버렸다.

"저, 저기, 자간 님, 그건 좀……, 부끄러워요."

마지막 말은 거의 꺼져 들어가는 목소리였지만 그래도 확실하게 대답했다.

하지만 이렇게 귀여운 반응을 보이면 자간도 물러날 수 없다.

"……흠. 그래. 못 하겠다는 건가. 미안. 내가 무리한 부탁을 했군."

노골적으로 어깨를 늘어뜨리며 진심으로 슬픈 표정을 지어 보이자 네피는 당황하기 시작했다.

"……아, 알, 알겠어요. 잘 못하더라도 웃으면 안 돼요!"

"네가 널 보고 웃을 리가 없지."

"……제가 곤란해하는 모습을 보고 웃으실 때가 종종 있어요."

네피의 다 알고 있었다는 말에 자간도 말문이 막혔다.

——귀여운 걸 보면 얼굴이 풀어지는 건 어쩔 수 없는 일 아닌가…….

불합리하다는 생각은 들었지만, 가만히 생각해보면 늘 불합리한 일을 요구해온 건 자신이었다.

왜 이렇게 사랑하는 소녀에게 불합리한 일을 요구하는지 생각해봤는데, 그 불합리한 요구에도 최선을 다해 응하려는 모습이 너무나도 사랑스럽기 때문인 것 같았다.

그렇게 열심히 노력하는 네피가 또 보고 싶어서 자간은 꿋꿋하게 고개를 끄덕였다.

"알았다. 지금은 웃지 않겠다고 약속하지. 그러니까 어서 해봐."

"……네."

스스로 퇴로를 차단한 셈이 되자 네피는 어깨를 늘어뜨리며 고개를 끄덕였다.

심호흡을 반복하더니 눈을 커다랗게 뜬다.

"그럼, 시작할게요!"

그리고 네피는 혼신의 미소를 지었다.

입가에 손을 살짝 올리고 가볍게 고개를 기울이더니 눈을 가늘게 뜨고 입은 부드럽게 벌렸다.

어린 네피가 지었던 미소를 그대로 크게 만든 듯한 미소였다.

"——앗?"

정신을 차렸을 때 이미 자간은 네피를 끌어안고 있었다.

네피는 무슨 일이 일어났는지 몰라 눈만 빙글빙글 돌고 있었다.

"저, 저, 저기……."

"……그, 그게, 응. 굉장히, 귀여웠어."

"——?"

솔직한 감상을 말하자 네피는 품 안에서 버둥버둥 몸부림치기 시작했다. 동요를 드러내듯 귀도 상하로 격렬하게 떨렸다.

그러다 힘이 빠지자 이렇게 중얼거렸다.

"자간 님이, 그런 식으로 말씀해주신 건, 처음이에요……."

"엇, 그랬나?"

그러고 보니 늘 마음속으로는 귀엽다고 난리를 쳤지만 입 밖으로 꺼내서 말한 적은 없었다.

——그런 말을 할 수 있게 된 건 역시 연인 사이가 되었기 때문일까?

그렇다면 지금껏 말하지 못했던 것까지 잔뜩 말해줘야지.

자간은 네피의 머리를 쓰다듬으며 말했다.

"안심해도 돼. 널 처음 봤을 때부터 계속 그렇게 생각했으니까."

포옹 하는 소리가 날 것처럼 네피의 얼굴이 뾰족하게 솟은 귀 끝까지 새빨갛게 물들었다.

그러더니 눈물이 글썽이는 눈으로 자간을 올려다봤다.

심장이 크게 뛰었다.

눈길이 간 곳은, 분홍색 입술.

자연스럽게 얼굴과 얼굴이 가까워졌다.

그리고 서로의 입술이 맞닿으려 한 순간이었다.

"아얏!"

철푸덕 소리와 함께 누군가가 옥좌의 방 안으로 넘어졌다.

자간과 네피는 화들짝 놀라서 떨어지려고 했지만 목에 두른 머플러 때문에 뜻대로 되지 않았다. 결국 같이 비틀거리다가 다시 끌어안고 말았다.

"에, 에헤, 에헤헤……."

식은땀을 뚝뚝 흘리며 고개를 든 것은 인어족 하인 셀피였다.

'이 녀석! 좋은 분위기였는데 무슨 짓이야, 이 멍청아!'

자세히 보니 그 뒤에서는 고메리와 키메리에스, 그것도 모자라 라파엘과 그가 눈을 가린 포레까지 이쪽을 엿보고 있었다.

아까 절묘한 타이밍에 천둥이 친 것도 저들의 짓일지도 모른다.

"……네놈들, 거기서 뭐하고 있는 거지?"

자간이 네피를 끌어안은 채 일어나자 모두가 거미 새끼 흩어지듯 도망쳤다.

이번만큼은 자간도 웃으며 봐줄 마음이 없었다. 창피함을 못 견디겠다는 듯이 얼굴을 가린 네피를 번쩍 안아 들고 성안을 뛰어다녔다.

◇

"이곳, 은……?"

잔뜩 쉰 목소리가 흘러나와 네프테로스는 자신이 아직 살아 있다는 사실을 깨달았다.

눈을 뜨니 낯선 천장이 펼쳐져 있었다.

어둑어둑하고 좁은 천장이었다. 하지만 정기적으로 청소를 하고 있는지 더럽지는 않았다. 그림자가 아른아른 흔들리는 것을 보니 양초 같은 것으로 불을 밝힌 모양이었다. 지금은 밤인 것 같다.

아무래도 자신은 작은 방의 침대에 누워 있는 것 같았다.

"정신이 들었어?"

씩씩한 목소리에 눈을 돌리자 구릿빛 머리의 소녀가 침대 옆에 걸터앉아 있었다.

낯익은 얼굴이라 기억을 더듬어봤다.

분명 샤스틸이라는 이름을 가진 자로 〈마왕〉 자간의 하인 중 한 명이었다. 성기사 주제에 마술사인 자신에게 울며 매달린 마음 약한 소녀지만 성검 소유자라고 한다. 그렇지만 검을 쥐면 상당히 강했던 게 떠올랐다.

지금이 밤이기 때문일까, 세례 갑옷이 아니라 파란 예복 차림이었다.

의자 옆에는 성검이 세워져 있었다.

――음, 내가 왜 이 덜렁이와 같이 있는 거지……?

이제 막 잠에서 깬 탓인지 머리가 제대로 돌아가지 않았다. 몸도 납처럼 무거워서 팔 하나도 제대로 들지 못할 것 같았다. 멍하게 있자 샤스틸이 걱정스러운 얼굴로 물컵을 내밀었다.

"괜찮아? 물은 마실 수 있겠어?"

듣고 보니 이상하게 목이 말랐다.

샤스틸은 네프테로스의 머리를 받쳐서 고개를 들게 하더니 물컵을 살짝 입에 대주었다.

"조금씩 마시도록 해."

찔끔찔끔 입 안으로 흘러 들어와서 답답했지만, 덕분에 목이 아프지는 않았다.

——좋은 녀석이군…….

그러고 보니 엘프의 숨겨진 마을에서 네프테로스의 신령 마법이 반대로 튕겨져서 돌아왔을 때 제일 먼저 앞으로 나가 막아준 사람이 바로 이 소녀였다.

불과 며칠 전 일인데도 묘하게 그리운 느낌이 들었다.

그제야 네프테로스는 자신의 몸에 무슨 일이 일어났는지 생각이 났다.

"——윽, 그 녀석은? 그 키메라는 어떻게 되었지?"

"진정해. 키메라는 일단 쫓아냈다. 부하가 뒤를 추적하고 있는데 아직 흔적을 찾지는 못했다고 하는군."

샤스틸이 몸을 일으키려는 네프테로스를 다시 침대에 눕히고 말했다.

"여기 있으면 안전하니까 지금은 쉬고 있어."

그 말에서 근거 따위는 느낄 수 없었지만 이상하게도 마음이 놓였다.

샤스틸이 네프테로스의 이마를 가만히 만졌다.

"열은 내린 것 같네. 그래도 체력이 상당히 떨어진 상태니까 조금 더 자도록 해.”

“……어째서?”

네프테로스는 당황해서 중얼거렸다.

“어째서 나를 구해준 거지? 자간의 명령인가?”

샤스틸의 눈이 동그래졌다.

그러더니 타이르듯이 웃었다.

“고맙다는 말부터 해야겠군. 내 부하를 지켜줘서 고마워. 당신이 없었으면 난 소중한 부하를 모두 잃었을 거야.”

“난, 도와주지, 못했……어.”

자신을 도와주려 했던 성기사들이 잇달아 죽어가던 광경이 뇌리를 스쳤다.

——내가 오지 않았다면 죽지 않았을 사람들이야.

자신이 죽인 것이나 다름없는데도 고맙다는 말을 듣는 건 이상하다.

그런데도 샤스틸은 고개를 옆으로 흔들었다.

“아니, 도와줬어. 도망칠 수도 있었는데 그 자리를 떠나지 않고 싸워줬잖아. 그래서 성기사의 대표로서 감사 인사를 하는 거야.”

네프테로스는 믿을 수 없다는 듯 소녀의 얼굴을 올려다봤다.

“당신, 샤스틸이라는 사람이지? 자간의 부하인……?”

“아니, 협력자이기는 해도 부하는 아니야.”

“……내 기억 속에 있는 그쪽과 지금 그쪽의 인상이 일치하지 않는 것 같은데.”

가짜가 아닌지 의심하고 싶어질 정도다.

샤스틸은 상처를 받은 듯 어깨를 늘어뜨렸다.

"……당신도 그렇고 발바로스도 그렇고 도대체 나를 어떻게 보고 있는 거야? 나는 직무 중에는 이렇게 행동하고 있어."

——거의 다른 사람이잖아…….

그 모습에는 네프테로스도 벌어진 입을 다물지 못했다.

"하던 이야기로 돌아가서, 내가……, 아니, 우리가 당신을 도와준 것과 자간은 아무 상관없어. 그저 도와줘야 한다고 생각해서 도와주었을 뿐."

"당신들은 성기사잖아? 마술사를 죽이지 않아도 돼?"

"성기사는 살인 청부업자가 아니야……."

그렇지만, 하고 샤스틸은 덧붙였다.

"뭐, 교회라는 조직 안에도 다양한 파벌이 있지. 나는 마술사와도 함께 살아갈 수 있다고 생각하는 파벌에 속해 있다고 할까, 통솔하는 자리를 맡고 있어. 그래서 누군가를 도와주는 일에 있어서 마술사인지 아닌지는 아무 상관도 없어."

뜻밖의 이야기였다. 네프테로스의 인식에 따르면 샤스틸이 한 이야기는 종교 재판에 회부될 수 있는 안건이다.

"지금까지 용케도 살아 있었네……."

"뭐, 여러 번 죽을 뻔했지만 지금은 그런 일도 없어졌어."

——역시 죽을 뻔한 적이 있는 거잖아…….

네프테로스는 자간이 이 소녀를 곁에 두는 이유를 알 것 같았다.

——이 아이, 그냥 두면 내일이라도 죽겠는 걸…….

이것도 보호본능이라고 부르는 걸까. 엘프의 숨겨진 마을에서는 대화를 나눌 기회가 그리 많지 않았지만, 어쩐지 그냥 놔둘 수 없는 소녀였다.

샤스틸은 수줍에 웃었다.

"그렇지만 내가 그런 생각을 할 수 있게 된 건 다 자간 덕분이야. 그 남자는 내가 교회의 인간이라는 사실을 알고도 도와줬고 아무 대가도 원하지 않았지. 그래서 나는 그에게 지고 싶지 않아서 이런 식으로 생각하게 된 거야."

뺨을 붉히며 행복하게 이야기하는 그 얼굴은 묘하게 눈부셔 보였다.

——이런 걸 뭐라고 하더라…….

네프테로스는 잠깐 생각에 잠겼다가 이렇게 물었다.

"당신, 자간을 사랑하는 거야?"

"이히힉?"

샤스틸은 괴상한 비명을 지르며 펄쩍 뛰어올랐다.

그 반응을 보고 그제야 네프테로스도 이 소녀가 엘프의 숨겨진 마을에서 함께 있었던 샤스틸이라고 확신할 수 있었다.

"무, 무무무무무무무슨 파렴치한 말을 하는 거야!"

"내가 이상한 말이라도 했어?"

고개를 갸웃거리자 샤스틸은 머리에서 김이라도 날 것처럼 새빨개져서 고개를 숙였다.

"……나, 나도, 잘, 모르겠어."

그런 다음 기척을 살피듯 재빨리 주위를 둘러보더니 기어 들어가는 듯한 목소리로 중얼거렸다.

"그, 한심한 이야기지만, 들어줄 수 있어?"

"뭐, 일단 해봐……."

솔직히 왜 이런 때에 이런 이야기를 하게 되었는지 이해가 되지 않지만, 어차피 지금 자신은 일어나지도 못한다. 다른 사람과 대화라도 나누는 게 잠시나마 걱정도 덜 수 있어서 좋다.

샤스틸은 두 손의 검지를 꼼지락거리며 띄엄띄엄 이야기했다.

"처음에는, 그러니까, 잔인하고 악랄한 마술사라는 소문과 달리 그 남자가 묘하게 쓸쓸해 보이는 게 신경이 쓰였어……. 게다가 몇 번이나 도움을 받았고……. 그를 생각하면 가슴이 두근두근, 뛰기도 해. 이건 역시 일반적인 존경의 감정과는 다른 걸까."

이게 바로 사랑에 빠진 소녀가 아니면 뭐란 말이냐, 하고 그 모범을 제시한 듯한 모습이었다.

네프테로스가 어이없어하자 샤스틸은 고개를 흔들었다.

"그렇지만 그에겐 네피가 있잖아? 나는 그 두 사람이 행복해졌으면 좋겠어. 두 사람 모두 줄곧 힘든 일을 겪어왔으니까 행복해지지 않으면 말이 안 되잖아?"

옛날에 주인의 수정 구슬을 통해서 본 네페리아가 엘프의 숨겨진 마을에서 학대를 당하고 있었던 모습을 떠올렸다. 분명 자신도 그런 그녀를 보고 도와주고 싶다고 생각한 적이 있었다.

――아마도 그 기억은 **진짜**겠지…….

게다가 자간이 아무렇지도 않은 것처럼 말했던 추억 이야기도 처참한 것이었다.

그래. 그렇게 생각하자 네프테로스도 그들이 보상을 받았으면 하는 마음이 들었다. 샤스틸의 말도 어느 정도는 이해가 갔다.

“그러니 만약 이 마음이 ‘그런 것’이라면 잠자코 무덤까지 가지고 가야 하지 않을까.”

“……어리석기는.”

네프테로스가 내뱉듯이 말하자 샤스틸은 씁쓸하게 웃었다.

“그럴지도 모르지.”

“……보상을 받아야 하는 사람 속에 자신을 포함해야 한다고는 생각해본 적 없어?”

그렇게 묻자 샤스틸의 눈이 동그래졌다.

“당신은 의외로 다정한 사람이구나.”

“……무슨 소리야.”

고개를 돌리자 샤스틸은 흐뭇하게 웃었다.

“나에 대한 이야기는 다 했어. 그쪽은 어때?”

네프테로스의 몸이 움찔 떨렸다.

그녀가 비프론스의 키메라에게 쫓기고 있으니 이유 정도는 듣고 싶을 만도 했다. 하지만 솔직히 대답하고 싶지 않았다. ……아니, 지금은 대답할 수 없었다.

〈마왕〉 오리아스에게 얻은 대답과 거기서 도출해낼 수 있는 진실은 네프테로스에게는 너무 버거웠다.

주인인 비프론스에게 반기를 들 정도로.

지금 그 이야기를 입 밖으로 꺼내면 울음을 터뜨릴 것 같았다.

그러나 샤스틸이 이어서 한 이야기는 이것이었다.

"당신도 자간의 도움을 받아서 목숨을 건졌잖아. 게다가 망토도 깔끔하게 고쳐서 돌려줬고. 보통 그런 일을 아무렇지도 않게 생각하는 사람에게 해주지는 않잖아?"

"아, 그 이야기……?"

그만 맥이 빠져서 가슴을 쓸어내렸다.

"그러네……. 도와준 건 정말 감사하게 생각하고 있고 존경도 하고 있어. 그 사람은 내 고민도 웃지 않고 들어줬고 진지하게 대답도 해줬지. 내 주인이 그 사람이었다면 얼마나 좋을까 하는 생각을 해본 적이 있다는 건 부정하지 않을게."

"그렇다면……."

"그렇지만 아니야."

스승과도 같은 엄격함, 아버지 같은 듬직함, 그리고 오빠 같은 다정함. 그렇다고 자신과 나이 차이가 크게 나는 것도 아니다.

그의 곁은 분명 마음 편하고 좋을 것이다.

──아아, 그래. 내가 그 사람에게 원하는 건…….

네프테로스는 여전히 새파란 입술로 이렇게 속삭였다.

"아마도, 오빠……처럼 생각하고 있는 것 같아."

처음으로 알게 된, 가족의 온기.

그게 바로 네프테로스가 자간에게 느낀 것이었다.

샤스틸의 눈이 동그래졌다. 그리고 믿을 수 없다는 듯이 중얼거렸다.

"……우와, 귀여워."

"뭐?"

설마 이 소녀, 자간과의 사랑이 이루어질 수 없다는 사실을 깨닫고 길을 잘못 들어선 건가?

이상한 낌새를 느끼고 샤스틸도 정신이 들었는지 서둘러 고개를 옆으로 흔들었다.

"아, 아니야, 오해야!"

샤스틸은 어흠 하고 헛기침을 한 뒤 말을 이었다.

"그게, 고메리만큼은 아니지만, 보호 본능이 샘솟는 느낌을 알게 되었다고 할까. 어쨌든 이상한 뜻은 아니야. 나도 동성을 상대로 그런 감정을 품지는 않으니까."

"……과연 그럴까?"

싸늘한 눈으로 쳐다보자 샤스틸은 화제를 바꾸듯 말했다.

"그나저나 내가 참견할 일은 아니지만, 정말 네 마음은 그걸로 된 거야? 오빠처럼 생각하는 사람을 사랑하게 되는 일도 있다고 생각하는데."

——그렇게 생각한다면 자신의 마음도 소중히 여겨주면 좋을 텐데…….

무척이나 서툰 소녀의 모습을 보고, 네프테로스는 조금이나마 자신에 대한 이야기를 할 마음이 들었다.

"나는 아마도, 아직 사랑을 할 수 있을 만큼 살지 않았으니까."

샤스틸의 눈이 휘둥그레졌다.

"어……? 그, 그게, 도대체 무슨 의미──."

"좀, 피곤하네……."

네프테로스는 샤스틸의 말을 가로막듯 눈을 감았다.

──혹시 나는 내 이야기를 들어주길 바랐던 걸까…….

그녀는 안전하다고 했지만 비프론스에게 쫓기는 자신이 계속 살아 있을 거라고 장담할 수는 없다.

그래서 자신에 대해 알아주기를 원한 건지도 모른다.

하지만 그런 생각을 했을 때, 네프테로스는 이미 깊은 잠에 빠져 있었다.

◇

몇 초도 지나지 않아 네프테로스는 곤히 잠들었다.

──방금 그 말, 무슨 뜻이었을까……?

무섭고도 불안한 그 말에 샤스틸은 몸서리를 쳤다.

잠든 네프테로스의 얼굴을 가만히 바라봤다.

이야기를 나눌 때는 별로 느끼지 못했지만 이렇게 잠든 모습을 보니 정말 네피와 똑같이 생겼다.

두 사람이 똑같은 얼굴을 가지고 있는 게 정말로 우연인지, 샤스틸 역시 의아하게 생각한 적이 없는 것은 아니다.

네프테로스의 얼굴에 드리운 앞머리를 가만히 넘겨주었다.

처음 만났을 때는 오만하고 고압적이었지만 대화를 나눠보니 조금 고집이 셀 뿐인 다정한 소녀였다.

——여기서 이 아이를 지켜주지 못하면 어떻게 공생파라고 할 수 있겠어.

꼬치꼬치 캐묻기보다, 지금은 네프테로스를 지켜주고 싶었다.

샤스틸은 성검을 들고 조용히 자리에서 일어났다. 한 번은 의식을 되찾았으니 일단 위험한 상태는 면한 것 같다. 지금은 무엇보다 푹 자게 해줘야 한다.

네프테로스가 있는 수면실에서 집무실로 돌아오자 한 남자가 기다리고 있었다.

"돌아왔나, 알프레드."

키메라 추적을 맡긴 창천의 세 기사 중 한 명이다.

알프레드는 말없이 등을 곧게 펴고 경례했다. 큰 소리를 내지 않은 것은 바로 옆방에서 자고 있는 부상자를 위한 배려이리라.

샤스틸은 의자를 가리켰다.

"이런 시간까지 고생이 많았다. 일단 좀 앉아."

"네, 감사합니다."

역시 피로를 감추기는 힘든지 알프레드는 의자에 앉았다.

그런 다음 샤스틸의 손으로 시선을 돌렸다.

"독서하시는 중인데 방해가 된 건 아닙니까?"

"그렇게 대단한 건 아니고, 크라벨 님의 기록을 좀 살펴보고 있었어."

"전 추기경 각하……, 말씀이십니까?"

바로 그 사람이 이전에 샤스틸을 암살하려 했던 장본인이다.

표정이 어두워진 알프레드를 보고 샤스틸은 고개를 끄덕였다.

"그분이 교회의 좋지 않은 부분에 관여했을 가능성이 있어서 좀 알아보고 있어."

그렇게 대답하자 알프레드의 표정이 험악해졌다.

"——암부——말씀이시군요."

"……뭔가 알고 있는 게 있나?"

솔직히 교회 안에 그런 살인 청부업자 같은 기관이 있다는 생각은 하고 싶지 않았다. 자간이 잘못 생각한 것이기를 바라며 알아보고 있었는데…….

알프레드는 말하기 곤란한 듯 입을 열었다.

"들어본 적은 있습니다. 성기사 중에서도 특별히 강하고 입이 무거운 사람만 모은 부대가 있다고. 표면적으로는 〈마왕〉 토벌에 주안점을 둔 정예부대지만 공식적으로 활동한 기록은 없다고 합니다."

그렇다면 크라벨이 관여되었는지는 제쳐두고라도 일단 '암부'는 존재한다는 뜻이다.

——그런데 정말로 '13번'이 존재하는 걸까?

〈마왕〉에는 미치지 못하더라도 성검의 힘은 절대적이다. 만약 공식적으로 존재하지 않는 성검이 있다면 그것을 가진 부대는 엄청나게 맹위를 떨치고 있지 않을까.

——키메라 하나만 해도 머리가 아픈데…….

샤스틸은 머리를 흔들었다.

"고마워. 귀중한 정보다. ……그쪽은 어떻게 됐지?"

"네, 키메라는 숲의 북쪽으로 계속 도주해서 운하로 들어간 것 같습니다. 아마도 강 아래로 내려간 것 같은데, 더 이상의 추적은 불가능했습니다."

"키메라치고는 머리가 제법 돌아가는 녀석이군. 술자가 근처에 있다고 봐야 하나?"

"술자가 평범한 마술사일 경우 근처에 있지 않다면 설명이 되지 않지만, 애당초 그런 괴물을 평범한 마술사가 만들어낼 수 있는지 의문이 듭니다."

그것은 샤스틸도 우려했던 점이었다.

——그 키메라, 마치 그때 그 '진흙의 마신' 같았어.

자간의 생각으로는 범인이 비프론스인 것 같다고 했다. 그 마술사의 음습함을 생각하면 일부러 마을에 풀어서 난동을 부리게 할 가능성도 충분하다. 경계를 강화해야만 한다.

——다만, 그것을 상대할 수 있는 사람이 몇이나 되지?

오늘 낮에 괴멸당한 순찰 부대도 절대 숙련도가 떨어지는 자들이 아니었다. 그중 몇 명은 큐아노에이데스에서도 열 손가락 안에 들 정도의 성기사였다. 그런데 그런 여섯 명이 손도 제대로 쓰지 못하고 당했다.

제대로 싸울 수 있는 건 샤스틸과 세 기사 정도인데 마을이라는 넓은 공간을 지키려면 전력을 분산시킬 수밖에 없다.

샤스틸은 그 점을 이해하고 고개를 끄덕였다.

"이곳만은 철저히 지켜야 하는데, 어떻게 해야 할까?"

"……기탄없는 의견을 말씀 드리자면 위험하지 않을까 합니다. 마을의 피해는 최소화할 수 있겠지만 우리도 전력이 나뉘어 소모

당하게 될 겁니다. 게다가 술자를 잡지 못한다면 같은 키메라가 또 투입될 가능성이 높고요."

"술자는 자간이 처리하겠다고 했다. 그 남자가 그렇게 말했으니 반드시 성공할 거야."

알프레드는 복잡한 표정을 지었다.

"〈마왕〉 자간 말입니까? 그렇게까지 신용해도 되는 인물일까요? 라파엘 님은 그놈을 신용한 나머지……."

라파엘 사건은 교회 내부에서도 비밀이었다.

그의 생존을 명확히 알고 있는 사람은 교회에서 샤스틸 한 명뿐이다.

다만, 세 기사는 그녀와 오랫동안 함께한 부하들이다. 라파엘이 자간에게 몸을 의탁하고 있다는 것은 어렴풋이 알고 있었다. 그 점을 한탄한 말이었다.

샤스틸은 애매한 미소로 답했다.

"라파엘 님은 너무 서투르셨어. 그렇게 된 건 오히려 행운이 아닐까? 적어도 난 기쁘게 생각하고 있어."

자간의 성에 있는 라파엘은 왠지 전보다 더 생기 넘쳐 보였다.

다른 마술사들도 늘어나면서 많은 사람들이 그를 필요로 해주었고, 오해 받기 쉬운 그의 성격도 잘 받아주고 있는 것 같았다.

알프레드는 복잡한 표정을 지었다.

"누가 뭐래도 라파엘 님은 최공(最恐)의 성기사장이라 불렸던 분입니다. 그런 분이 그렇게 되었는데, 정말 이대로 괜찮은 겁니까?"

알프레드가 하려는 말이 뭔지 모르는 건 아니다.

현재 라파엘은 마술사, 그것도 〈마왕〉이 사는 성의 집사다. 성기사장은 모든 성기사가 선망하는 존재인데 그런 노후를 보내고 있다는 건 아무리 세 기사라도 받아들이기 힘든 모양이었다.

샤스틸은 타이르듯 웃어 보였다.

“그만 익숙해지도록 해, 알프레드. 나도 이건 어쩔 수 없는 일이라고 생각하니까.”

“과연 익숙해져도 되는 일일까요……?”

“너희들도 내 밑에 있잖아. 다음에는 네가 그렇게 될지도 몰라.”

공생파인 자신들이 교회 안에서 굉장히 위태로운 상황에 있다는 사실은 세 기사들도 알고 있었다. 언제 암살당할지 모르는 입장이라는 것도.

그때 살아남더라도 교회 안에는 그들이 있을 곳이 존재하지 않을 것이다.

그렇게 되면 몸을 의탁할 곳은 자간 정도밖에 없다.

농담처럼 말하자 알프레드는 말문이 막혔다.

“그건 사양하고 싶네요.”

“그럼 그렇게 되지 않도록 말과 행동을 조심하도록 해.”

라파엘의 행방을 알고 있다는 사실이 알려지면 교회로부터 어떤 추궁을 받게 될지 모른다. 이곳에서는 그의 이름을 함부로 꺼내지 않는 게 좋다.

알프레드는 깜빡 잊고 있었다는 듯 얼른 입을 막더니 머리를 숙였다.

"제가 실언을 했습니다. 용서해주십시오."

"괜찮아. 그보다 언제 키메라가 나타날지 모르니까 지금 충분히 휴식을 취하도록 해."

"네! 샤스틸 님도 아무쪼록 건강 챙기십시오."

다시 경례를 하더니 알프레드는 방을 나갔다.

그 모습을 지켜본 샤스틸은 의자 등받이에 기댔다.

――역시 피곤하네…….

지난 며칠 동안 씨름해온 서류 업무가 끝났나 싶었더니 이번에는 키메라 소동이다. 결국 무사하다는 사제 쿠로카와도 얼굴도 못 본 채 하루가 지났다.

눈가를 문지르고 있자 발밑에 있는 그림자에서 웃음소리가 울려 퍼졌다.

「히히히, 너희들, 상당히 위험한 이야기를 너무 쉽게 하는 것 아니냐.」

"라파엘 님에 대한 이야기? 뭐, 이런 곳에서 할 이야기는 아니지."

「사정을 모르면 네가 놈을 죽이고 만족하고 있는 것처럼 들리는 거 알아?」

자신의 말과 행동을 떠올려보니 확실히 그렇게 들렸다고 해도 무리는 아니었다.

샤스틸은 고개를 가로저었다.

"무슨 말도 안 되는 소리야. 알프레드는 사정을 알고 있어. 오해할 일은 없다고."

「그럼 다행이고. ……뭐, 됐다. 그보다 자간 말인데.」

“그래, 잘 연락해줬더군. 고마워.”

낮에 자간이 왔을 때, 그는 이미 키메라에 대해 파악하고 있었다. 게다가 네프테로스에 대해서도 묻지 않았던 걸 보면 거기에 대해서는 모르는 것 같았다.

발바로스는 그림자 안에서 웃었다.

「네 이야기를 했더니 그 자식, 엄청나게 화를 내더라. 진심으로 비프론스를 죽일 생각인 것 같더군.」

“……? 그들이 적대적인 사이라는 건 알고 있지만 왜 그렇게 화를 낸 거지?”

「글쎄. 그놈이 습격한 게 자신이 마음에 들어하는 사람이라서 그런 거 아닐까?」

“엇, 마음에 들어하는 사람이라니, 설마…….”

――설마, 나?

물론 그는 네피만 바라보고 있지만 자신이 위험에 처했다는 사실을 알고 화를 낼 정도로는 마음에 들어해주고 있었던 걸까. 그렇게 생각하자 얼굴이 화끈거렸다.

네프테로스가 한 말이 뇌리를 스쳤다.

――보상을 받아야 하는 사람 속에 자신을 포함해야 한다고는 생각해본 적 없어?――

그런 말을 해준 걸 보면 그녀는 참 마음씨 좋은 사람이다.

――그렇지만 난 내가 자간과 다정하게 함께 있는 모습을 상상조차 할 수 없는걸.

그를 떠올리면 그 옆에는 반드시 네피가 있었고, 그들이 웃고 있지 않으면 슬퍼졌다.

그래서 지금도 자신의 마음을 '사랑'이라 부를 수 있는지 확신이 서지 않았다.

——이 마음은 과연 뭘까……?

그런 생각을 하고 있는데 눈꺼풀이 내려오기 시작했다.

「어이, 덜렁이……? 뭐야, 잠든 거냐.」

멀리서 발바로스의 목소리가 들린 것 같았지만 샤스틸의 의식은 이미 깊은 잠 속으로 빠져들고 있었다.

바로 그때였다.

「어서 피해, 덜렁아!」

샤스틸밖에 없는 집무실에 새빨간 피가 튀었다.

◇

발바로스의 목소리와 함께 의자가 쓰러지자 샤스틸은 요란하게 넘어졌다.

"무, 무슨——?"

잠이 들려는 순간에 이게 무슨 짓이지. 샤스틸은 비난의 목소리를 높이려 했지만 얼굴에 뜨뜻미지근한 물방울 같은 것이 튀었다.

그리고 바로 눈앞에 뭔가가 툭 떨어졌다.

팔이었다.

자신의 팔이 아니다. 남자의 것이었다.

"——바, 발바로스!"

자세히 보니 어느 틈에 그림자 속에서 기어 나온 발바로스가 한쪽 팔을 잃고 웅크리고 있었다.

"으오오오오오오, 이 자식이!"

발바로스가 노려보는 곳에는 이상한 그림자가 떠 있었다.

마술사처럼 시커먼 로브 차림. 키는 크지도 작지도 않지만 새우등에 다소 헐거운 로브로 감춰진 원래 체격……, 아니, 겉모습만으로는 어떤 종족인지조차 판단이 서지 않았다. 그 모습에서는 과거의 월 포레가 연상되었다.

모습도 이상하지만 더 이상한 것은 얼굴을 가린 가면이었다.

도기처럼 새하얀 가면인데, 눈과 입이 없어 표정도 없었고, 얼굴로 보이는 곳에는 교회의 상징인 십자가가 새겨져 있었다.

자세히 보니 바늘구멍 같은 작은 구멍이 무수히 뚫려 있어서 그곳을 통해 밖을 보고 있는 것 같았다. 얼굴이 없는 가면은 형용하기 힘든 위압감을 내뿜고 있었다.

——십자가를 새겼다는 건 교회 사람……인가?

하지만 이 소름 끼치는 모습은 뭐지?

기이한 습격자의 손에는 가는 단검 두 자루가 쥐어져 있었다.

역수로 쥔 단검에서 피가 뚝뚝 떨어지는 모습을 보자 그제야 샤스틸은 정신이 들었다.

"물러나, 발바로스!"

성검은 샤스틸과 함께 바닥에 내동댕이쳐져 있었다.

그것을 주워 들며 외치자——

습격자의 가면이 바로 눈앞으로 다가왔다.

코와 가면이 맞닿을 정도로 가까운 거리. 아직 칼자루를 잡지도 않았는데 이렇게 가까운 거리까지 다가왔다.

샤스틸 역시 눈을 휘둥그레 뜬 채 굳어버렸다.

"마술사와의 유착을 확인. 성기사장 샤스틸 릴키비스트를 반역자로 단정한다."

가면 속에서 들리는 불분명한 목소리. 하지만 그 목소리에서는 어떤 감정도 느껴지지 않았다. 마술사가 만든 골렘이 말을 할 수 있다면 이런 식으로 말하지 않을까 싶을 정도로 무기질적인 목소리였다.

그 손에 들려 있던 단검이 샤스틸의 목을 겨눈다.

——빠르다!

세례 갑옷도 없이, 성검조차 들지 못한 상태에서는 샤스틸도 평범한 인간에 불과하다. 도저히 반응할 수 있는 속도가 아니었다.

"——쳇, 하여간에 손이 많이 간다니까!"

그런 목소리가 들리는가 싶더니 아무도 없는 뒤에서 손이 뻗어 나와 샤스틸은 그대로 뒤로 쓰러졌다.

쓰러진 곳에서는 바닥의 감촉 대신 물속에 빠지는 것처럼 첨벙하는 소리가 났다.

시야가 어두워지고, 다시 원래대로 돌아왔을 때는 눈앞에 습격자의 등이 보이고 옆에는 가쁘게 숨을 몰아쉬는 발바로스가 있었다. 그의 마술로 둘의 위치를 바꾼 것이다.

샤스틸은 이번에야말로 성검을 들었다.

"큭, 누구냐!"

가면을 쓴 습격자는 양철 인형처럼 어색하게 고개를 기울였다.

"교황 직속 '제13' 특무 집행자――〈**아자젤**〉."

그 이름을 들은 샤스틸의 눈이 휘둥그레졌다.

――〈아자젤〉이라면 자간이 말했던 '13번' 성검?

그럼 이 습격자도 성검을 가지고 있는 건가? 손에 들고 있는 단검은 분명 날카로워 보이지만 성검은 아닌 것 같았다.

그리고 교황 직속이라고 했다. 교회 안에서도 아주 특별한 존재인 것이겠지.

――그런 사람을 날 죽이기 위해 보냈다고?

생각할 수 있는 가능성으로는 '공생파'라는 파벌이 교황의 의향에 맞지 않다는 판단이 내려진 것일까?

바로 그때 집무실 밖에서 요란한 발소리가 다가오는 게 들렸다.

「샤스틸 님! 무슨 일이십니까!」

「큭, 문이 안 열려. 마술사의 습격인가?」

문에 손을 써두었는지 밖에서 상주하는 성기사들이 몸을 부딪쳐서 열려고 해도 꿈쩍도 하지 않았다. 게다가 습격자는 샤스틸을 살려둔 채 떠날 생각이 없는 것 같았다.

샤스틸은 날카롭게 주위를 확인했다.

한쪽 팔을 잃은 발바로스의 발밑에는 붉은 피가 고여 있었다. 마술로 상처를 재생시킬 여유도 없는 걸까. 도망 정도는 칠 수 있을지도 모르지만 그는 더 이상 싸우지 못할 것이다.

그리고 이 집무실은 그리 넓지 않다. 대검으로 분류되는 샤스틸의 성검을 휘두르기에는 너무 좁았다.

그런 반면 습격자——〈아자젤〉의 무기는 단검, 게다가 순식간에 거리를 좁힐 정도로 빠르다. 눈을 한 번 깜빡이기만 해도 다음 순간에는 목이 날아가 있을 거라는 직감이 들었다.

——하지만 그게 내가 포기할 이유가 되지는 못해.

샤스틸은 작게 숨을 고르더니 성검을 어깨에 짊어지는 듯한 자세로 자루를 짧게 잡았다.

"발바로스. 조금만 참고 있어. 금방 끝낼 테니까."

그리고 습격자를 똑바로 응시하며 날카롭게 숨을 토해냈다.

"빛나라——〈아즈라엘〉!"

성검이 눈부시게 빛난다.

성검의 영기로 인간을 벨 생각은 없다. 그렇지만 성검이 발하는 빛은 습격자로부터 시력을 빼앗을 것이다.

그런 반면, 어깨 뒤로 성검을 짊어진 샤스틸은 그 빛에 시야를 빼앗기지 않았다.

그 뒤 검의 넓적한 부분으로 때리듯이 성검을 휘둘렀다.

——성공했다.

그렇게, 확신했지만…….

"역시 날카롭군."

성검을 휘두른 곳에 습격자의 모습은 없었다.

습격자는 천장에 붙어서 으스스한 가면으로 샤스틸을 내려다보았다.

——간파한 건가?

샤스틸은 공인이다. 교회 소속이라면 그녀가 가진 성검의 능력과 실력도 조사로 모두 알 수 있다. 샤스틸의 기술에 대해 연구했다고 해도 이상하지 않은 것이다.

하지만 알고 있는 것과 실제로 대처하는 것은 다른 문제다.

——이 사람, 만만치 않아……!

단순히 검술 실력만 따지면 자신이나 라파엘과 비슷할지도 모른다.

죽이지 않고 쓰러뜨리겠다는 안이한 생각을 할 수 있는 상대가 아니다. 샤스틸은 짧게 쥔 자루에서 왼손을 내리고 충분히 검을 휘두를 수 있도록 다시 고쳐 쥐었다.

그와 동시에 천장에 붙어 있던 습격자가 내려왔다.

"하앗!"

착지하는 순간을 노리고 성검을 옆으로 휘둘렀다.

습격자는 성검에 단검을 살짝 대더니 공중에서 한 바퀴 돌았다.

——공중에서 성검을 받아냈어?

이미 기량 운운하는 차원의 문제가 아니다. 저 로브 안에는 세례 갑옷을 입고 있겠지만, 그게 아니어도 인류와는 완전히 다른 종족의 반사 신경이었다.

샤스틸은 칼자루를 밀어 올리듯 움직여 성검을 되돌렸다.

착지와 함께 습격자의 또 다른 단검이 날아왔다.

눈앞에서 눈부신 불꽃이 흩어졌다. 단검은 성검의 자루 부분, 샤스틸의 손과 손 사이의 아주 작은 틈을 찔렀다. 주먹 하나 크기만큼만 빗나갔으면 손가락이나 목이 날아갔을 것이다.

등골이 오싹해졌지만 동요는 하지 않았다. 아니, 할 수가 없다. 조금이라도 동요하면 다음 순간에는 단검에 베어 쓰러져 있을 테니까.

──받아 치지 않으면 밀릴 거야.

"야아압!"

고함을 지르며 단검을 힘껏 밀어냈다.

완력은 별로 세지 않은지 습격자는 비틀거리면서 뒤로 몸을 젖혔다. 습격자가 자세를 바로 잡기 전에 발밑에서 위로 검을 휘둘렀다.

하지만 상대는 옆구리를 칠 예정이었던 참격을 몸을 숙여서 피해버렸다.

마치 뱀처럼 유연한 움직임. 아까 그 도약도 그렇고, 인간을 능가한 움직임은 낮에 본 키메라를 연상시켰다.

계속 성검을 휘둘렀지만 검을 제대로 휘두르지 못하는 이 공간에서는 평소에 보여주는 예리함의 절반도 보여주지 못했다.

샤스틸은 좁은 공간에서 과감하게 검을 휘둘렀지만 습격자에게는 작은 상처 하나 입히지 못했다.

반대로 습격자의 단검은 휘두르는 족족 샤스틸의 급소를 노렸고 샤스틸은 점점 방어전으로 내몰렸다.

세례 갑옷도 없고 성검을 휘두르기에는 너무 좁은 실내. 불리한 요소가 너무 많다.

그리고 등 뒤에는 반드시 지켜야만 하는 부상자와 네프테로스. 여기서 샤스틸이 물러나면 남겨진 그들은 죽임을 당할 것이다.

——물러나지 못한다면 전진만이 있을 뿐!

"타아아아아앗!"

집무실의 테이블을 성검으로 후려쳤다.

요란한 소리와 함께 부서진 나무 파편이 습격자를 향해서 쏟아졌다.

"——?"

비처럼 쏟아지는 나무 파편은 피할 수 없었는지, 습격자는 그대로 파편에 맞아 바닥에 내동댕이쳐졌다.

하지만 샤스틸은 위화감을 느꼈다.

——뭐지? 방금 한순간 움직임이 멎은 것처럼 보였는데?

시야 밖에서 날아오는 공격도 피하는 자가 과연 이 정도로 움직임이 멎을 정도로 동요할까?

그렇지만 생각에 잠겨 있을 틈이 없다. 샤스틸은 다음에는 소파를 베어서 부쉈다.

하지만 동일한 수법이 통할 정도로 습격자도 우둔하지는 않았다. 습격자는 뒤로 펄쩍 뛰어 물러나 거리를 벌려서 소파의 잔해를 피했다.

——걸려들었다. 그 뒤는 벽이야!

원래부터 좁은 방이다. 벽으로 몰아넣으면 성검의 공격 거리 안에서 벗어나지 못한다.

습격자는 등이 벽에 부딪혀서 움직임이 멎——을 거라고 생각했다.

"엇……?"

습격자는 공중에서 몸을 비틀더니 벽에 달라붙듯이 발로 착지했다.

마치 뒤에 눈이라도 달린 것 같은 반응에 눈이 휘둥그레졌다.

그리고 검을 높이 치켜든 샤스틸은 상대에게 빈틈투성이인 몸통을 그대로 노출하게 되었다.

습격자가 벽을 걷어차고 화살처럼 도약한다.

"아뿔——."

다음 순간에는 단검이 코앞까지 다가와 있었다.

——끝이다.

"……제길, 하여간 사람 귀찮게 하는 데는 일가견이 있다니까."

단검에 베인다고 생각한 순간, 커다란 등이 눈앞을 가로막았다.

"발바로스!"

단검은 발바로스의 배를 꿰뚫었다.

"히힛, 드디어 잡았다."

발바로스는 단검과 함께 습격자의 팔을 잡았지만 녀석에게는 단검이 두 자루 있다. 또 다른 단검이 그의 어깨에 박혔다.

그래도 발바로스는 웃었다.

"귓구멍 파고 잘 들어! 내가 발바로스다! 전 마왕 후보 중 한 명인 〈연옥〉의 발바로스란 말이다! 이거나 먹어라, 이 자식아——연옥 제4관 〈분노의 불〉!"

〈분노의 불〉——그것은 교회에서도 '용의 숨결에 비견되는 불'이라 부르며 위험시하는 마술이었다. 지난번에 〈마왕〉 오리아스에게 썼던 마술이기도 했다.

커다란 소리로 외치는 발바로스의 앞에 마력의 빛이 모이기 시작했다.

"크읏, 이거 놔!"

습격자는 몇 번이나 발바로스를 단검으로 찔렀지만 바이스 같은 힘으로 조르는 그의 팔에서는 도망치지 못했다.

그리고 모든 것을 불사르는 열선이 발사되었다.

열선은 벽을 뚫고 집무실 안을 순식간에 재로 바꾸었다. 대기마저 소각하는 그 일격에는 불길조차 일지 못했다.

"이 자식아, 어떠냐. 난, 강하……."

섬광이 잦아들자 그곳에 습격자의 모습은 없었다.

발바로스는 말을 하다가 앞으로 쓰러졌다.

——쓰러뜨렸나? 아니면 도망친 건가?

습격자의 기척을 찾았지만 근처에서는 느껴지지 않았다.

일단은 발바로스를 향해 달려갔다.

"발바로스, 정신 차려!"

샤스틸은 황급히 그를 끌어안았다.

한쪽 팔을 잃은 것도 모자라 단검에 몇 번이나 찔렸다. 아무리 발바로스 정도 되는 마술사라도 살아남기는 힘들다.

창백하게 질려 있는데 그의 몸에서 유리 파편 같은 것이 후두둑 떨어졌다.

"뭐야, 이건……. 유리, 아니, 수정인가……?"

발바로스가 늘 목에 걸고 있는 애뮬릿이 깨진 건가.

그와 동시에 발바로스의 상처가 생각보다 심하지 않고, 그 수도 얼마 되지 않는다는 사실을 깨달았다. 힘겨워하기는 하지만 숨도 제대로 쉬고 있었다.

파편을 주으려 하자 바로 옆에서 목소리가 들렸다.

"도망친, 모양이군……."

익숙한 목소리에 고개를 돌려보니 수면실의 문이 절반 정도 열려 있고 그곳에 다크 엘프 소녀가 기대듯이 웅크려 앉아 있었다.

"네프테로스, 일어나도 괜찮아?"

"옆방에서 이렇게 난리법석을 떠는데 괜찮고 자시고 할 게 있나……."

정말로 침대에서 기어 나오다시피 해서 도와주러 온 모양이었다. 일어날 힘도 없는 것 같은 목소리로 네프테로스는 말했다.

그리고 그녀가 수정을 다루는 신령 마법에 뛰어나다는 사실이 떠올랐다.

"혹시 발바로스를 지켜준 거야?"

"전부 다, 막아주지는 못했어. 서둘러 치료하지 않으면, 그거, 죽을지도 몰라……."

――살 수 있을지도 몰라.

그렇게 생각했을 때 마침내 뒤에 있는 문이 열렸다.

"샤스틸 님!" "앗, 이 난장판은……!" "도둑이다! 추격하라!"

달려온 것은 알프레드를 비롯한 세 기사로 샤스틸은 그제야 성검에서 손을 뗄 수 있었다.

◇

"일단 응급처치 정도지만……."

네프테로스는 그렇게 말하며 발바로스를 치료해주었다.

"뭐, 이게 응급처치 수준의 처치라고……?"

마술이 아니라 마법인 걸까.

본인은 응급처치라고 했지만 단검에 찔린 상처 치료는 물론이고 잘려나간 팔까지 이어 붙인 덕분에 흙빛이었던 발바로스의 얼굴에도 혈색이 돌기 시작했다. 눈 주위의 다크 서클도 없어져서 오히려 평소보다 더 건강해 보였다.

네프테로스는 피곤하다며 한숨을 쉬더니 등받이에 몸을 묻었다.

샤스틸은 깜짝 놀라 네프테로스 옆에 무릎을 꿇었다.

"미안해. 당신도 아직은 누워 있어야 하는 상태인데……."

"……그렇지도 않은 것 같아."

네프테로스는 천천히 고개를 옆으로 흔들며 말했다.

"당신, 전에 엘프의 숨겨진 마을을 교회의 성당 같다고 했었지. 아무래도 나와 같은 하이 엘프도 그런 장소와 궁합이 잘 맞는 것 같아. 이곳에 있으니 회복도 빨라."

일어나서 걷는 것도 힘든 상태임에는 변함이 없지만, 그래도 숨 쉬는 것조차 힘들어하던 아까에 비하면 훨씬 괜찮아져 있었다.

네프테로스는 머뭇머뭇 샤스틸을 올려다봤다.

"그러니, 이런 일 정도는, 아무것도 아니야. ……더 할 수, 있어."

"……? 무슨 말이야?"

샤스틸이 고개를 갸웃거리자 네프테로스는 갈색 피부를 붉히며 고개를 돌렸다.

"눈치 없는 사람이군. 부상자가 더 있지 않냐는 말이야. ……살아남은, 사람이, 있잖아. 그때 나를 도와준 녀석들도 그렇고."

그제야 다친 성기사들의 치료를 해주겠다는 뜻이라는 걸 깨달았다.

——네피와 정반대이면서 이런 점은 비슷하다니까.

그렇게 생각했지만, 이내 조금 다르다는 느낌이 들었다.

——아아, 그래. 이 소녀는 그 사람과 닮았어.

무뚝뚝하고 오만하며 사람 목숨을 쓰레기만도 못하게 여기는 것처럼 굴고, 그러면서도 누구보다 인정이 많은 사람.

——당시의 나는 겁이 많아서 그를 구하고 싶었지만 아무것도 못했지.

그리고 결국 도움을 받은 건 언제나 샤스틸이었다.

쓸데없는 건 신경 쓰지 말고 손을 내밀어 안아줄 수 있었다면 지금 자신이 그의 곁에 있었을지도 모르는데.

그 순간, 가슴속에서 조각이 맞춰지며 답을 발견했다.

"……아아, 뭐야. 그런 거였구나."

"……? 뭐야——으앗?"

샤스틸은 의아한 표정을 짓는 네프테로스를 가만히 안았다.

더 이상 그때 같은 후회는 하고 싶지 않았다.

이 소녀야말로 진심으로 구원을 필요로 하고 있다고 생각했다.

"그 제안, 진심으로 고마워. 내 소중한 부하들을 구해줘."

"아, 아무것도 아니라고 했잖아!"

"아무것도 아니지 않아."

샤스틸은 팔에 꽉 힘을 주었다.

"이곳에 있고, 나와 발바로스를 도와주었으며, 이번에는 내 부하를 구해주겠다고 한 건 다른 누구도 아닌 네프테로스, 바로 당신이야."

아름다운 은색 머리를 쓰다듬으며, 샤스틸은 모든 감사의 마음을 담아 말했다.

"그러니 잊지 말아줘. 만약 당신이 도움을 필요로 한다면 내가 반드시 도와줄 거야. 그 어떤 희생을 치르더라도 당신을 지킬 거야."

"……호들갑은."

그리고 샤스틸의 얼굴을 올려다본 네프테로스는 말문이 막혔다.

"……당신, 우는 거야?"

"어? 아, 정말이네."

어느새 샤스틸의 뺨은 젖어 있었다.

하지만 그렇게 나쁜 기분은 아니었다.

샤스틸은 환하게 웃어 보였다.

"신경 쓰지 마. 이제야 실연했다는 사실을 깨달은 것뿐이니까."

그래. 아주 옛날, 자신은 실연을 했다.

그때, 버림을 받아도 거절을 당해도 상처를 받아도 전혀 개의치 않고 자간을 구하려고 했던 네피와 성기사와 성검 소유자라는 위치를 버리지 못해서 망설였던 샤스틸.

그때 이미 결판이 났고, 그래서 자신이 하지 못한 일을 이룬 두 사람을 축복해주고 싶었던 것이다.

다만, 샤스틸은 그 사실을 감각적으로는 느끼고 있어도 말로 할 수 있을 만큼 명확하게 이해하지는 못하고 있었다.

그래서 이렇게 애매모호한 상태로 있었다.

"……."

네프테로스는 그런 샤스틸을 올려다보더니 머뭇머뭇, 그렇지만 힘껏 그녀를 마주 안아주었다.

"……아주 잠깐, 이러고 있어줄게."

샤스틸은 그런 소녀의 다정함에 조금 응석을 부리기로 했다.

잠시 후, 네프테로스는 병사들의 숙소에서 성기사들의 치료를 끝냈다.

열 개 정도의 침대가 늘어서 있는 의무실, 출입구에서는 세 기

사를 포함한 몇 명의 성기사들이 경호를 해주고 있다. 물론 아까 그 습격자를 경계하기 위해서다.

"이게 전부인가?"

"그래. 당신은 괜찮아? 힘을 꽤 많이 사용한 것 같은데."

"……피곤하긴 하지만 괜찮아."

그 대답을 들은 샤스틸은 조금 놀랐다.

——자신의 몸 상태에 대해 솔직하게 대답해주는 걸 보면 조금은 마음을 열어준 건가?

서로 부끄러운 모습을 보여준 사이이기도 하다. 조금이지만 네프테로스의 태도도 부드러워진 것 같았다.

네프테로스는 이제야 안심했다는 듯 침대에 누워 있는 성기사들을 바라봤다.

"……모두 죽은 줄 알았어."

순찰 부대의 생존자는 네 명, 사망자는 두 명이었다.

현장으로 달려갔을 때는 샤스틸도 절망적이라고 비관했지만 세례 갑옷에는 높은 방어력은 물론 입은 사람의 생명력을 강화해주는 기능도 있다.

게다가, 라고 생각하며 방 한쪽 구석에서 잠든 **마술사**를 바라봤다. 자간의 부하인 마술사로, 종일 부상자들을 옮긴 뒤 쉬지도 않고 치료를 위해 분주하게 뛰어다녀준 남자다.

"자간이 치료에 뛰어난 마술사를 이쪽으로 보내준 덕분이지. 교회의 힘만으로는 구하지 못하는 부상자도 구할 수 있었어."

몇몇 마술사가 교대로 와주었고, 한 명은 계속해서 교회에 머물러주었다.

처음에는 그 마술사들과 교회도 서로 반목했지만, 그래도 한솥밥을 먹다 보니 어느 정도 친근감이 싹튼 것이리라. 마술사는 필사적으로 성기사들의 치료를 해주었고, 그런 마술사의 태도에 성기사들도 몸소 그를 도와주기 위해 뛰어다녔다.

그래서 샤스틸도 네프테로스의 용태를 살피러 갈 여유를 만들 수 있었다.

밤이 늦어서 너나 할 것 없이 모두 깊이 잠들어 있었다.

네프테로스는 어깨를 으쓱였다.

"그럼 주제넘게 나설 필요도 없었네."

"아냐, 당신이 아니었으면 이 정도로 치료하지는 못했어. 게다가 이미 늦었다는 사람도 있었고."

치료에 임한 마술사도 여명을 연장시킬 수는 있지만 기껏해야 며칠이라고 포기했었다. 그런 사람들을 전원, 성기사로 복귀할 수 있을 정도로 치료해줬으니 아무리 감사해도 부족하다.

네프테로스는 뒤에 있는 성기사들에게로 시선을 옮겼다.

"사람이 많아서 그런지 좀 갑갑하네."

"아까 그 습격자가 돌아오지 않는다는 보장은 없으니까 경계를 늦출 순 없지."

네프테로스는 흠 하고 코웃음을 흘렸다.

"그 녀석, 〈아자젤〉이라고 했지. **실물은 처음 봤어**."

그 말에 샤스틸의 눈이 커다래졌다.

"잠깐 기다려! 〈아자젤〉이라는 게 뭔지 알고 있어?"

"……? 교회의 암살 부대잖아? 비프론스 님……, 비프론스에게 그곳과는 엮이지 말라는 말을 들었거든."

──암살 부대? 성검의 이름이 아니야?

샤스틸은 네프테로스 앞에 몸을 숙이고 앉았다.

"자, 자세히 말해봐. 〈아자젤〉은 성검의 이름인 게 아니었어?"

"성검……? 그건 모르겠지만 교회 안에 그런 이름을 가진 조직이 있다는 건 들어본 적이 있어. ……당신, 교회에 소속되어 있으면서도 몰랐어?"

"한 번도 들어본 적 없어. ……게다가 아마 라파엘 님도 몰랐을 거야."

샤스틸은 신음을 흘렸다.

자간은 〈아자젤〉을 '13번'──성검의 이름이라고 했다.

하지만 그건 조직의 이름이기도 하다는 모양이다.

──그렇지만 교회가 일부러 〈아자젤〉이라는 이름을 사용하고 있는데 아무 관계가 없지는 않으리라.

이게 도대체 어떻게 된 일일까.

"……〈아자젤〉이라는 건 성검의 이름일지도 몰라.

"그래? 그런 것치고는 한 번도 들어본 적이 없는데. 그런 게 있다면 교회는 자기 현시욕이 강하니까 좀 더 대대적으로 떠들고 다니지 않았을까?"

"말 한번 거침없이 하네……."

뭐, 교회라는 조직이 그런 성격을 가지고 있다는 사실은 알고 있지만, 그 교회의 성기사 앞에서 잘도 그런 말을 한다 싶었다.

하지만 교회의 그런 성격을 생각하면 이 기묘한 관계의 답을 도출해낼 수 있을지도 모른다.

"〈아자젤〉은 열세 번째 성검이지만, 어떤 이유로 인해 교회가 소유하고 있지 않거나 또는 기피해야 할 대상으로 생각하고 있는 건가?"

"뭐, 그렇다면 암부의 이름으로 사용하는 것도 이해가 되지 않는 건 아니네. 아무리 불길해도 성검의 이름이라면 자신들의 것이라고 과시하고 싶을 테니까."

"그렇지만 공공연하게 밝힐 수 없는 이유가 있어서 내부에서도, 성기사장에게조차 비밀로 하고 있었던 거야. 그리고 암살을 전문으로 한다면 당신들 마술사에게 보낸 적도 있겠지."

그렇군, 하고 네프테로스는 고개를 끄덕였다.

"그래서 오히려 외부인인 마술사가 알고 있다……, 이건가? 대충 말은 되는 것 같지만 그 '기피해야 하는 이유'라는 건 뭐지?"

"그건……, 모르겠어. 마술사에게 탈취당했거나, 혹은 소유자가 반역을 일으킨 건가."

그러다가 샤스틸은 깜짝 놀랐다.

"아니, 잠깐만……?"

〈아자젤〉이 성검인지 부대의 이름인지보다 더 중대한 문제가 있었다.

샤스틸은 반쯤 어안이 벙벙해서 물었다.

"네프테로스. 당신의 의견을 들어보고 싶은데."

"뭘?"

"당신이 키메라에게 쫓기고 있는 지금, 내게 〈아자젤〉이라는 자객이 찾아온 게 단순한 우연일까?"

네프테로스의 금빛 눈동자가 커졌다.

"그것도 비프론스의 짓이라고? 그럴 경우, 당신들 교회도 비프론스의 앞잡이라는 뜻이 되는 거야."

"꼭 그렇다고만은 할 수 없지. 그 마술사라면 거짓 정보를 흘려서 교회를 유도하는 일 정도는 가능하지 않을까?"

어쩌다 보니 그렇게 됐지만, 샤스틸은 이렇게 네프테로스를 몰래 감춰서 결과적으로는 비프론스를 방해했다. 그것을 타개하기 위해 〈아자젤〉을 움직였을 가능성은 높았다.

네프테로스도 고개를 숙이고 생각에 잠겨 있다가 곧이어 확인하듯 중얼거렸다.

"그 자객, 당신을 마술사와 내통한 반역자인 것처럼 말했지. 그렇다면 처음에는 당신을 죽일 예정이 아니었다고 볼 수도 있지 않을까."

"그럼 그것도 원래는 당신을 노린 거였다?"

"가능성의 문제지만, 그렇게 생각하면 대충 앞뒤가 맞아. 당신 말대로 비프론스의 수하라고 해도 교회 내부까지 공격하는 건 어려울 테니까."

샤스틸은 한숨을 쉬었다.

"미안해. 이곳은 안전할 거라고 했는데……."

“신경 안 써. 어차피 비프론스로부터 도망칠 수 있을 거라고 생각하지 않는걸.”

샤스틸은 네프테로스의 손을 잡았다.

“그래도 꼭 살아남도록 해. 나도, 당신도.”

“……흠. 나도 잠자코 죽을 생각은 없어.”

이렇게 해서 긴 하루는 드디어 그 끝을 맞았다.

"있잖아, 쿠로카 짱은 왜 교회에서 일하려고 한 거야?"

밤. 모처럼 교회에 왔는데도 계속 실수만 하는 바람에 낙담한 쿠로카에게 쿠우가 물었다. 인신매매단에게 같이 납치 당한 데다가 나이도 비슷해서 그녀는 살갑게 말을 건넸다.

그곳은 교회의 수녀들이 지내는 방이었다.

공교롭게도 쿠로카는 내부 장식이 어떻게 되어 있는지는 알 수 없었지만 2인용 방에서 돌아갈 곳이 없는 쿠우와 같이 방을 쓰고 있었다. 잠자리는 이층 침대로 쿠우는 눈이 보이지 않는 쿠로카에게 일층을 양보해주었다.

침대는 딱딱했지만 손으로 만져본 시트는 주름 하나 없이 깨끗했다. 게다가 그리운 물푸레나무 냄새가 났다. 침대나 바닥에 사용된 게 분명하다.

원래 사제인 쿠로카에게는 조금 더 좋은 방이 지급되어야 하지만, 지금은 사망자가 나온 사건이 일어난 직후라 일손이 부족했다. 내일부터 입을 예정인 사제 예복도 도착하지 않아서 한동안은 마을에서 그녀들을 구해준 '오빠'에게 받은 옷을 입어야 했다.

쿠우는 얼굴을 쑥 가까이 대고 물었다.

"딱히 나쁜 의미는 아니지만, 쿠로카 짱의 몸으로 교회에서 일하는 건 힘들지 않아?"

시력을 걱정해서 하는 말일 것이다. 다정한 마음 씀씀이에 쿠로카도 웃으며 대답했다.

"힘들지 않다고 하면 거짓말이겠지만 제가 좋아서 하는 일이니까요."

"……? 어떤 점이 좋은데?"

"음, 글쎄요……."

쿠우가 신기하다는 듯이 말하자 쿠로카는 자신의 얼굴을 만지며 말했다.

"제 눈, 마술사들의 습격을 받아서 이렇게 되었는데, 그때 성기사가 저를 구해줬어요."

이제 죽는 줄 알고 포기하려고 했는데 성기사가 멋지게 나타나서 마술사들을 쫓아주었다.

그 후에도 눈이 보이지 않게 되어서 우울해하는 쿠로카를 틈날 때마다 찾아와서 격려해주었다. 자신이 다시 일어날 수 있었던 건 모두 그 사람 덕분이었다.

쿠우는 흥분한 나머지 콧김을 거칠게 내뿜으며 몸을 앞으로 내밀었다.

"그거 연애 이야기 아니야? 듣고 싶어, 듣고 싶어!"

"연애 이야기는 아니에요……. 나이 차이도 많이 나서……, 굳이 말하자면 '아버지'……일까요?"

"와아, 쿠로카 짱은 아저씨 스타일을 좋아하는구나!"

"……아니에요. 아마도."

머리를 쓰다듬어주는 그 사람의 손을 좋아했다.

걷는 게 두려웠을 때도 손을 끌어주었고, 제대로 된 생활을 할 수 있게 되자 지팡이를 선물해주었다.

그 사람에게 받은 온기는 사랑이라 부르기에는 은은하고 달콤했다.

"그렇지만 정말 좋아했어요. 그래서 그 사람처럼 되고 싶어서……."

쿠우는 몹시 감동한 듯 얼굴을 가렸다.

"그게 사랑이 아니면 뭐야! 어서 고백해."

쿠로카는 고개를 휘휘 흔들었다.

"그 사람……, 이미 죽고 없어요."

쿠우가 딱딱하게 굳었다.

성기사의 수명은 짧다. 마술사에 마수, 전쟁. 적이 너무 많아서 그 인생이 늘 전투로 점철되어 있기 때문이다. 그래도 그 사람은 오래 산 편이었다.

쿠우는 미안해하며 말했다.

"미, 미안해. 무신경한 말을 해서."

"괜찮아요. 저는 그 사람이 마지막까지 긍지를 가지고 싸웠다고 생각하니까요."

그러니 슬퍼할 일은 아니다.

그분은 끝까지 긍지를 지켰다.

"있지, 쿠로카 짱은 다른 가족은 없어?"

"네, 없어요."

교회에 몸을 의탁하기 전에 가족도 모두 죽었다. 그래서 가족이라 부를 수 있는 건 그 성기사밖에 없었다.

쿠우는 머뭇거리며 쿠로카의 손을 잡았다. 따뜻하고 작은 손이었다.

"쿠우랑 똑같아. 그러면 쿠로카 짱을 언니라고 생각해도 돼?"

그 말에 쿠로카의 눈이 동그래졌다.

하지만 곧장 고개를 끄덕였다.

"네. 물론이죠."

"에헤헤. 이제부턴 둘이 늘 함께 있는 거야!"

——착한 아이구나…….

낯선 마을에서 외롭게 혼자가 되었다고 생각했다. 그런 상황에서 이 소녀의 다정함은 따뜻하면서도 조금 가슴이 아팠다.

잠시 후, 쿠로카의 세모난 귀가 움찔움찔 떨렸다.

"……? 무슨 일일까요? 밖이 소란스러운 것 같아요."

시력을 잃게 되면서 쿠로카의 귀는 평범한 사람은 듣지 못하는 소리도 들을 수 있게 되었다. 그래서 어제도 납치를 당한 쿠우의 비명을 들을 수 있었던 것이다.

쿠로카는 지팡이를 끌어당겨서 들고 일어섰다.

"잠깐 살펴보고 올게요. 제가 도울 수 있은 일이 있을지도 몰라요."

"쿠로카 짱, 너무 열심히 일하는 것 아니야?"

좀 쉬어야 한다며 침대에 눕는 쿠우에게 미소를 지어 보인 후 쿠로카는 방을 나섰다.

바로 그때, 쿠우가 그제야 생각났다는 듯 큰 소리로 물었다.

"그러고 보니, 쿠로카 짱의 '그 사람', 이름이 뭐야?"

소중한 사람의 이름이기에 소중한 소녀에게도 말해주고 싶은 마음이 들었다.

그래서 쿠로카도 그 이름을 가르쳐주기로 했다.

“**라파엘** 님이라는 분이에요.”

그것이 또 새로운 소동을 불러일으키게 된다는 사실을 모른 채, 쿠로카는 그렇게 대답했다.

◇

이튿날. 자간은 아침부터 다시 큐아노에이데스로 나갔다.

네피에게 받은 머플러는 성에 두고 왔다.

——데이트 전에 쓰레기 처리부터 해야지.

쓰레기를 청소하면 옷은 더러워진다. 소중한 머플러는 깨끗한 상태로 데이트를 할 때 착용하고 싶다. 그래서 어서 비프론스와 끝장을 보고 싶었다.

——일단 녀석의 키메라를 포획해서 마력의 흔적을 추적하는 게 좋을까.

키메라와 골렘 모두 술자와 마력으로 이어져 있기 때문에 그 점을 이용해 술자가 있는 곳을 알아낼 수 있다.

그렇지만 키메라가 마을로 침입하면 샤스티를 비롯한 성기사들이 가만히 있을 리 없다. 이런 곳을 어슬렁거리기보다는 그들의 연락을 기다리는 게 더 현명한 방법일 것이다.

그렇다면 마을에서 무엇을 하는 거냐고 묻는다면, 마술의 흔적을 찾고 있었다.

뭉뚱그려서 마술이라고는 하지만, 이 마을에는 자간이 파악하고 있는 것만 해도 100명에 가까운 마술사가 생활하고 있다. 그들은 일상적으로 마술을 사용하고, 최근에는 마술사를 교회에도 파견하고 있다. 게다가 어제는 키메라와의 전투까지 있어서 곳곳에 마술의 흔적이 남아 있었다.

그런 곳에서 비프론스의 마력이 가진 파장과 비슷한 것을 찾아내는 일은 사막에서 바늘을 찾는 격이었다.

하지만 이곳은 자간의 마을이다. 건물을 수복하는 것부터 부하 마술사를 지키는 것까지, 다양한 결계가 쳐져 있다.

그중에는 '이물'을 찾아내는 결계도 있었다.

"……흐음. 여긴가."

그렇게 해서 자간이 찾아간 곳은 번화가에서 멀리 떨어진 빈민가였다.

그곳에 자간의 파벌에 소속되지 않은 마술의 흔적이 있었다.

주위를 둘러봐도 파괴의 흔적은 없었다. 수복 결계가 작동한 흔적도 없었다. 싸운 흔적조차 없었다. 그래서 자간은 이곳이 **맞다**고 확신했다.

——평범한 마술사라면 이렇게 깨끗하게 흔적을 지우지 않지.

이곳에서 나쁜 짓을 저지른 마술사는 자간이 그것을 알게 되는 게 싫어서 감춘 것이다. 그것도 압도적으로 뛰어난 기술을 구사해서. 아무것도 없는 것이 그 증거였다.

문제는 무엇을 했는가다.

주위를 관찰하고 있는데 문득 뒤에서 어떤 기척이 느껴졌다.

——비프론스의 부하인가?

놈이 무슨 짓을 하더라도 반응할 수 있도록 마술에 만전을 기울이고 뒤를 돌아보니 그곳에는 예상치 못한 얼굴이 있었다.

"넌, 어제……, 쿠로카라고 했나?"

인신매매단에게 납치당한 것을 구해서 교회로 데려갔던 소녀들 중 한 명이었다.

탁 하는 지팡이 소리가 들렸다.

"그 목소리……, 어제 그, 오빠인가요?"

——어째서 이곳에, 이 녀석이 있지?

비프론스라면 이 소녀를 조종해서 자간을 공격하는 일 정도는 충분히 하고도 남는다. 주위를 경계하며 쿠로카를 향해 천천히 다가갔다.

아무 빛도 없는 쿠로카의 눈이 자간을 향하더니……, 순식간에 눈물을 글썽였다.

"으, 으와아아아아앙, 오빠, 어, 어떻게 하면 좋아요!"

경계하고 있던 자신이 바보처럼 느껴질 정도로 비통한 울음이었다.

"……무슨 일이 있었지?"

"쿠우 짱이, 어제 나와 함께 있었던 아이가, 사라졌어요!"

호수인 소녀를 말하는 모양이다.

자간은 자신의 귀를 의심했다.

"진정해. 교회에서 보호해주고 있는 것 아니었나?"

일단 위험한 빈민가에서 이동해서 작은 광장에 있는 의자에 앉혔다.

자간이 머리를 톡톡 두드려 진정시키자 쿠로카는 머뭇거리며 이야기를 시작했다.

"교회에서는 계속 실수만 해서 토레스 씨에게도 야단만 맞고……."

뭐, 가만히 서 있기만 해도 물을 뒤집어쓸 정도인, 샤스틸과는 조금 다른 불운한 체질의 소녀다. 교회에서도 똑같은 일이 일어났으리란 것은 쉽게 상상할 수 있었다.

"그래서 지금은 별로 도움이 되지 않으니 쿠우 짱을 돌봐주라고 했는데, 그 아이가 없어져서……."

"언제부터지?"

쿠로카는 고개를 옆으로 흔들었다.

"제가 알아차린 건 아침이 되고 난 후지만 그 전부터 없었던 것 같아요."

"다른 사람에게는 알렸고? 아니, 그보다 왜 너 혼자 돌아다니고 있는 거지?"

쿠로카는 다시 고개를 흔들었다.

"다른 사람에게는 아직 말하지 않았어요. 사건이 일어나서 다들

다쳤거나 바쁜데 더 이상 걱정을 끼칠 수 없어서."

그러더니 품에서 헝겊 조각을 꺼냈다. 누더기처럼 보이지만 리본인 것 같았다.

"이거, 쿠우 짱의 리본이에요. 코볼트들에게 잡혔을 때 제가 다치자 감아준 거예요. 제 눈은 이렇지만 귀와 코는 좋기 때문에 냄새를 추적하면 쿠우 짱을 찾을 수 있지 않을까 해서……."

묘수인은 코볼트와 드워프에는 미치지 못하지만 인간보다는 월등히 뛰어난 후각을 가지고 있다고 한다. 쿠로카의 경우, 시력을 잃은 만큼 후각도 더 예민해진 것이리라.

"모처럼 도움을 받았는데 왜 이런 일이……. 제 생각에 쿠우 짱은 혼자 멋대로 사라진 게 아니에요."

애당초 가족이나 친척도 없으니 당연하다. 자간도 불길한 예감이 들었다.

"사건이 있었다고 했지? 네가 교회로 간 후에 또 무슨 일이 있었던 건가?"

쿠로카는 고개를 가로저었다.

——뭐, 알 리가 없나.

시력이라는 핸디캡까지 더해 짐짝 취급을 당했을 것이다. 그런 상황에서 사건이 일어났으니 자세히 가르쳐줄 리가 없다.

"쿠로카, 쿠우의 냄새가 아까 그곳으로 이어져 있었어?"

"……네."

자간은 냄새 같은 건 잘 모르지만 쿠우가 이곳에 왔다면 이곳에 있었던 '무언가'에게 말려들었을 가능성이 높다.

——그런데 그 꼬마 녀석은 왜 교회를 빠져나온 거지?

교회에서 일어났다는 사건에 대해 알면 그 답도 알 수 있을지 모르지만 현재의 자간에게는 어려운 일이었다.

"쿠로카, 교회에 이상한 사람이 오지는 않았고?"

"이상한 사람이라고 해도, 전 어제 처음 교회에 온 거라……."

"뭐든 괜찮아. 마술사 같은 사람이나 네가 느끼기에 냄새가 이상한 사람 같은 것도 상관없어."

그 사람이 쿠우를 데리고 갔을 범인일 가능성이 크다.

——호수인 꼬맹이에게 무슨 가치가 얼마나 있는지는 모르겠지만…….

옆에 있는 쿠로카가 묘수인 중에서도 희귀종이라 마술사에게는 가치가 높을 텐데.

쿠로카는 고개를 갸웃거리더니 '앗' 하고 외쳤다.

"이상한 사람은 아니지만 여신 같은 분이 계셨어요."

"여신?"

쿠로카는 흥분해서 고개를 끄덕였다.

"네. 죽음의 냄새라고 하면 아시겠어요? 전 이 사람은 이제 틀렸구나, 라는 걸 **냄새**로 알 수 있는데, 그분은 이미 죽음의 냄새가 나는 사람도 치료해서 살려주셨어요!"

자간은 고개를 갸웃거렸다.

샤스틸의 교회로 마술사 몇 명을 협력 차원에서 파견했지만 그들도 그런 말기 중상자는 치료하지 못한다. 그렇다면…….

——아아, 그러고 보니 네프테로스가 있었지.

그녀가 쿠우를 데리고 나가지는 않았겠지만, 의외로 교회 사람들과 잘 지내고 있는 것 같았다. 자간도 조금은 마음이 놓였다.

쿠로카는 멍한 얼굴로 계속 말을 이었다.

"저도 그렇게 될 수 있으면 좋겠어요."

"되면 되잖아?"

자간이 당연하다는 듯 대꾸하자 쿠로카는 빛이 없는 눈을 동그랗게 떴다.

그러더니 씁쓸하게 웃었다.

"역시 오빠는 다정한 분이에요. 보통은 불가능하다고 말하거든요. 저 같은 건 다른 사람의 도움이 없으면 아무것도 못하니까……."

계속 그런 말을 들어온 사람의 말이었다.

그래서 자간은 고개를 옆으로 흔들었다.

"네가 여신이라고 생각한 그 녀석도 몇 번이나 실패하고, 상처도 입고, 도움을 구하기도 하고, 다른 사람의 도움을 받은 적도 있을 거다."

쿠로카는 멍한 얼굴로 고개를 기울였다.

"오빠, 혹시 여신님이 누구인지 알고 계시나요?"

"……글쎄. 하지만 교회에 여신 같은 건 없고, 여신도 아닌데 그 누구의 도움도 받지 못한 인간은 교회에는 가지 않겠지."

그 누구의 도움도 받지 못한 인간은 타인을 짓밟고서라도 살아남기 위해 마술에 손을 댄다. 교회와는 거리가 먼 인간이다.

쿠로카는 뭔가 생각하는 바가 있는지 어깨를 살짝 늘어뜨렸다.

"그렇다면 여신님도 누군가의 도움을 받았기 때문에 다른 사람을 도와주려는 게 아닐까요?"

"그럴지도 모르지."

"……하지만 제게는 그런 힘이 없어요. 여신님처럼 다른 사람을 도와주지 못해요. 어떻게 하면 저를 도와준 사람에게 은혜를 갚을 수 있을까요?"

자간은 하마터면 웃음을 터뜨릴 뻔했다.

그리고 진심으로 어이없다는 얼굴로 말했다.

"내가 어제 똑같은 질문을 했을 때 넌 뭐라고 대답했지?"

"네? 똑같은 질문이라니……. 아, 오빠에게는 **그 사람**이 은인이군요."

자간은 아무 대답 없이 어깨를 움츠리기만 했다.

쿠로카는 의자에서 일어났다.

"오빠, 감사했습니다. 저는 쿠우 짱을 찾으러 돌아가볼게요."

"……나도 찾아보마. 찾을 수 있을지는 모르겠지만."

"네! 감사합니다!"

그렇게 말하고 머리를 꾸벅 숙이더니 그대로 뛰어갔다.

"아, 이봐. 그렇게 달리면……."

몇 걸음 가지 않아 또 풀썩 넘어졌다.

――왜 지팡이가 있으면서도 발밑을 확인하지 않는 건지…….

어이가 없었지만 아직은 지팡이를 다루는 데에 익숙하지 않아서 그럴지도 모른다고 생각했다. 아니, 익숙해졌기 때문에 방심한 건가.

그럴 경우, 쿠로카가 시력을 잃은 것이 비교적 최근이라는 말이 되지만.

그렇게 위태로운 뒷모습을 지켜본 후에 자간도 자리에서 일어났다.

——한 번 더 아까 그 길을 조사해볼까.

어쩌면 쿠우를 찾을 단서가 있을지도 모른다.

그리고 걸음을 옮기려는데 뒤에서 낯익은 목소리가 들렸다.

「——이런, 오랜만이네, 〈마왕〉 자간.」

결코 잊을 수 없는, 꺼림칙한 〈마왕〉의 목소리였다.

◇

"——네프테로스, 괜찮아?"

샤스틸이 몸을 흔들자 네프테로스는 눈을 떴다.

얼마나 땀을 많이 흘렸는지 옷과 머리카락까지 피부에 찰싹 달라붙어 있었다. 호흡도 흐트러져 있어서 자신이 꽤나 가위에 눌렸다는 것을 자각할 수 있었다.

그곳은 어제와 똑같은, 교회 집무실의 바로 옆에 있는 수면실이었다.

습격자와의 싸움에서 발바로스가 사용한 〈분노의 불〉은 당연히 집무실뿐만 아니라 수면실도 잿더미로 만들었지만 마치 거짓말처럼 말끔하게 복원되어 있었다.

자간이 쳐둔 결계의 힘이었다. 예전에 네프테로스가 신령 마법으로 마을을 파괴했을 때도 순식간에 건물을 복원했었다. 그 〈마왕〉은 〈천린〉이나 '마술 먹어치우기' 같은 전투가 아닌 부분에서도 마술사로서의 기량이 엄청나다는 사실을 뼈저리게 깨달았다.

샤스틸이 네프테로스의 이마를 걱정스럽게 만졌다.

"괜찮아? 가위에 심하게 눌린 것 같던데."

"……괜찮다고 말하고 싶지만 기분은 최악이야."

몇 시간이나 울고 난 것처럼 머리가 아프고 몸도 무거웠다. 교회 안에서는 마력의 회복도 빠를 텐데 묘하게 피곤한 느낌이었다.

그래도 몸을 일으키지 못할 정도는 아니었기에 상반신을 일으켰다.

"일단 물부터 마셔."

순순히 물 잔을 받아 수분을 보급하자 머릿속도 조금씩 선명해지기 시작했다.

"악몽을……, 꾼 것 같은 기분이야."

"어떤 꿈이었는지 기억 안 나?"

네프테로스는 고개를 끄덕였다.

――기억은 안 나지만 어쨌든 굉장히 기분 나쁜 꿈이었어…….

풍경과 내용은 기억나지 않지만 꿈속의 자신은 모든 것이 다 미워서 미칠 것만 같았다.

그 감정은 자신이 네페리아에게 품었던 증오와는 비교도 되지 않을 정도였는데, 바닥이 없는 늪처럼 깊어서 도저히 그 감정을 거스를 수가 없었다.

——그런데, 견딜 수 없을 만큼 슬프기도 했지.

아마 꿈속의 자신은 절망하고 있었을 것이다. 무엇에 대해 그리도 절망했지는 모르겠지만 그 감정만은 손톱자국처럼 마음에 깊이 새겨져 있었다.

이마에 맺힌 땀을 닦고 났는데도 샤스틸은 여전히 걱정스러운 얼굴로 자신을 바라보고 있었다.

"최근에 자주 꾸는 꿈이야. 한동안은 꾸지 않았지만……."

말하고 보니 지난 7일 동안은 수면 자체를 취하지 않았다는 사실이 떠올랐다.

샤스틸은 눈썹을 찌푸렸다.

"최근이라면 언제부터?"

그 물음에는 곧장 대답하지 못했다. 자각은, 있다.

"……그 '진흙'에 집어삼켜진 후부터인가."

샤스틸이 벌떡 일어났다.

"그, 그건 놈에게 삼켜진 후유증 같은 거 아니야?"

"후유증과는 조금 다른 것 같아. 육체적인 영향은 없으니까. 그보다……."

입 밖으로 꺼내는 것조차도 무서운 대답이었다.

그렇지만 정신적으로도 육체적으로도 약해져 있기 때문일까, 어느새 네프테로스는 그 말을 꺼내고 있었다.

"꿈에서 본 건, 마신이 아니었을까."

샤스틸의 눈이 커졌다.

"그게 무슨 말이지? 마신의 기억 같은 건가?"

"모르겠어. 어떤 꿈이었는지도 기억나지 않고."

샤스틸은 걱정스러운 표정을 지었지만 무슨 말을 하면 좋을지 모르겠다는 듯 아무 말도 하지 못했다.

"힘들어?"

"역시, 기분이 좋지는 않지. 다만……."

이런 생각을 하는 것은 어리석은 일인지도 모른다.

그래도 네프테로스는 자신의 생각을 말했다.

"……꿈속에서 '그것'은 깊은 절망에 시달리고 있었어. 모든 것이 증오스럽고, 괴롭고, 숨도 못 쉴 정도로 슬펐지."

"잠깐만. 그건 즉 마신에게도 우리와 똑같은 감정이 있다는 뜻이야?"

"그냥 꿈 이야기야. ……그렇지만 난 그런 느낌이 들어."

엘프의 숨겨진 마을에서 본 마족은 생물이라고 부르기에는 너무 이질적이고, 자아가 있는지도 의심스러운 존재였다. 자아가 있다고 해도 인간과 똑같은 감정을 가지는 것은 있을 수 없는 일처럼 보였다.

그런데 네프테로스는 꿈속에서 느낀 절망이 마신의 감정이라고 생각했다.

샤스틸은 한동안 고개를 숙이고 고민하다가 확인하듯 물었다.

"비프론스도 알고 있어?"

네프테로스는 고개를 옆으로 흔들었다.

"아니. 바보 취급 당할 것 같기도 하고, 왠지 아무에게도 말하고 싶지 않았어."

"그런데 나한테는 말해준 거야?"

그러자 네프테로스의 눈이 동그래졌다.

"그러고 보니 그렇군. ……어째서일까."

스스로도 설명할 수 없는 일에 당황하고 있자 샤스틸은 그 모습을 흐뭇하게 바라봤다.

"……? 왜 그래?"

"아니, 나름대로 나를 신뢰해주고 있구나 하고 생각한 것뿐이야."

"신뢰라니……."

네프테로스가 발끈해서 부정하려고 했지만 그 전에 샤스틸이 자리에서 일어났다. 이미 세례 갑옷을 갖춰 입고 있는 모습을 보니 전투를 하러 가는 모양이었다.

"미안하지만 슬슬 임무를 처리하러 가봐야 해. 어제 그 습격자도 내가 표적이라면 이곳에는 나타나지 않겠지. 그러니 푹 쉬고 있어."

"……잠깐 기다려."

네프테로스는 침대에서 발을 내렸다.

몸이 나른한 느낌은 여전했지만 움직이지 못할 정도는 아니었다. 물도 마시지 못하고 도망 다니던 지난 며칠에 비하면 훨씬 양호했다.

“나도 갈게. 어차피 키메라를 퇴치하러 가는 거잖아? 그놈은 나를 노리고 있으니까 내가 같이 있는 게 더 효율적이야.”

“도와주려는 거야?”

네프테로스는 아무 대답 없이 시선을 피했다.

——나 때문에 다른 사람이 죽는 게 그렇게 뒷맛이 씁쓸할 줄은 몰랐어.

이 소녀도 결코 약하지는 않지만, 불사신인 괴물을 상대로 완승은 불가능하다. 그래서 함께 있어주고 싶었다.

하지만 그런 마음을 솔직하게 말할 수 없어서 고개를 휙 돌리고 말았다.

“나도 언제까지고 그런 괴물에게 쫓겨 다니는 건 싫어서 그래. 놈을 끝장내려면 한 명보다는 두 명이 더 효율적이라고 생각한 것뿐이야.”

샤스틸은 씁쓸하게 웃었다.

“그럼 부탁할게. 그 키메라는 내 실력으로는 감당하지 못할지도 모르니까 도와줘, 네프테로스.”

“어, 어쩔 수 없지. 도와줄게.”

그렇게 두 사람이 밖으로 나가려고 할 때였다.

오싹하고 소름이 돋는 느낌에 네프테로스는 창밖으로 시선을 돌렸다.

“왜 그래, 네프테로스?”

“……아무래도 놈이 알아서 찾아온 것 같아.”

난폭하게 창문을 열자 바깥의 광장에 후드를 뒤집어쓴 그림자가 있었다. 인간의 모습을 흉내 냈지만 네프테로스는 그것이 자신을 쫓아다녔던 키메라라는 것을 확신할 수 있었다.

――이 불쾌감, 내가 착각할 리 없어.

네프테로스나 성기사들과 계속 싸우느라 로브는 외투로서의 기능을 상실했지만 머리에 쓴 후드만은 완고하게 그 얼굴을 가려주고 있었다.

어디서 훔쳐 왔는지 지금은 더러운 옷을 걸치고 있었다.

그 모습을 보자 문득 떠올랐다.

――우연이겠지만 어제 그 〈아자젤〉과 똑같은 키와 몸집이군…….

어제 그 습격자 역시 체격을 알기 힘든 모습을 하고 있었기 때문에 장담할 수는 없지만.

이쪽이 나오기를 기다리고 있는 건지, 적은 후드 속에서 이쪽을 올려다보기만 할 뿐 공격할 기미는 보이지 않았다.

"말도 안 돼……."

그것을 본 샤스틸의 얼굴이 순식간에 새파랗게 질렸다.

"뭘 동요하고 있는 거야? 비프론스라면 아무렇지도 않게 마을에서 난동을 부릴 거야. 어서 놈을 끝장――."

"아니야!"

샤스틸은 거의 울먹이는 목소리로 외쳤다.

그리고 떨리는 손가락으로 후드를 쓴 적을 가리켰다.

"저건 어제 우리가 보호했던 여자아이가 입고 있던 옷이야."

인신매매단에게 납치당했다가 교회로 도망쳐 온 소녀.

그중 한 명이 입고 있던 옷이 피투성이가 되어 괴물의 것이 되어 있었다.

◇

「——이런, 오랜만이네, 〈마왕〉 자간.」

뒤에서 들려온 목소리에 돌아본 자간의 몸이 딱딱하게 굳었다.

그곳에 있는 것은 소름 끼치는 〈마왕〉의 모습이 아니었다.

세모난 귀와 복슬복슬한 꼬리의 호수인 소녀. 복장은 교회에서 지급받은 것일까. 지금은 수녀처럼 검은 원피스를 입고 있었다.

바로 쿠로카가 찾아다니던 **쿠우**의 모습이었다.

자간은 혐오와 경계를 담아 내뱉듯이 대꾸했다.

"고약한 취향이구나. 그 모습은 뭐냐, 비프론스."

호수인 소녀는 깜짝 놀라서 눈을 깜빡거렸다.

"왜 그래, 오빠? 비프론스가 뭐야?"

어제 들은 쿠우의 목소리와 똑같았다. 성대모사라면 상당한 수준이다.

"웃기지 마."

자간은 주먹을 쥐더니 소녀를 향해 망설임 없이 휘둘렀다.

"아하하~! 오빠, 그렇게 화내지 마~!"

여우 소녀는 가볍게 도약해서 주먹을 피하더니 그대로 바로 위에 있는 나뭇가지를 잡고 매달려서 웃었다. 그리고 낭창거리는 나뭇가지를 이용해 허공에서 빙글 돌아서 가지 위에 착지했다.

그 뒤에 소녀의 입에서 나온 것은 남자도 여자도 아닌 소름 끼치는 목소리였다.

「이게 그렇게 화낼 일이야? 가벼운 농담이라고, 농담. 평소와 다른 모습을 하고 있으니 그 차이를 좀 즐겨야 하지 않겠어?」

"너나 즐겁겠지."

나무와 함께 박살내려고 주먹을 쥐었지만 소녀는 그를 막으려는 듯 두 손을 내밀었다.

「잠깐 기다려. 난 그냥 이야기를 하러 온 거야. 잠깐 대화 정도는 나눌 수 있잖아?」

"왜 내가 이제 곧 죽을 놈과 대화를 해야 하지?"

자간이 진심으로 이상하다는 듯 고개를 기울이자 소녀는 초승달 모양으로 입을 일그러뜨리며 웃었다.

「어, 그러지 않는 게 좋을 텐데? 이 몸은 100퍼센트 네가 친절하게 구해준 가여운 소녀의 것이니까. 이 아이를 죽여봤자 나는 아무렇지도 않아.」

――요컨대 인질이라 이건가.

이곳에 쿠로카가 없어서 다행인지도 모르겠다. 그나저나 그저 대화만 할 거라면서 이렇게까지 사람을 불쾌하게 만들다니. 역시 〈마왕〉은 다르군.

소녀는 자신의 세모난 귀를 만지작거렸다.

「조금은 동요할 줄 알았는데, 동물은 별로 취향이 아니야? 그렇

지만 몸도 제법 자랐으니 그냥 죽이는 건 아깝지 않을까? 그쪽 취향인 사람이라면 누구나 탐을 낼 만한 인재를 일부러 찾아서 온 거거든. 아하하!」

비프론스는 몸을 배배 꼬면서 잘록한 허리와 봉긋한 가슴을 만져 보였다.

그런 소녀의 눈에서 눈물이 한 줄기 흘러내렸다.

——쓰레기 같은 놈. 쿠우의 의식은 그대로 남겨둔 건가.

어제 사과를 나눠줬을 때 보여준 그 순수한 미소와 겁에 질려 벌벌 떨면서도 자간을 무서운 사람이 아니라고 해준 말은 쿠우 본인의 것이었으리라.

그런 식으로 접촉시킨 것 자체가 자간의 전의를 꺾기 위한 준비였다는 확신이 들었다. 아마 인신매매단에 납치당한 것도, 그곳에서 도망쳐 나와 자간과 우연히 만나게 된 것도 모두 놈의 계획이었을 것이다.

자간이 조용히 주먹을 내리자 소녀는 그제야 안심한 듯 가슴을 쓸어내렸다.

「이제야 이야기를 들어줄 마음이 든 모양이군. 실은 네게 부탁할 게 있어.」

"만지지 마."

친한 척 자신의 팔에 매달리는 놈을 매정하게 뿌리쳤다.

「아하하, 그렇게 차갑게 대하면 이 아이가 너무 불쌍하잖아. 지금도 자신의 몸이 어떻게 된 건지 몰라서 두려움에 덜덜 떨고 있는데.」

“……어서 용건이나 말해.”

쿠우는 가엽지만 지금 이 소녀는 비프론스다. 조금이라도 틈을 보여선 안 된다.

「냉정하긴. 뭐, 됐어. 너도 이미 눈치챘겠지만 실은 우리 집에서 가출한 아이가 이 마을에 들어왔거든. 데리고 가고 싶은데 잠시만 이곳에서의 자유를 허락해줄 수 있을까.」

“뻔뻔하긴. 위험하기 짝이 없는 키메라를 보내놓고 헛소리 하지 마라.”

「음~, 그건 오해야. 내 키메라는 마을에는 한 발짝도 들여놓지 않았고, 성기사들을 만났을 때도 그쪽이 먼저 검을 뽑을 때까지는 손대지 않았거든. 내 나름대로 성의를 보였다는 점은 이해해줬으면 좋겠는데.」

자간은 험악한 목소리로 대꾸했다.

“뭐가 성의냐. 내가 뭐라고 대답하든 네프테로스를 데리고 갈 생각이면서. **그 준비**가 다 되었기 때문에 내 앞에 모습을 드러낸 거고. 그래서 일부러 그 꼬마의 몸까지 빌린 거잖아.”

이건 부탁이 아니다.

선전포고다.

〈마왕〉 자간의 영지를 〈마왕〉 비프론스가 침략하겠다는 선언인 것이다.

당연히 그만한 패를 갖추고 있을 것이다.

소녀는 그 대답이 듣고 싶었다는 듯 미소 지었다.

「이해가 빨라서 좋군. 운치는 없지만.」

소녀는 천천히 손을 들었다.

개전 신호를 보내는 것처럼.

그리고 그 입술을 벌린――순간이었다.

"――음. 비프론스인가? 타인의 영지에서 난동을 부리다니, 간이 배 밖에 나왔군."

소녀의 어깨를 톡 두드린 것은 로브를 걸친 노파였다.

비프론스는 물론이고 자간조차 예상하지 못한 얼굴이었다.

「당신이 왜, 이곳에――〈마왕〉 **오리아스.**」

어찌 된 일인지, 세 번째 〈마왕〉이 큐아노에이데스에 나타났다.

이 등장에는 자간도 당황했다.

"나도 궁금하다, 오리아스. 왜 네가 여기에 있지?"

자간이 날카로운 목소리로 묻자 오리아스는 어깨를 으쓱였다.

"이런, 자네가 나를 불렀잖아."

"……아."

깜빡 잊고 있었다. 이 노파에게 딸과 만나달라고 요구한 건 자간 자신이었다.

――굉장히 시간이 많이 걸릴 것처럼 말하더니 벌써 온 거야?

의외로 빠른 결단력에 자간도 혀를 내둘렀다.

여기에서 오리아스가 등장하는 것은 계획에 없었는지 소녀의 얼굴도 굳었다.

「아하하……. 두 사람, 언제부터 그렇게 친밀해지셨나?」

후드 사이로 보이는 오리아스의 입술이 미소를 지었다.

"친밀한 건 아니지만, 지난번에 가벼운 마음으로 장난을 좀 쳤다가 어이없이 한 방 먹었지. 그 일에 대한 사과도 할 겸 선물을 좀 가지고 왔다."

그러더니 로브 안에서 술병 하나를 꺼냈다.

자간의 눈이 동그래졌다.

"설마! 진짜 손에 넣은 거냐?"

"운 좋게도 시장에서 팔고 있더군. 뭐, 이왕 손에 넣은 거, 안 갈 수도 없다 싶어서."

"고마워. 괜찮으면 성에서 마시고 가지 않겠나. 식사 정도는 대접할 수 있는데."

"매력적인 제안이기는 한데 어떻게 할까. 지금은 좀 바빠 보이는데……?"

그제야 생각난 것처럼 여우 소녀를 쳐다봤다.

소녀는 항복하는 것처럼 두 손을 들더니 굳은 얼굴로 고개를 기울였다.

「순수하게 흥미가 생겨서 그런데 물어봐도 될까? 자간이 그렇게 원하고 오리아스 할망구가 몸소 행차할 정도의 물건이 뭐지?」

"술이다. 이제는 손에 넣지 못할 거라고 반쯤 포기하고 있었지. 그런데 정말 입수하다니, 역시 〈마왕〉 오리아스로군."

"그렇게 기뻐해주니 나도 기분이 나쁘지는 않군."

후드 아래로 보이는 오리아스의 입가에는 영 싫지만은 않다는 듯 미소가 떠올라 있었다.

소녀는 어이없다는 표정을 지었다.

「뭐, 술……? 술이라면 마시는 술 말이지? 얼마나 고가인지는 모르겠지만 왜……? 〈마왕〉이 일부러 행차할 정도의 술이야?」

"음, 나는 원래 제자나 사역마를 옆에 두지 않기 때문에 장을 볼 일이 있으면 직접 가야 한다."

「허어……. 장을 보다니, 〈마왕〉이 장을 보다니…….」

자신 안의 상식이 박살이 났다는 듯 소녀는 어깨를 늘어뜨렸다.

그래도 소녀는 용감하게 입을 열었다.

「그, 그럼 도대체 어떤 술이지? 마시면 불로불사의 몸이 되는 영주(靈酒) 같은 건 아니겠지.」

그 말을 들은 자간은 분노를 담은 미소와 함께 소녀의 어깨를 툭 쳤다.

"네가 없애버린 엘프의 마을에서 만들어진, 만드는 방법을 비롯해 모든 것이 사라진 환상의 술이다."

결정타는 자간이 분풀이 삼아 저지른 짓이었지만 그 말은 하지 않았다.

소녀는 넌더리가 난다는 듯 어깨를 늘어뜨렸다.

「〈마왕〉이 세 명이나 있으면 모두가 자기 멋대로 굴어서 일만 더 커지겠지. 그렇지만 난 한 번 한 말은 반드시 지키는 사람이야. 오리아스 할망구가 나타났다고 해서 물러서지는 않아.」

"그건 기우다. 나 역시 한 번 결정한 일은 반드시 끝내는 사람이다. 네게 지옥을 보여주마."

다음 순간, 소녀는 힘이 빠진 것처럼 주저앉았다.

"어, 어라? 이제 움직일 수 있어……?"

자간이 아는 쿠우의 목소리였다.

하지만 안심한 소녀의 얼굴은 순식간에 절망으로 물들었다.

소녀의 입에서 검은 '진흙'이 흘러나왔다.

"커억……? 에윽, 뭐, 뭐야, 이건……?"

당황한 소녀를 유린하듯이 '진흙'은 입뿐만이 아니라 눈과 귀, 코 등 몸에 있는 구멍이라는 구멍에서는 모두 솟아났다.

――비프론스 자식, 쿠우에게 '진흙의 마신'을 심어놓은 거냐?

잊으려 해도 잊을 수 없다.

네프테로스를 그릇으로 삼았고 수십 명이나 되는 마술사를 잡아먹었던 최악의 적이다. 자간과 네피가 물리쳤지만 '진흙의 마신'은 엄청나게 거대했다. 없애지 못한 잔해가 한두 개 정도 남아 있다고 해도 전혀 이상하지 않았다.

그리고 이 '진흙'은 그릇을 얻으면 다른 사람을 먹어치워서 점점 더 빠르게 증식, 무한정으로 재생하는 능력을 가지고 있다. **먹이**가 풍부한 이 큐아노에이데스라면 통째로 집어삼키는 데 얼마 걸리지 않을 것이다.

자간은 재빨리 소녀에게서 떨어졌다.

"떨어져, 오리아스. 이 녀석과 닿으면 〈마왕〉이라도 골치 아파진다."

"……그런 것, 같군."

굳이 말해줄 필요도 없이 오리아스는 이미 소녀와 거리를 두고 있었다.

"케, 크이익……엑……아……아아아아아아아아——!"

비통한 외침이었다.

그 울부짖음 뒤에서 비프론스의 웃음소리가 울려 퍼졌다.

「아하하하, 자, 어떻게 할래? 보면 알겠지만 예전에 네가 물리친 '진흙의 마신'——바로 그 조각이야. 사람 좋은 네가 마을을 지키기 위해 이 아이를 죽일 수 있을까? 아니면 이 아이를 구하기 위해 마을을 희생시킬까? 아하하하하!」

"……시답잖은 소리."

비프론스의 말을 끝까지 듣지도 않고 잘라버렸다.

그리고 자간은 망설임 없이 소녀의 가슴에 손을 찔러 넣었다.

"에……?"

여우 소녀가 믿기지 않는 듯 눈을 깜빡거렸다.

등까지 튀어나온 자간의 손에는 심장처럼 뛰는 검은 물체가 쥐어져 있었다.

"불태워라——〈천린〉."

그렇게 외친 것과 동시에 손 안의 물체는 재로 변해 사라졌다.

그와 동시에 소녀는 숨이 끊어진 것처럼 가슴을 관통당한 채 자간을 향해 쓰러졌다.

「깜짝 놀랐네. 그렇게 간단히 버릴 줄이야……. 너에 대한 평가를 바꿀 필요가 있겠군.」

이제 그 목소리는 어디서 들리는지 알 수 없었지만 자간은 어이

없다는 듯 대꾸했다.

"혹시 너, 내가 전에 어떻게 이 녀석을 죽였는지 안 봤나?"

「……뭐?」

보아하니 정말 모르는 모양이었다.

――왜 네프테로스가 지금도 살아 있다고 생각하는 거냐.

가까이 다가가면 〈마왕의 각인〉에 끌어당겨져서 마술까지도 흡수당하는 '진흙의 마신'에, 주위에는 자간도 도망치지 못하는 결계가 전개되어 있었다. 그 상황에서 내부의 상황을 관찰하는 방법은 없었을지도 모르지만, 그래도 한심한 이야기다.

팔을 빼내자 팔에 관통되었던 소녀의 몸에는 상처 하나 없었다. 소녀는 자간의 품에서 조용히 숨쉬고 있었다.

「어떻게 그런 바보 같은…….」

"바보는 너다. 죽이는 마술과 치료하는 마술을 같이 사용하는 건 그리 어려운 일도 아니지 않나?"

파괴한 체조직을 동시에 수복해서 '진흙'만 〈천린〉으로 불태운다. 이것이 바로 자간이 '진흙의 마신'을 물리치고 네프테로스도 구해낸 방법이다.

「…….」

무언의 기척만을 남긴 채 비프론스의 목소리는 사라졌다.

쿠우에게 이것을 제외하고 다른 패를 심어놓은 것 같지는 않았다. ……'진흙의 마신'의 조각은 마을 하나 정도는 간단히 없애버릴 수 있는 패다. 그런 것을 제어할 수 있는 것만으로도 엄청난 마술이라고 할 수 있다. 〈마왕〉 정도의 힘이 아니라면 그 누구도 불가능했을 것이다.

그런 것이 몇 초 되지도 않는 짧은 시간에 파괴당했으니 어떻게 생각하면 비프론스가 불쌍하다고도 할 수 있었다.

자간은 코웃음을 치더니 간신히 해방된 쿠우를 안아 들었다.

"오리아스. 미안하지만 이 녀석의 기억을 지워줄 수 있을까? 그런 건 전문이잖아."

"나야 괜찮지만 어째서지?"

"이 세상에는 기억하지 못하는 게 좋은 일인 것도 있다고 생각하지 않아?"

오리아스는 씁쓸하게 웃었다. 그리고 쿠우의 몸을 받아 들었다.

"이 아이가 깨어날 때까지 돌봐주지. 네 부탁을 들어줄지는 약속할 수 없지만."

어쩌다 상황에 휩쓸려 된 〈마왕〉이라고 해도 역시나 〈마왕〉은 〈마왕〉이다. 전면적으로 협력해주지는 않겠지만 그래도 쿠우는 안전할 것이다.

——녀석의 목적이 네프테로스라면 어디를 공격할지도 뻔하군.

여기서부터는 누가 더 잘 대비하고 있느냐가 승패를 좌우할 것이다.

자간이 달려가려고 하자 오리아스가 마침 생각났다는 듯이 외쳤다.

"아, 맞다. 이 아이를 돌봐주는 대가는 아니지만 나도 부탁 하나 할 수 있을까?"

역시, 하고 자간도 걸음을 멈췄다.

——술만 가지고 온 건 아닐 거라고 생각했다만…….

오리아스가 이 마을을 찾아온 진짜 목적은 이쪽일 것이다.

자간은 다시 벤치에 앉았다.

"내가 네 부탁을 거절할 것 같아?"

누가 뭐래도 네피의 유일한 육친이다. 네피가 이 노파를 거절하더라도 자간은 경의를 표할 것이다.

오리아스는 의외라는 듯 입을 열었다.

"그거 고맙군. 그나저나 괜찮겠나? 비프론스 꼬마가 소란을 떠는 걸 보니 느긋하게 대화를 나눌 상황은 아닌 것 같은데."

발바로스의 말에 따르면 네프테로스를 쫓아온 건 키메라였다. 쿠우는 키메라가 아니다. 분명 다른 수작도 부려뒀을 것이다.

그래도 자간은 별일 아니라는 듯 어깨를 으쓱였다.

"문제없어. 내 부하들은 내가 계속 돌봐줘야 할 정도로 무능하지 않거든."

자간은 **왕**으로서 그들에게 힘을 주었다.

그것은 사람을 거느리는 왕과 괴물이 되려는 〈마왕〉의 싸움이기도 했다.

하지만 자간은 알지 못했다.

어째서 쿠우의 옷이 바뀌었는지.

처음 만났을 때 입고 있던 옷이 지금 어디서 무엇에 사용되고 있는지.

◇

"——정신 차려, 샤스틸!"

네프테로스가 질타하는 목소리에 샤스틸은 정신이 들었다.

수면실에서 내려다보이는 광장에서는 쿠우의 옷을 입은 키메라가 지금도 이쪽을 올려다보고 있었다.

샤스틸은 구역질이 치밀어 올라서 입을 막았다.

"쿠우라고 하는 수인족 소녀였어. 저놈, 설마, 그 아이를……."

"……아직 확실한 건 모르잖아. 지금은 저놈을 끝장내는 일에 집중해야 해. 미리 말해두지만 난 너를 지켜줄 여유 따윈 없어."

비록 말은 모질지만, 그래도 샤스틸은 그 말에 격려를 받았다.

"그래. 지켜줘야 하는 내가 반대로 보호를 받으면 저 아이에게도 면목이 없지."

샤스틸은 기력을 끌어모아 네프테로스에게 손을 내밀었다.

"가자, 네프테로스. 둘이 함께 저 놈을 끝내는 거야!"

"……처음부터 그렇게 말했잖아."

네프테로스는 고개를 돌렸지만 샤스틸의 손을 맞잡았다.

그리고 두 사람은 수면실 창문에서 광장을 향해 뛰어내렸다.

네프테로스의 마술 덕분일까. 하강은 완만한 속도로 이루어졌으며, 2층에서 뛰어내렸음에도 불구하고 지면에서 충격은 느껴지지 않았다.

때마침 성당에서도 성기사들이 뛰쳐나왔다.

“너희들은 주위에 피해가 생기지 않도록 막아. 이놈은 우리가 상대한다.”

성검이 아니면 이 키메라는 쓰러뜨리지 못한다. 그 점은 사전에 부하 성기사들에게도 말해두었다. 충실한 성기사들은 마을을 지키기 위해 주위로 흩어졌다.

샤스틸이 등에서 성검을 빼자 네프테로스가 큰 소리로 외쳤다.

“비프론스, 보고 있지? 언제까지 이런 놀이를 계속할 생각이야?”

그 목소리에 키메라가 큭큭 하고 큰 소리로 웃었다.

「후후후, 어제까지만 해도 다 죽어가는 병아리 같더니 하룻밤 쉬고 나니 괜찮아진 모양이군. 귀여운 네가 잘 있는 걸 보니 나도 기뻐.」

샤스틸도 그 배에서 들었던 소름 끼치는 〈마왕〉의 목소리였다.

그러더니 고깃덩이 같은 팔을 앞으로 내밀었다.

「모처럼의 기회이니 한 번 더 말해주지. 가출은 충분히 즐겼잖아? 슬슬 집에 돌아와야지. 나도 즐거웠으니 화는 내지 않을게.」

귀에 거슬리는 소리로 웃는 비프론스의 말에 네프테로스는 이를 악물었다.

“난 당신의 인형이 아니야. 끝까지 저항할 거야.”

씩씩하게 내뱉는 네프테로스의 모습을 보자 키메라는 가학심에 불이 붙은 듯 몸을 떨었다.

「옳지, 그래야 내 네프테로스지. 그렇지만 저항할 필요는 없어. 애당초 나는 너를 데리고 돌아가고 싶을 뿐, 상처 입힐 생각은 없으니까.」

"……뚫린 입이라고 잘도 지껄이는군."

샤스틸도 분노를 느꼈다.

자신이 네프테로스를 발견했을 때, 그녀는 너무나 쇠약해져서 거의 죽기 직전이었다.

──그렇게 지독한 짓을 하고서는 상처 입힐 생각은 없다고?

후드에 가려진 얼굴이 샤스틸을 향했다.

「네프테로스가 이렇게 건강을 되찾은 건 네 덕분인가?」

"그렇다면 어쩔 거지?"

「크흐흐, 네프테로스를 도와줘서 고맙다. 이렇게 사이좋게 지낼 줄은 나도 예상하지 못했지만…….」

말과는 반대로 그 목소리에서 느껴지는 것은 온몸에 거머리가 기어 다니는 것 같은 불쾌감이었다.

그리고 그 목소리는 아주 재미있는 놀이를 제안하는 것처럼 이렇게 말했다.

「그런 널 잃게 되면 네프테로스는 어떤 얼굴을 할까?」

소름이 돋았다.

"──온다!"

네프테로스가 외치자 샤스틸도 옆으로 뛰었다.

그 직후, 키메라의 팔이 뻗어와서 샤스틸이 서 있던 곳을 후려쳤다.

"빛나라——성검 〈아즈라엘〉!"

이 키메라는 너무 위험하다.

샤스틸이 키메라의 팔을 베어내자 성검의 빛에 불탄 고깃덩어리가 무너져 내렸다. 그 짧은 순간에 키메라는 자신의 몸을 인간에서 괴물로 변모시켰고, 몇 개나 되는 팔다리가 튀어나왔다.

그 순간 네프테로스가 신령 언어를 외쳤다.

「꿰뚫어라——달의 어금니——.」

무지개빛 수정이 지면을 가르고 솟아오른다. 신전의 기둥만한 크기의 수정이 정확히 키메라의 몸을 관통했다.

——좋아! 저 팔다리로 돌아다니기 전에 기동력을 없앴어.

무수한 팔다리를 가진 이 키메라는 샤스틸도 포착하기 어려운 움직임을 보였다. 그것을 사전에 막은 것은 무척 큰 성과다.

이대로 지체하지 않고 끝을 내기 위해 달려들려고 하는데 네프테로스가 외쳤다.

"섣불리 다가가면 안 돼! 저 녀석은 당신부터 노릴 생각이야."

깜짝 놀라서 걸음을 멈추자 바로 키메라의 몸이 부풀어 올랐다.

그리고 터졌다.

키메라의 파편이 광장 가득 흩어졌고 샤스틸은 성검으로 그 파편들을 베면서 뒤로 물러났다. 네프테로스가 말리지 않았다면 곧장 저 안으로 뛰어들었을 것이다.

그렇게 해서 광장에 흩어진 것은 시커먼 '진흙'이었다.

본 기억이 있었다.

——이건, 설마…….

샤스틸과 네프테로스는 새파랗게 질렸다.

"전원 후퇴! 절대 '진흙'에는 손대지 마라!"

결코 잊을 수 없다.

'진흙'은 마신의 잔류사념이기도 했다. 여기에 대처할 수 있는 것은 자간의 〈천린〉과 하이 엘프의 신령 마법뿐. 성검으로도 막을 수는 있지만 소멸시키기에는 힘이 부족했다.

하지만 네프테로스의 몸은 놈을 쓰러뜨릴 수 있는 신령 마법을 감당지 못했다.

즉, 두 사람에게 이것을 없앨 방법은 없었다.

——이게 바로 혼자서 당당하게 교회로 쳐들어온 이유인가.

네프테로스의 얼굴도 긴장으로 경직되었지만 체념한 표정은 아니었다.

"이 녀석은 그때 그 '마신'이 아니야. 혼자서는 불가능하지만 둘이라면 감당하지 못할 상대도 아니지."

씩씩하게 말하는 소녀는 역시 네피와 닮았지만, 그럼에도 분명 다른 사람이었다.

그래서 샤스틸도 고개를 끄덕여 보였다.

"역시 믿음직해. 함께 싸우자, 네프테로스."

샤스틸은 키메라의 본체가 아니라 광장으로 흩어진 '진흙'을 노렸다.

——일단 이 골치 아픈 '진흙'부터 제거해야지!

성검의 빛을 휘두르자 '진흙'은 바짝 말라 사라졌다.

과연 네프테로스의 말대로 이것들은 '진흙의 마신'에 비하면 확연히 약했다. 성검의 힘으로도 충분히 대처할 수 있었다.

——이런 건 라파엘 님의 〈메타트론〉이 더 효과적인데…….

그 성검의 힘은 불이다. 라파엘이 진심을 다해 휘두르면 광장 전체를 다 뒤덮는 것도 가능하다. ……그러나 지금 이곳에는 샤스틸밖에 없다.

'진흙'을 불사르며 키메라를 보니 여전히 수정에서 빠져나오지 못하고 있었다.

샤스틸은 외쳤다.

"네프테로스, 이 녀석을 쓰러뜨릴 방법은 있어?"

"……없어. 하지만 작게 만들 수는 있지. 작아진 놈은 네가 끝장내도록 해."

"알았어!"

샤스틸은 '진흙'을 제거한 다음 네프테로스의 등을 보호하듯이 자리를 잡고 섰다.

그 뒤에 서서 네프테로스는 가슴에 손을 올리고 노래하기 시작했다.

「——그대는 공포를 관장하는 자. 군신에게 복종해 파멸과 혼란을 가져오는 자이니——.」

대기가 떨리더니 키메라의 몸이 땅으로 짓눌리듯 쓰러졌다.

나중에 들은 이야기지만, 이것은 중력을 조종하는 신령 마법이라고 한다. 대기를 조종하는 마술은 있지만 무게를 조종하는 힘은 샤스틸도 처음 보았다.

그 몸은 여전히 수정에 꿰뚫린 채였다. 상처가 벌어지자 키메라는 절규했다.

고통을 못 견디겠는지 키메라의 팔다리가 뻗어 왔다.

"그렇게는 안 되지!"

샤스틸은 그 팔과 다리를 벴다.

그리고 네프테로스의 노래가 거듭될수록 키메라를 엄습하는 중력은 더 강해졌다.

——물리칠 수 있어!

성검과 신령 마법의 힘을 합치면 물리치지 못할 적은 아니다.

그렇게 확신하는 것과 동시에 위화감이 들었다.

——이상해. 〈마왕〉이 보낸 적을 이렇게 쉽게 물리칠 수 있나?

그 의문에 대답하듯 그 목소리는 울려 퍼졌다.

"뭐, 뭐죠, 이건? 무슨 일이, 일어나고 있는 거예요?"

어디로 들어온 걸까. 그곳에는 성기사들의 포위를 뚫고 들어와 지팡이를 짚고 있는 묘수인 소녀가 우두커니 서 있었다.

그 손에 쥐어진 지팡이와 빛을 비추지 않는 눈동자를 보고 고양이 소녀가 맹인이라는 사실을 깨달았다.

——키메라를 보지 못하는 건가!

광장을 에워싼 성기사 중 한 명이 외쳤다.

"어서 물러나, 쿠로카 사제! 여긴 이미 전장이다!"

그 말을 들은 샤스틸은 그제야 그 소녀가 신입 사제라는 사실을 깨달았다.

성기사의 외침도 허무하게 키메라의 팔이 소녀를 향해 뻗었다.
——틀렸다, 이미 늦었어!
네프테로스를 지키기 위해 샤스틸이 자리 잡은 위치에서 그 소녀가 있는 곳까지는 너무 멀었다.
추악한 키메라의 팔이 가여운 소녀를 고깃덩이로 만들 것이다.
그렇게 생각한 순간이었다.
샤 하는 맑은 소리가 울려 퍼졌다.
소녀의 앞으로 뻗어온 팔이 조각조각이 나서 떨어졌다.
조금 늦게 툭 소리를 내며 나무 막대가 바닥에 떨어졌다.
소녀가 들고 있던 지팡이라는 건 알 수 있었지만, 그런 것치고는 길이가 짧았다. 기껏해야 원래 지팡이의 절반 정도일까.
그런 다음 소녀가 손에 들고 있는 것을 본 순간 샤스틸의 눈이 휘둥그레졌다.
그것은 단검이었다.
가느다란 단검. 지팡이 속에 들어 있었던 모양이다. 동방의 섬나라에는 지팡이검이라고 불리는 이런 형태의 무기가 있다는 이야기가 떠올랐다.
잘못 볼 리가 없다.

어젯밤, 샤스틸을 궁지에 몰아넣고 발바로스의 팔을 베어 떨어뜨린 〈아자젤〉의 단검이었다.

——〈아자젤〉의 단검을 어째서 이 아이가……?

묘수인 소녀는 아무것도 보이지 않는 눈으로 키메라를 보더니 역수로 쥔 단검을 위로 치켜들고 뛰쳐나갔다.

"안 돼! 그놈의 몸에 손을 대면 죽는다!"

샤스틸의 목소리가 들리지 않는지 소녀는 멈추지 않았다. 키메라는 네프테로스의 신령 마법에 짓눌려 있으면서도 몇 개나 되는 팔다리를 뻗어 소녀를 공격했다.

바로 위에서 쏟아지는 팔에 소녀가 뭉개진다고 생각한 순간, 그 팔은 소녀의 몸을 피해 바닥을 때렸다.

"——엇?"

누군가가 얼빠진 목소리를 냈다.

옆에서 후려치듯 휘두른 팔도 겨냥을 잘못한 것처럼 소녀의 앞머리를 살짝 스치며 허공을 거머쥐었다. 세 번째, 정면에서 내리친 발도 소녀의 소매를 스치며 허공을 후려쳤다.

"뭐야, 키메라가 공격하지 못하는 건가?"

한 성기사가 중얼거렸지만 샤스틸은 이해할 수 있었다.

——아니다, 피하고 있는 거야!

똑바로 달리고 있는 것처럼 보이지만 소녀는 비틀거리듯 자세를 낮추고 보폭을 살짝 늦춰서 가속과 감속을 반복하고 있었다.

그 동작이 너무 자연스러워서 마치 공격하는 쪽이 계속 허탕을 치는 것처럼 보이는 것이다.

마치 예지 능력이라도 있는 것 같은 움직임이었지만, 샤스틸은 그것이 소리와 바람의 흐름을 통해 상대의 움직임을 파악하고 있는 것이라는 사실을 알았다.

묘수인의 반사 신경이 인간보다 뛰어나니 어쩌니 하는 차원의 힘이 아니었다.

시력을 잃은 대신 나머지 감각이 예민해지면서 가능해진 기술인 것이다.

——내 검이 스치지도 못하는 게 당연한가.

장소가 불리하기도 했지만, 어젯밤의 습격에서 샤스틸은 단 한 번도 검을 명중시키지 못했다. 게다가 성검의 빛에 의한 눈부심도 맹인이라면 애당초 통할 리가 없다.

그런 식으로 눈 깜짝할 사이에 키메라를 향해 육박한 소녀는 두 손에 든 단검을 뒤집어 키메라의 팔다리를 베었다.

"안 돼, 너무 얕아!"

움직임이 가볍고 날쌘 대신 힘은 약한지 단검의 일격은 키메라의 딱딱한 피부를 베어내지 못했다. 세례 갑옷도 입지 않았으니 무리도 아니다.

하지만 샤스틸은 깨달았다.

——이 소녀, 아까는 키메라의 일격을 정면으로 갈랐어.

과연, 그 답을 보여주듯 소녀는 다른 단검을 치켜들었다.

"——하앗!"

새된 기합과 함께 단검을 교차시키듯 내리친다.

키메라의 두꺼운 팔이 밑둥부터 찢어졌다.

소녀가 싸우고 있는 지금도 네프테로스의 신령 마법이 키메라를 억누르고 있는 것이다. 몸을 지탱하는 팔다리 중 하나를 잃은 키메라는 이윽고 쓰러졌다.

그러자 소녀는 그 위에 올라타서 키메라의 목에 단검을 교차시켰다.

"……이것도 아니야. 도대체 어디에."

키메라를 베어서 쓰러뜨린 소녀의 목소리는 당장이라도 울음을 터뜨릴 것처럼 초조했다.

하지만 그런 상태임에도 키메라를 공격한 것이다.

"같은 편……인가?"

샤스틸이 중얼거리자 소녀는 아무것도 비치지 않는 눈으로 뒤를 돌아봤다.

그 눈에서 느껴지는 것은 숨 막히는 살기였다.

자신도 모르게 몸이 떨렸다.

──마술사나 마물에서 느껴지는 살기와는 근본적으로 뭔가가 달라……!

이 소녀는 적일까, 아니면 같은 편일까.

네프테로스도 영창을 멈추고 소녀의 모습을 지켜보고 있었다.

그때 귀가 찢어지는 듯한 목소리가 울려 퍼졌다.

「이런, 도착이 늦었잖아. 특무 집행자 〈아자젤〉──쿠로카 아델하이드.」

샤스틸은 꿀꺽 침을 삼켰다.

──역시 이 아이가 〈아자젤〉이었구나…….

그 으스스하게 생긴 얼굴 아래에 있는 것이 자신보다 어린 소녀였을 줄이야. 그리고 비프론스가 키메라를 교회에 보내놓고 느긋하게 수다나 떨던 이유를 깨달았다.

이 소녀가 올 때까지 시간을 벌고 있었던 것이다.

발밑에 있는 키메라로부터 들려온 목소리에 소녀——쿠로카는 차갑게 대꾸했다.

"……당신은, 뭐죠?"

「알고 있을 텐데? 내가 누구인지는 아무래도 상관없는 일이다. 난 네 **원수**를 알고 있는 사람일 뿐이야. 그리고 방금 네가 해치운 녀석은 원수가 아니었지?」

칼날처럼 날카로운 쿠로카의 살기가 키메라로 향했다. 그 살기를 직접 받은 게 아닌 샤스틸과 주위의 성기사들조차 식은땀이 배어날 정도였다.

"그런데 왜 당신에게 '그 아이'의 냄새가 나는 거죠?"

쿠로카가 신경 쓰고 있는 것은 이미 조각밖에 남지 않았지만 쿠우의 옷인 듯했다.

——혹시 이 아이, 쿠우를 찾고 있었던 건가?

호수인 소녀를 데리고 왔던 사람이 새로 부임해 온 사제라는 사실은 샤스틸도 보고를 받아서 알고 있었다. 그러니 소녀는 쿠우를 찾고 있었던 건지도 모른다.

그래서 샤스틸보다 키메라를 먼저 공격한 것이다.

「아, 이 옷을 입고 있었던 아이 말이지? 그거라면 안심해. 그 아이는 이미 너도 알고 있는 '오빠'가 보호하고 있으니까.」

"——사실인가요?"

「믿어도 돼. 그 '오빠'의 비호를 받으면 그 누구도 손끝 하나 대지 못하지.」

그 대답을 듣자 마음이 놓이는 듯 쿠로카의 표정이 누그러졌다.

"……안심했어요."

「그럼 임무를 수행해야지. 네 원수는 바로 눈앞에 있잖아.」

그리고 비프론스의 목소리는 당당하게 이렇게 말했다.

「네 **양아버지** 라파엘 휴랜더를 죽인 샤스틸 릴키비스트가!」

"무슨——."

쿠로카는 살짝 비틀거리며 샤스틸을 향해 돌아서더니 품에서 새하얀 가면을 꺼냈다.

표적을 샤스틸로 변경했다는 것을 알 수 있었다.

"잠깐 기다려! 저딴 놈의 말은 믿지 마. 난 라파엘 님을 죽이지 않았어."

그때 네프테로스가 의아하다는 표정을 지었다.

"라파엘……? 그 사람은 자간의 성에——."

"안 돼, 네프테로스!"

샤스틸은 검지를 세워 아무 말 말라고 간청했다.

네프테로스는 눈썹을 찌푸렸다.

"뭐야……. 말하면 안 되는 일이야?"

아무래도 그녀는 라파엘이 자간에게 몸을 의탁할 수밖에 없게 된 사건에 대해 모르는 것 같았다. 그래도 대충 눈치를 챘는지 입을 다물었다.

쿠로카는 차가운 눈으로 샤스틸과 마주하고 서더니 죄를 읊는

처형인 같은 목소리로 말했다.

"……이 사람의 말을 믿기 때문이 아니야. 당신 입으로 한 말이다."

샤스틸은 고개를 갸웃거렸다.

"엇……? 내가 말했다고?"

"당신이 그분을 죽였다고 자랑스럽게 말했잖아."

무슨 말인지 몰라서 한순간 멍하니 있었지만 이내 생각이 났다.

——사정을 모르면 네가 놈을 죽이고 만족하고 있는 것처럼 들리는 거 알아?——

그날 밤, 자신은 보고를 하러 온 알프레드와 오해하기 쉬운 대화를 나누었었다.

네프테로스가 한숨을 쉬었다.

"너, 역시 중요한 순간에는 덜렁이구나……."

"시, 시끄러."

눈물이 맺히려는 것을 참고 있는데 쿠로카가 십자가가 그려진 가면으로 얼굴을 가렸다.

"이것으로 이야기는 끝입니다."

그것이 싸움을 알리는 신호.

쿠로카는 단검을 들고 달려들었다.

——역시 빨라!

한 호흡만에 공격 거리까지 다가와 샤스틸은 성검으로 간신히 단검을 막아냈다.

"크윽, 머리 좀 식혀! 이러고 있을 상황이 아니란 말이다. 네가 벤 키메라는 아직 살아 있어!"

"……상관없어. 난 그저 그분의 원수를 갚기 위해 여기 있는 거니까."

이 소녀에게 있어 라파엘은 어떤 존재였을까.

——오해라는 걸 설명하면……!

하지만 지금 샤스틸에게는 그 부분을 설명할 방법이 없었다.

바로 그때 조용한 노랫소리가 흘렀다.

「——전장에서는 패자를 낳고 치세에서는 혼란을 불러일으키네. 공황과 재갈을 늘어놓고 조화와 우애를 배타하고 전란과 불화의 이름 아래 전장을 발호(跋扈)하자——.」

"——?"

네프테로스였다.

신령 마법의 노래가 울려 퍼지자 쿠로카가 땅에 쓰러졌다. 키메라에게 가하고 있던 중압을 두 군데로 분산시킨 모양이었다.

"이쪽은 내가 막고 있을 테니까 당신은 어서 키메라를 처리해!"

"네프테로스……, 미안. 신세 좀 질게."

샤스틸은 쿠로카의 옆을 지나 키메라를 향해 질주했다.

"놓칠까, 보냐……!"

자신의 체중이 몇 배가 되는 중압이 가해지고 있는 상태인데도 쿠로카는 단검을 힘껏 휘둘렀다.

"——윽, 말도 안 돼!"

네프케로스가 경악해서 외쳤다.
쿠로카의 단검이 중력을 베어낸 것이다.
——평범한 단검이, 아닌가?
샤스틸이 아는 한, 신령 마법을 깰 수 있는 검은 성검뿐이다.
쿠로카의 단검은 좋은 칼임에는 분명하지만 성검 특유의 문장은 없었다.
성검의 영력은 신령 언어의 문장으로부터 나온다. 설령 이 단검이 자간이 말했던 '13번'이라고 해도 문장이 없으면 성검일 수가 없다. 그런데도 이 힘은 도대체 뭐란 말인가.
그래도 네프테로스는 그 즉시 다음 방법을 강구했다.
"그렇다고 보내줄 수는 없지——달의 어금니!"
쿠로카의 주위에서 그녀를 에워싸듯 수정 기둥이 솟아올랐다.
그리고 네프테로스는 샤스틸을 향해서 입을 막는 시늉을 했다.
——소리를 내지 마……라는 뜻인가?
샤스틸이 그 신호를 이해하는 것과 동시에 쿠로카는 수정 기둥을 박차고 도약, 그 빈틈 사이로 벗어났다.
"그럴 줄 알았어!"
그 순간을 놓치지 않고 네프테로스는 손가락을 딱 튕겼다.
그 직후, 쨍그랑 하는 요란한 소리를 내며 수정 기둥이 깨졌다.
"아악……!"
쿠로카는 작은 비명을 지르더니 귀를 막고 바닥에 쓰러졌다.
——그렇구나, 지나치게 예민한 청각을 반대로 이용한 거구나.
유리가 깨지는 소리는 머리끝까지 울릴 만큼 날카로웠다. 그 소리를 바로 옆에서 들으면 일반인도 한동안은 귀가 마비될 것이다.

쿠로카라면 그보다 훨씬 더 심하리라. 아마 샤스틸이 있는 곳도 놓쳤을 것이다. 목소리를 내지 않으면 쿠로카는 샤스틸이 어디 있는지도 모를 터.

샤스틸은 마음속으로 성검에게 말했다.

——부탁이야. 힘을 빌려줘——〈아즈라엘〉!

그 부름에 응답하듯 성검이 다시 빛을 발했다.

도신에 빛을 두르는 것이 아니라 라파엘처럼 광범위에 빛을 내뿜었다.

그 빛은 하늘까지 닿을 것처럼 멀리 뻗어 나갔다. 샤스틸은 키메라를 향해 그 검을 내려쳤다.

「끼이이이이이이이이이이이이이이이이익!」

키메라가 소름 끼치는 비명을 지르며 몸부림쳤다.

그 몸이 순식간에 작아지더니 고집스럽게 머리를 덮고 있던 후드가 벗겨져서 떨어졌다.

——지금이다!

훤히 드러난 머리를 향해 성검을 내려치려는데——

"엇……?"

샤스틸은 그 자리에 경직되고 말았다.

목소리를 내면 안 되지만, 그것도 잊고 중얼거렸다.

사람과 똑같은 팔다리를 가지고 있으니 사람의 얼굴이 있으리라고는 짐작하고 있었다.

하지만 그게 낯익은 얼굴일 줄은 몰랐다.

그것은 소녀의 얼굴이었다.

뾰족하게 솟은 귀——엘프 특유의 귀 모양이다.

게다가 조금 칙칙한 빛을 띤 하얀 머리카락.

피부는 갈색이고 슬퍼 보이는 눈동자는 금색.

그곳에 있는 것은 네프테로스의 얼굴이었다.

흐트러진 하얀 머리카락은 얼굴에 붙어 있고, 이성이 없는 눈동자는 금색. 그런데도 한탄하듯 검은 눈물을 흘리고 있었다.

"어째, 서……."

검을 내리치면 분명 죽일 수 있었다.

하지만 그럴 수 없었다.

그리고 그 모습은 네프테로스에게도 보였을 것이다. 네프테로스의 무릎이 툭 하고 꺾이며 주저앉았다.

그녀는 샤스틸보다 더 잘 알 수 있었다.

그것이 네프테로스와 완전히 **똑같다**는 것을.

——이것이 〈마왕〉이 하는 짓, 인가…….

자간에게도 최악을 각오하라는 충고를 들었다. 배 위에서 있었던 사건을 통해서도 비프론스가 얼마나 소름 끼치도록 잔인한 방법을 좋아하는지 알고 있었다.

하지만 〈마왕〉이 한 짓은 샤스틸이 예상했던 '최악'을 훨씬 능가했다.

「아아아아아아아아아아아아아아아!」

키메라는 소리 높여 한탄하며 몸을 흔들었다.

굳어 있던 샤스틸은 그대로 날아가 엉덩방아를 찧으며 바닥에 내동댕이쳐졌다.

"——샤스틸 님!"

성기사 중 누군가 외쳤다.

돌아보니 단검을 쥔 쿠로카가 달려오고 있었다.

이번만은 그 검을 막을 수 없을 것 같았다.

◇

"그래서 부탁이라는 게 뭐지?"

샤스틸과 네프테로스가 교회 앞에서 싸우고 있을 무렵, 자간은 여전히 마을 외곽의 광장에 머물러 있었다.

그곳에 있는 벤치에 앉아서 쿠우를 무릎 위에서 재운 오리아스에게 물었다.

"음. ……그 다크 엘프 소녀 말인데, 이름이 네프테로스라고 했던가."

"그래. 그 녀석이 어쨌다는 거지?"

오리아스는 어쩐지 울적하게 고개를 끄덕였다.

"예전에 그 아이와 만났을 때, '나는 누구인가?'라는 질문을 받았어. ……이래 봬도 오랜 세월 마술과 연을 맺고 살아온지라 보기만 해도 한눈에 알 수 있는 게 많지."

"……어이."

자간이 험악한 목소리를 내자 오리아스는 미안하다는 듯 고개를 끄덕였다.

"사려가 부족했다는 것을 이야기를 하고 나서 깨달았어. 서둘러 쫓아갔지만 재능이 뛰어난 아이더군. 한심하게도 그만 놓치고 말았지. 정신을 차리고 보니 자네가 있는 곳까지 와 있더군."

자간은 침통한 한숨을 흘렸다.

오리아스는 쿠우의 머리를 쓰다듬으며 자간을 올려다봤다.

"그 모습을 보니 자네도 이미 눈치채고 있는 것 같군."

"……제발 그게 아니기를 바랐지."

인정하고 싶지 않은 것처럼, 자간은 그 답을 말했다.

"네프테로스는, 네피의 복제다."

마술 중에는 인조인간을 만들어내는 기술이 있다. 말하자면 생명의 창조다. 그것은 명확히 마술의 범주를 벗어나는 힘으로, 여지껏 완성시킨 자는 없었다.

그렇지만 아무런 결과를 남기지 못한 것은 아니었다.

무에서 유를 창조해내지는 못했지만 생명을 복제하는 데는 성공한 것이다.

그 기술을 사용하면 대상과 완전히 똑같은 피와 살, 형태를 가진 존재를 만들어낼 수 있다. 방법에 따라서는 늙은 사람의 몸을 젊은 사람의 몸과 바꾸어서 영원히 사는 것도 가능하다고 한다.

그러나 역시 이 또한 생명으로서 완전하지는 않았다.

우선 그것 자체는 자아를 가지지 못한다. 복제한 몸에는 영혼이라고 정의할 수 있는 무언가가 깃들어 있지 않았다.

게다가 마력과 생명력도 열화되었다.

복제품의 수명은 극단적으로 짧았고, 오리지널에 비해 마력과 근력도 떨어졌다. 어딘가에서 불순물이 유입되는 것인지, 산 제물을 복제해도 의식의 정밀도는 떨어진다고 한다.

——그래서 네피가 다룰 수 있었던 신령 마법도 네프테로스는 견디지 못했지.

어떤 방법으로 자아를 가지게 되었는지는 모르지만 네프테로스는 그 기술을 이용해 네피를 복제해서 만든 존재다.

따라서 두 사람은 똑같은 얼굴을 가지고 있다.

그래서 자간은 한층 더 비프론스를 용서할 수 없었다.

사랑하는 소녀에게서 그런 것을 만들어냈다는 것을.

그렇게 만들어진 소녀에게 마음을 주었다는 것을.

——아마 그 녀석이 가진 최초의 기억은 네피를 본 기억이겠지.

비프론스가 수정 구슬에 투영해서 보여준, 같은 엘프들에게 박해를 받던 네피.

그 영상 자체는 과거의 것이었겠지만 그것을 현재인 것처럼 보여줌으로써 시간의 흐름을 오인하게 만들었던 것이다.

"네프테로스에게, 그 이야기를 했나?"

"……미안하다."

오리아스가 미안해할 일은 아니다.

그녀의 입장에서는 질문을 받아서 대답해주었을 뿐. 자신의 딸과 똑같은 얼굴을 가지고 있다고 해도 처음 보는 상대에게 그렇게까지 배려해줄 필요는 없으니까 말이다.

오리아스는 진지한 목소리로 말했다.

"부탁이라는 건 그 아이에 관한 거다."

"……내가 뭘 하면 되지?"

얼굴을 찌푸리는 자간을 향해 오리아스는 머리를 깊이 숙였다.

"자간. 아무쪼록 내가 상처 입힌 그 아이를 구해줄 수 없을까?"

그 말에는 자간의 눈도 휘둥그레질 수밖에 없었다.

"내가 다른 사람을 구해주는 남자로 보이나?"

"보이기 때문에 부탁하는 거야."

확신이 담긴 대답에 자간은 머리를 감쌌다.

──자기가 복제품이라는 사실을 알게 된 녀석을 무슨 수로 구해주라는 거야.

애당초 마술사는 자기밖에 생각하지 않는 생물이다. 자간 역시 네피의 사랑을 받고 싶다는, 자신의 욕구밖에 생각하지 않는 인간이다. 분명 그랬는데…….

──제길! 이런 이야기를 들었는데 어떻게 잠자코 네피가 있는 곳으로 돌아갈 수 있겠냐고!

자간은 머리를 마구 쥐어뜯으며 말했다.

"내 말 잘 들어, 오리아스. 네게는 경의를 표하고 있지만, 사람이 다른 사람을 구한다는 것은 마술사가 아니라고 해도 오만한 생각이야. 그 녀석이 어떻게 해야 구원받을 수 있는지는 본인도 모르는 법이거든."

자간은 네피를 만나서 구원을 받았다.

하지만 그것은 자신이 원한 일이 아니다. 어떤 형태를 원하는지에 대해서는 한 번도 생각해보지 않았다. 자신이 누군가를 사랑하고 사랑받는 모습이라니, 절대 믿을 수 없었다.

모든 것은 생각지도 못한 만남을 통해 자신의 상상을 초월해서 주어졌다.

구원이란 그런 기적과도 같은 것이다.

그런 것을 줄 수 있다고 생각하는 것은 자신감이 아니다. 무지와 오만과 자만을 아무 자각 없이 방류하는, 추악하고 어리석은 짓이다. 독이다.

부정해야만 하는데도——

네피와 포레, 라파엘과 샤스틸, 고메리와 키메리에스에 성에 있는 부하들. 그들이 괴로워하고 있을 때, 자신은 분명 손을 내밀어 줄 것이다.

오리아스는 그런 자간을 만족스럽게 바라봤다.

"그것을 알면서도 손을 내밀기를 **포기하지 못하는** 사람이야말로 구원을 줄 수 있는 사람일 거라고 나는 생각하네."

자간은 콧방귀를 뀌었다.

"거듭 말하지만 나는 그런 유별난 인간이 아니야."

오리아스가 구해달라고 한 것은 네프테로스다.

자신이나 네피보다도 더 처참한 과거를 짊어진 소녀를 과연 어떻게 하면 구해줄 수 있는지 짐작조차 가지 않았다.

——하지만 그래서 더 등을 돌릴 수가 없지.

왜냐하면 자간은 이미 결단을 내렸기 때문에.

자신은 괴물이 아니라 '왕'이 되기로 결심했기 때문에.

네피가 햇빛이 비치는 곳에서 살아갈 수 있도록 열두 명의 〈마왕〉을 없애고, 교회가 물러나게 만들고, 마신과 마족을 제거해서 세상을 바꾸기로 결단을 내렸기 때문이다.

가여운 소녀도 하나 구하지 못하는 자가 세상을 바꿀 수 있을 리 만무하다.

자간은 숨을 크게 내쉬고 오리아스를 바라봤다.

"……네프테로스는 네피의 복제다. 그렇지?"

"그래. 가슴 아프게도 그 말이 맞아."

필설로는 다할 수 없는 불행한 소녀인 것이다. 아무도 그녀를 구하지 못한다.

그래서 자간은 말했다.

"……그러면 네피의 여동생이라고 생각할 수도 있겠군."

신부의 여동생이라면 자신의 여동생이나 마찬가지다.

그건 틀림없는 가족이다.

오리아스의 입가가 부드럽게 휘어졌다.

"그렇다면 나는 딸이 하나 더 생겼다고 생각하도록 하지."

그 대답에 자간의 얼굴에도 자연스럽게 미소가 떠올랐다.

그런 다음 소리 높여 외쳤다.

“어이, 발바로스! 다 듣고 있었지?”

그러자 광장에 있는 나무 그림자가 꿈틀거렸다.

「시끄러워 죽겠네……. 난 부상자라고. 불쌍하지도 않냐?」

“그건 내 알 바 아니야. 그보다 네프테로스가 있는 곳으로 데리고 가줘.”

그렇게 명령하자 그림자 너머에서는 한동안 침묵만 돌아왔다.

그리고 「엑」 하는 이상한 소리가 들렸다.

「아~, 큰일이네. 그림자는 열어둘 테니 뒤는 네가 알아서 해.」

“……뭐?”

「부탁한다.」

무슨 말인지는 모르겠지만 자간은 자신의 귀를 의심했다.

――이 녀석이 **부탁한다**고……?

발바로스는 자간을 보고 변했다고 했지만, 이 남자도 자각이 없을 뿐 뭔가가 변하고 있는지도 모른다.

그래서 자간은 그림자 속으로 뛰어들었다.

“나한테 맡겨.”

둘도 없는 악우에게 그렇게 대답했다.

그 앞에 펼쳐져 있는 것은――.

◇

“……이 녀석은 도대체, 이게 무슨 상황이지?”

내던져진 곳에서 느닷없이 자간을 향해 칼이 날아왔다.

눈앞에는 네프테로스의 얼굴을 가진 불쌍한 키메라와 엉덩방아를 찧은 샤스틸이 있었다. 키메라와 교전 중이었던 모양이다.

검을 휘두른 사람은 어떻게 된 영문이지 쿠로카였다. 이상한 가면을 쓰고 있지만 옷과 머리의 귀를 보면 알 수 있었다.

재빨리 단검을 잡아서 막았지만 칼날 부분을 잡을 수밖에 없었다. 교회의 무기라 그런지 상당히 아팠다. 단검에 피가 맺혔다.

기묘한 가면을 쓴 쿠로카는 당황해서 중얼거렸다.

"엇……? 그 목소리, 오빠……, 아니에요? 이곳엔 왜."

자간은 그 물음에 대답하지 않고 네프테로스의 모습을 찾았다.

이곳은 교회 앞에 있는 광장인지 성기사들이 주위를 에워싸고 있었고, 키메라와 조금 떨어진 곳에서 주저앉아 있는 네프테로스의 모습을 찾을 수 있었다.

——일단 살아 있는 것 같군.

살아 있다는 것을 확인했을 때 키메라가 벌떡 몸을 일으켰다.

——비프론스 자식, 네프테로스 말고도 복제품을 만들어뒀군.

오히려 무수한 실패 속에서 네프테로스만이 성공했다고 봐야 할까. 그리고 남은 '실패작'을 키메라로 만든 게 분명했다.

네프테로스는 그것을 보고 망연자실한 것이리라.

키메라는 자간을 향해 무수한 팔다리를 뻗었다. 일격에 성기사를 고깃덩이로 바꿀 수 있을 만큼 키메라의 완력은 강했지만 자간은 그것을 향해 허공에서 가볍게 팔을 휘둘렀다.

키메라는 말할 것도 없고 그 팔다리에서도 먼 위치라 아무 의미없는 행동이었다.

"시끄러. 지금 이야기하는 중이잖아."

무의미하게 허공에 휘두른 주먹이 명중한 것처럼 키메라가 땅바닥에 처박혔다.

이건 특별한 마술 같은 것이 아니다. 마력을 망치처럼 휘두른 것뿐이었다. 그것만으로도 키메라는 뭉개져서 행동불능 상태에 빠졌다.

주위에 있는 성기사들이 웅성거렸다.

"저 키메라를, 일격에……."

아무래도 샤스틸을 비롯한 다른 사람들은 상당히 고전하고 있었던 모양이다. 성기사들은 믿기지 않는다는 얼굴이었다.

샤스틸이 비난 어린 목소리로 외쳤다.

"자, 자간, 그 키메라는……."

"알게 뭐야. 이 녀석은 네프테로스와 닮았지만 그 녀석은 아니잖아."

자간이 구하기로 결심한 사람은 네프테로스지 네피의 복제가 아니다. 똑같이 만들어진 가여운 존재라고 해도 자간이 주저할 이유는 되지 못했다.

그런 다음 쿠로카를 바라봤다.

"그런데 쿠로카, 넌 뭘 하고 있지? 이게 네가 말하던 '근무'라는 거냐?"

쿠로카는 순간 말문이 막혔지만 곧 싸늘한 목소리로 대답했다.

"근무와는 상관없어요. 이 사람은 내 원수이기 때문에 죽이는 거예요."

자간은 샤스틸을 향해 시선을 돌렸다.

"샤스틸……. 이 녀석에게 무슨 짓을 했어?"

"오, 오해야. 그게, 저 아이는 라파엘 님의……가족, 이라고 하더군."

그 한마디에 비프론스가 무슨 짓을 꾸민 건지 알 것 같았다.

——대단해. 이 정도로 공을 들여 괴롭히는 건 처음 보는군.

라파엘이 말했던 '가족이라고 생각하는 소녀'가 바로 쿠로카인 모양이었다. 그래서 비프론스는 그녀를 일부러 이곳으로 이끌어서 샤스틸을 공격하게 만든 것이다.

당연히 라파엘을 집사로 두고 있는 자간도 손을 대지 못한다.

——이런. '반드시 구해야 하는 상대'가 둘로 늘었잖아…….

그런 귀찮은 임무는 진심으로 자신과 맞지 않다고 생각했지만, 어찌 된 일인지 눈앞에 나타나는 건 그런 귀찮은 인간들뿐이었다.

"그렇지만, 사람을 구할 수 있다고 생각하는 것이 오만이라면, 그것이야말로 〈마왕〉이 해야 할 일인가."

자기도 모르게 혼잣말을 내뱉은 뒤 자간은 쿠로카를 바라봤다.

"즉, 너는 샤스틸이 라파엘의 원수라는 말을 다른 사람에게 들었다는 거냐?"

"……사실이에요. 이 사람이 그분을 죽였다고 이야기하는 걸 들었는걸요."

샤스틸을 찌릿 노려봤다. 무엇을 어떻게 하면 이야기가 이렇게 까지 꼬이는지 모르겠지만, 샤스틸은 식은땀을 흘릴 뿐 아무 대답도 하지 않았다.

"쿠로카. 그건 잘못 알고 있는 거다. 라파엘을 죽인 건 이 녀석이 아니야."

"그렇지만!"

"아니라고 했잖아. 왜냐하면……."

자간은 자신의 가슴을 두드리며 말했다.

"라파엘을 죽인 건 나이기 때문이지."

쿠로카는 전율했다.

"저 사람을 감싸려고 그러는 거죠……? 그만두세요, 오빠. 그런 말을 들으면 전……."

"그러고 보니 소개가 늦었군. 내 이름은 자간이다."

"……."

가면 너머로도 전해질 정도로 쿠로카는 경악하고 있었다.

"〈마왕〉이라고 하면 더 알기 쉬우려나? 라파엘은 어리석게도 나――〈마왕〉의 딸에게 손을 대려 했다. 그래서 죽였지. 원한다면 어떻게 죽었는지 이야기해줄까?"

"자간, 왜 그런 말을!"

샤스틸이 비난하듯 외쳤지만 자간은 고개를 가로저었다.

――라파엘은 자신이 죽은 것으로 해두고 싶다고 했다.

그 충실한 집사가 유일한 가족을 만나는 것까지 포기하면서 비밀로 하고 있는 일이다. 주인인 자신이 그것도 지켜주지 못하면서 무슨 왕이란 말인가.

"와아아아아아아아아아아아아!"

고함을 지르며 또 다른 단검을 높이 치켜드는 쿠로카를 자간은 가볍게 던졌다.

그 바람에 쿠로카의 얼굴에서 가면이 벗겨져 땅에 떨어졌다.

묘수인 소녀는 공중에서 가볍게 돌아서 착지했지만, 아무 대책 없이 달려들면 반격을 당한다는 것을 느낀 모양이었다. 거친 숨을 내쉬면서도 공격을 하지는 않았다.

그 틈에 자간은 샤스틸에게 물었다.

"샤스틸, 쿠로카는 이쪽의 문제인 것 같으니 내가 알아서 처리하지. 원하면 저 키메라도 처리해주마. 나한테는 별로 힘든 일도 아니니까. 네프테로스도 시간은 필요하겠지만 내가 데리고 가서 도와주지. ……그런데 넌 어떻게 할 거지?"

"나는……."

자신의 부하에겐 너그러운 자간이지만 샤스틸은 부하가 아니다.

네피의 친구지만 자신의 친구는 아니다.

그러면 누구인가.

자간의 보호를 받아야 하는 약자인가, 그렇지 않은가.

샤스틸도 이 물음의 의미를 모를 만큼 멍청하지는 않았다.

짧은 침묵. 그래도 대답을 하는 데 그리 많은 시간이 걸리지는 않았다.

샤스틸은 얼굴을 훔치며 일어났다.

“쓸데없는 참견이야, 자간. 네프테로스는 내가 지켜주기로 약속했다. 그러니 **이 아이**도 내가 처리해야만 해.”

키메라를 가리키며 그렇게 말했다.

――오리아스. 아무래도 내가 할 일은 없을 것 같다.

그래서 자간은 웃으며 대꾸했다.

“좋아. 그래야 내 **맹우**지.”

이 소녀는 자간이 등을 맡기고 함께 싸울 가치가 있는 맹우다.

그렇기에 믿는다.

그렇게 해서 자간이 쿠로카를 향해 돌아섰을 때였다.

「어이, 여기서 네가 끼어드는 건 불공평하다고 생각하지 않아?」

키메라의 입에서 비프론스의 목소리가 들렸다.

「자간, **맹우**로서 충고하는데 넌 약점이 너무 많아. 너 자신의 재능은 무서울 정도로 뛰어나지만, 너를 따르는 모든 자들이 그 강인함을 따라갈 수 있는 건 아니지. 무슨 뜻인지 알겠어?」

비아냥거림으로 가득한 말과 함께 광장 곳곳에 빛이 떠올랐다.

그곳에 투영된 것은 자간의 성과 마왕전이었다.

모두 자간의 영지다.

“설마…….”

샤스틸이 떨리는 목소리로 중얼거렸다.

마왕전에는 부하 마술사들이, 성에는 네피와 포레가 남아 있다.

이것이 바로 〈마왕〉을 적으로 돌리면 일어나는 일이다.

과거 〈마왕〉을 쓰러뜨렸던 오리아스도 아마 같은 일을 겪였을 것이다. 그래서 지켜야 할 모든 것을 잃고 네피도 멀리하려 했다.

이번에는 자간이 그렇게 될 차례다.

이렇게 되는 것이 두려웠기 때문에 자간도 한때는 네피를 버리려고 했었다.

그래도 버리지 못했기 때문에 역시 이렇게 되고 말았다.

비프론스는 그런 침묵을 기분 좋게 듣다가 웃었다.

「후후후. 내 키메라가 이 아이 하나밖에 없을 줄 알았어? 큐아노에이데스와 네 성, 그리고 마르코시어스의 마왕전, 그 모든 곳에 이 아이와 똑같은 것을 보냈다. 하지만 네 몸은 하나고 지금 이곳에 있지. 자, 어떻게 할까?」

자간은 바닥에 엎드려 있는 키메라를 봤다.

네프테로스라는 소녀를 만들어내기까지 얼마나 많은 실패작이 있었는지는 모르지만 한두 명은 아닐 것이다. 그것을 전부 다 키메라를 만드는 데 사용했다면 키메라도 한두 마리가 아닐 터.

그 모든 것에 '진흙'까지 넣어뒀다면 누가 맞서 싸울 수 있을까.

——하지만 그런 건 처음부터 알고 있었다.

그래서 자간은 어깨를 으쓱였다.

"어떻게 하긴 뭘 어떻게 해. 네 마음대로 해."

「이런, 혹시 협박이라고 생각하는 거야? 미리 말해두지만 인질은 살려둬야 의미가 있니 어쩌니 하는 건 나와 전혀 상관없는 이야기야.」

"거 참, 시끄럽네. 공격하고 싶으면 어서 하라고. 난 지금 바쁘니까."

차갑게 내뱉자 비프론스는 흐음 하고 납득한 듯 중얼거렸다.

「……과연, 너도 뭔가 손 써둔 게 있다는 거군. 나의 키메라와 네가 세워둔 계획, 어느 쪽이 이길까. 이거 무척 기대되는 걸.」

영상 속에 팔다리가 몇 개나 달린 키메라가 나타났다.

그것들은 소름 끼치게 움직이며 각각의 성을 향해 돌진했다.

"자간! 도대체 무슨 생각이야? 저곳엔 네피와 포레가, 라……, 당신의 부하들이 있잖아?"

샤스틸이 당황해서 외쳤지만 자간은 아무 말 없이 영상을 올려다보았다.

제일 먼저 반응이 나타난 곳은 마왕전이었다. 문 안에서 마족을 본뜬 골렘이 나타났다. 그 등에는 미녀의 모습을 한 고메리가 타고 있었다.

「키히히, 진짜 나타났네.」

샤스틸의 눈이 동그래졌다.

"엇, 저건, 그때 그 골렘……?"

예전에 라파엘의 한쪽 팔을 빼앗은 놈을 수리한 것이다. 마족의 사체는 자간이 소멸시켰지만 키메라의 기술은 마르코시어스의 유산 속에 남아 있었다.

말하자면 마르코시어스와 비프론스, 두 〈마왕〉의 유산의 충돌인 것이다.

골렘의 입에서 나온 섬광이 키메라를 관통했다.

하지만 키메라도 '진흙의 마신'의 조각을 가지고 있었다. 순식간에 상처를 재생시켜 시커먼 '진흙'을 흩뿌리며 돌진했다.

「소용없다——〈발로르의 마안〉!」

고메리의 눈동자가 보라색으로 빛나더니 키메라의 '진흙'을 재로 바꾸었다.

그래도 키메라 본체를 죽이기에는 역부족이었던 모양이다. 키메라는 몸이 붕괴되면서도 기어코 골렘의 바로 앞까지 다가갔다.

하지만 그때는 이미 고메리도 준비를 마친 상태였다.

「용케도 여기까지 왔군. 자, 상을 줄 테니 받아라——〈**천린**〉!」

그것은 자간이 만들어낸, 생명 자체를 불사르는 마술의 이름이었다.

고메리의 외침과 동시에 골렘이 입을 열자 그 안에서 다시 섬광이 쏟아져 나왔다.

하지만 그 색은 허무한 검은색이었다.

키메리에스도 지적한 점이지만, 고메리의 마술과 〈천린〉은 궁합이 좋지 않다. 그래서 자간은 그녀에게 이 골렘을 주었다. 골렘이 〈천린〉을 쓸 수 있도록 개조한 것이다.

검은 섬광에 닿은 키메라는 재가 되어 무너져 내렸다.

「말도 안 돼…….」

비프론스가 아연실색해서 중얼거렸다.

"자간, 성에도 키메라가!"

샤스틸이 외쳤다.

두 영상 중 다른 한쪽에서는 키메라가 자간의 성을 향해 진격하고 있었다.

그렇지만 성을 공격한 키메라는 더 빨리 발목을 잡혔다.

우선 키메라의 발밑에서 나무뿌리가 기어 나와 그 몸을 옭아맸다. 네피의 마법에 의한 함정이었다. 여기서 벗어나려면 발바로스처럼 전이 마술을 사용하거나, 아니면 〈마왕〉이나 하이 엘프 정도의 힘이 필요하다.

——이제 슬슬 본보기를 보여주는 것도 끝내도록 할까.

지금까지는 새로운 〈마왕〉의 위광을 보여주기 위해, 자간에게 적대하는 것이 얼마나 수지가 맞지 않는 일인지 알려주기 위해 침입자가 죽지 않도록 적당히 **힘 조절**을 할 필요가 있었다.

하지만 그런 위협이 의미를 가지는 것은 처음뿐이다. 그렇게 해도 물러나지 않는 자들은 무엇을 해도 물러나지 않는다. 비프론스 같은 〈마왕〉들이 좋은 예다.

그렇다면 치사성이 높은 덫을 놓아 방비를 강화하는 게 좋다.

그래도 상대는 비프론스의 키메라다.

'진흙'을 토해내서 나무뿌리를 먹어치웠지만, 그 즈음에는 성의 수비를 위해 남겨두었던 마술사도 싸울 준비를 마친 상태였다.

숲 속에 바람이 한차례 불었다.

「——〈천린 · 구풍(颶風)——.」

그것은 사자의 모습을 한 키메리에스였다.

——키메리에스와 〈천린〉은 궁합이 좋았지.

그가 두르고 있는 것은 바람이 아니었다. 키메리에스의 장기인 소리의 장벽에 〈천린〉을 실은 키메리에스 전용 〈천린〉이다.

검은 바람이라는 표현이 어울리는 그것에 닿자 키메라도 '진흙'도 허망하게 불타버렸다.

두 거점으로 보낸 키메라는 강대한 힘을 휘두를 틈도 없이 쓰러졌다.

비프론스가 떨리는 목소리로 외쳤다.

「어떻게 이럴……. 자간, 네가 무슨 짓을 한 건지 알아? 정말 **저것**을 다른 사람에게 준 거냐?」

자간은 어처구니없다는 듯 고개를 갸웃거렸다.

"왜, 안 되나?"

「이해할 수가 없어. 넌 너를 죽일 수 있는 힘을 다른 사람에게 준 거다. 〈마왕〉씩이나 되는 놈이 도대체 무슨 생각이냐?」

자간은 씁쓸하게 웃었다.

"마술 따위 없어도 인간 같은 건 칼 하나면 죽일 수 있다. 그런데 칼은 여기저기서 팔리고 있고, 다른 사람에게 주기도 하지 않나?"

「그런 차원의 이야기를 하고 있는 게 아니잖아!」

"크게 다를 것도 없지."

자간은 망설이지 않고 단언했다.

서로를 이해하지 못한 채, 비프론스로부터는 그 뒤로 아무 대답도 돌아오지 않았다.

◇

──이것으로 남은 건 여기 있는 키메라와 쿠로카뿐인가.

자간은 가면을 잃은 쿠로카를 바라봤다.

키메라는 샤스틸이 처리하겠다고 했지만 문제는 이 소녀다.

──라파엘의 '딸'을 죽일 수는 없으니까.

단검을 쥔 채 빈틈을 노리는 쿠로카에게 자간은 잡담이라도 나누듯 말을 걸었다.

"그런데 너, 단검을 다룰 줄 알면서 왜 코볼트 따위에게 잡혔던 거지?"

도통 이해가 되지 않는 점이었다. 아무래도 쿠로카에게는 시력도 큰 핸디캡이 되지 않는 것 같았다. 그런데도 왜 인신매매단에게 진 걸까.

쿠로카는 차가운 목소리로 말했다.

"……제 검은 인간을 상대로는 사용하지 않습니다."

너무 강하기 때문에 싸울 상대를 가린다는 뜻인 모양이다. 코볼트 따위에게 휘두를 정도로 값싼 검이 아닌 것이다.

신음하는 듯한 대답에 자간은 어깨를 으쓱였다.

"라파엘에게 들은 말이냐?"

"……그분에게 배운 신념입니다."

"그러면 마술사를 베는 건 괜찮고? 마술사도 어엿한 인간인데."

"마술사는――인간이 아니야!"

쿠로카는 격앙해서 달려들었다.

――이 분노……. 이 녀석, 마술사에게 무슨 짓을 당했던 건가.

물론 마술사는 하나같이 다 악당이다. 마술사에게 다친 사람이 셀 수 없을 정도로 많으니 미움 받는 것도 당연하다.

쿠로카는 큰 소리로 외치며 검을 휘둘렀다.

"내 눈에서 빛을 빼앗은 게 바로 마술사예요!"

빛을 잃은 눈동자에서 눈물을 흘리며 쿠로카는 단검을 휘둘렀다.

"아버지, 어머니, 그리고 일족 전체를 다 죽이고서 이제는 라파엘 님까지 빼앗다니……! 그분이, 내 마지막 빛이었는데!"

흔히 볼 수 있는 일이었다.

이런 일이 자주 일어나기 때문에 마술사는 악인 것이다.

"……뭐, 마술사가 인간 같지도 않은 놈들인 건 사실이지."

"――?"

자간은 그렇게 대답하더니 소녀의 단검을 맨손으로 잡아서 막았다.

쿠로카도 지금쯤이면 눈치챘을 것이다. 무수히 휘두른 참격이 하나도 자간에게 맞지 않았다는 사실을.

"……마술."

쿠로카는 날카롭게 중얼거렸다.

자간의 주위에는 눈송이 같은 빛이 무수히 떠다니고 있었다.

"――〈천린 · 설월화(雪月花)〉――이것은 성검으로도 깨뜨리기

어렵다."

쿠로카의 참격은 모두 이 빛에 가로막혔던 것이다.

이 〈천린〉은 철벽 같은 강인함을 자랑하지만 자간은 이미 〈용식(龍式)〉이라는 완성형이 있었다. 이 〈설월화〉는 자신이 사용할 생각으로 고안한 것이 아니었다.

——포레라면 잘 다룰 수 있겠지만 사용 중에 움직이지 못한다는 게 난점이군.

〈천린〉을 주지 않는 대신 자간이 포레를 위해 만든 마술이었다. 하지만 포레에게 주기 전에 아직 개량해야 할 부분이 있는 듯했다. 그것을 굳이 여기서 사용한 것은 성능을 시험해보기 위함이기도 했지만 이 마술이 넓은 범위를 지킬 수 있기 때문이기도 했다.

——'진흙'을 사용하는 키메라가 있는데 성기사가 너무 많아.

그들 입장에서는 마을에 미칠 피해를 막아야 하니 어쩔 수 없겠지만, 솔직히 너무 방해가 되었다.

쿠로카도 〈천린〉의 효과 범위를 깨달았는지 믿을 수 없다는 표정을 지었다.

"마술사가, 왜 성기사를 지켜주려는 거죠?"

"글쎄? 그게 네가 원수를 갚는 데 필요한 일인가?"

가벼운 도발이었지만 쿠로카는 분노로 얼굴을 일그러뜨리며 다시 달려들었다.

자간도 쥐고 있던 단검을 놓고 마음대로 검을 휘두르게 두었다.

"왜 그러지? 라파엘은 이 〈천린〉도 파괴했었다. 네 복수심은 그것밖에 안 되는 거냐?"

생각해보니 지금까지 정면으로 〈천린〉을 깬 사람은 라파엘이 유일했다.

——그런 남자의 헌신에 응답해주지 않을 수는 없지.

그래서 자간도 앞으로 나섰다.

"네 처지는 어느 정도 동정한다. 하지만 난 언제까지나 너와 놀아줄 정도로 한가하지 못해."

그리고 쿠로카를 날려버리듯 〈설월화〉를 사용했다.

빛의 파편에 떠밀린 쿠로카는 뒤로 크게 뛰어올랐다.

"잘 들어. 딱 한 번이다. 딱 한 번만 네 공격을 허락해주마. 그래도 검이 내게 닿지 않으면 포기하고 돌아가는 거다. 이렇게 기회를 줬는데도 아무것도 하지 못한다면 네가 복수를 하는 건 영원히 불가능해."

자간은 단 한 번도 자신이 먼저 공격하지 않았다.

쿠로카의 **화풀이**를 받아주기만 했을 뿐이라 이것은 싸움조차 되지 못했다.

쿠로카 역시 그 점을 느끼고 있을 터. 꽉 다문 입술은 떨리고 있었다.

그러더니 깜짝 놀란 듯 주위를 돌아봤다. 그렇게 과감하게 검을 휘두르던 모습은 어디로 갔는지 이번에는 겁에 질린 것처럼 몸을 떨기 시작했다.

"……하아……하아……하아."

온몸에서 땀이 솟구치고 공포에 질린 것처럼 숨이 거칠어졌다.

자간은 쿠로카 안에서 무슨 일이 일어났는지 알 수 있었다.

——복수라면 나도 일가견이 있지.

그렇게 검을 휘둘렀는데도 상처 하나 입히지 못했으니 싫어도 힘의 차이를 절감할 수밖에 없다. 그런데도 자간은 마지막 기회를 주었다.

자신이 일방적으로 공격할 수 있는, 결코 실패할 수 없는 마지막 기회다.

그것은 즉, 멈춰 서게 된다는 뜻이다.

만약 **싸움**이 된다면 손쓸 도리도 없이 죽는다. 아무것도 이루지 못한 채, 그 무엇도 남기지 못한 채, 그 누구도 기억해주지 않은 채 사라진다.

한 번 멈추면 그런 현실을 직시할 수밖에 없어진다.

그래서 자간은 냉엄한 목소리로 고했다.

"이해했나? 이것이 복수다. 네가 느끼고 있는 공포가 바로 복수의 대가다."

대부분의 복수자는 증오로 인해 그 공포를 잊고 있다.

그래, 잊고 있는 것뿐, 극복한 게 아니다.

복수를 하려는 자는 우선 그 공포를 극복하지 않으면 진정한 복수자가 되지 못한다.

쿠로카의 복수는 정당하지만 유감스럽게도 이 소녀는 복수에 있어서 문외한이나 다름없었다.

정면으로 정정당당하게 덤비는 것밖에 모르고, 그렇게 해서 이기지 못하면 목숨이 다할 때까지 포기하지 못할 것이다. 복수에 대해 너무나도 몰라서 기본을 가르쳐주고 싶을 정도다.

자간이라면 모든 지식과 힘을 사용해서 상대를 궁지에 몰아넣을 것이다. 힘이 미치지 못한다는 것이 복수의 실패를 의미하지는 않는다. 복수란 상대를 절망시키고, 모든 것을 짓밟고, 상대가 죽음을 간청할 때까지 몰아붙인 후에야 완성된다.

그러기 위해서는 우선 공포를 극복한 냉정함이 필요하다.

쿠로카의 방식으로는 설령 자간을 죽이는 데 성공하더라도 아무것도 남지 않는다. 공허해진 채 유일한 목적을 잃고 자신도 죽을 뿐이다.

그런 결말은 라파엘도 납득하지 못할 것이다. 그래서 자간은 도발적으로 말했다.

"왜 그러지? 벌써 포기했나?"

당장이라도 마음이 꺾일 것 같은 표정이던 쿠로카의 몸이 움찔 떨렸다.

그리고 눈을 감더니 조용히 숨을 내쉬었다.

단검을 쥔 손은 더 이상 떨리지 않았다.

그리고 조용히 입을 열었다.

"……오빠, 쿠우 짱은 찾으셨어요?"

냉정한 말이었다.

공포를 잊은 것이 아니라 극복한 사람의 말이다.

"그래, 걱정하지 마. 그 녀석은 무사하다. 깨어나면 싫은 일도 기억하지 못할 거야."

그렇게 대답하자 쿠로카는 붉은색 눈동자를 보이며 옅은 미소를 지었다.

"역시 오빠는 착한 사람이에요. 할 수만 있다면 다른 형태로 만나고 싶었어요."

그리고 쿠로카는 단검을 역수로 고쳐 쥐었다.

"쿠로카 아델하이드. 나의 아버지, 라파엘 휴랜더의 원수를 갚기 위해——간다."

쿠로카는 단검을 등 뒤로 감추고 발을 내디뎠다.

좌우, 어디서 오는지 알지 못하게 하는 방법이다.

자간이 공격 거리 안에 들어오자 제일 먼저 움직인 것은 오른손이었다. 샤스틸 정도 되는 달인이라면 쿠로카가 단검을 휘두르기 전에 그 오른팔을 베어 떨어뜨릴 수 있었을지도 모른다.

하지만 쿠로카는 오른손의 단검을 휘두르지 않았다.

——페인트인가!

오른팔을 희생할 작정으로 시도한 페인트다. 필살의 기백이 실려 있는 쪽은 왼쪽 단검이었다.

눈을 채 반도 깜빡이지 못한 짧은 순간에 일어난 전술. 주위에 있는 성기사들에게는 쿠로카가 양손의 단검을 동시에 휘두른 것처럼 보였을 것이다.

그렇게 무시무시한 검이 자간을 향해 날아들었다.

그리고——

"어……?"

목소리를 흘린 것은 쿠로카였다.

그 얼굴은 새빨간 피로 젖어 있었다. 소녀가 휘두른 단검 두 자루는 정확히 자간의 가슴에 박혀 있었다.

"어째, 서……?"

검은 보였다.

〈설월화〉로 막을 수도 있었다.

그런데도 자간은 피하지도 막지도 않았다.

——역시, 아프군.

강화한 근력에 막혀 칼날이 심장에는 닿지 않았지만, 뼈가 잘리고 장기의 일부도 다쳤다. 게다가 이 단검은 성검에 가까운 힘을 가지고 있어서 마술을 이용한 재생이 효과를 발휘하지 못했다.

자간은 입가에서 피를 흘리며 쿠로카의 단검을 뽑았다.

쿠로카는 이해할 수 없다는 듯 중얼거렸다.

"왜 피하지 않았어요……? 피하지 않더라도 오빠라면 마술로 막을 수 있었잖아요."

솔직히 입을 여는 것도 힘들 정도로 아팠지만, 그래도 자간은 의연하게 대답했다.

"난, 네 공격을 **허락한다**고 했다."

허락한다는 건 받아주겠다는 뜻이다.

피하거나 마술로 막는 것은 받아주는 게 아니다. 그래서 자간은 처음부터 마지막 일격은 받아줄 생각이었다. 예상보다 깊은 상처

를 입은 것은 그만큼 이 소녀의 역량이 뛰어나다는 뜻이리라.

당황한 쿠로카를 향해 가만히 손을 뻗었다.

"——히익."

움찔거리며 몸을 떠는 소녀를 자간은 아무 말 없이 안아줬다.

무슨 일이 일어났는지 모르겠다는 듯 머리 위의 귀를 떠는 쿠로카를 향해 자간은 조용히 말했다.

"라파엘은 강하고 위대한 성기사였다. 내가 존경하는 단 한 명의 남자다. 그 남자는 피가 이어지지 않은 딸이 있는데, 그 아이가 누구보다 소중하다고 했었지."

이것이 자간이 전해줄 수 있는 최선의 말이었다.

——너는 지금도 라파엘의 사랑을 받고 있다. 그 사실을 알아야만 해.

쿠로카의 얼굴이, 눈물로 일그러졌다.

"어째, 서……."

툭 하고 힘없이 자간을 때렸다.

"어째서, 오빠는……."

한 번 더 작은 주먹을 휘둘렀다.

"그렇게 강하면서, 왜 라파엘 님을 구해주지 않으신 거예요!"

어린아이처럼 큰 소리로 우는 소녀를, 자간은 어쩔 수 없이 계속 안아주었다.

◇

자간과 쿠로카의 대화가 일단락되었을 즈음, 네프테로스는 무릎을 끌어안은 채 웅크리고 있었다.

——난, 네페리아의 복제…….

비프론스는 파괴된 엘프의 숨겨진 마을에서 네페리아의 머리카락 몇 가닥을 손에 넣어 그것을 바탕으로 네프테로스를 만들었다. 그것이 〈마왕〉 오리아스에게 들은 진실이었다.

자신은 만들어진 물건이고 얼마든지 다른 것으로 대체할 수 있는 도구다.

그 사실을 알게 된 네프테로스는 비프론스를 배신했다.

도망칠 수 있을 거라는 생각은 하지 않았다.

그래도 자신이 자신으로 있기 위해서는 그렇게 하는 수밖에 없었다.

비프론스는 사냥이라도 하는 것처럼 키메라를 보냈고, 그렇게 네프테로스의 도망 생활이 시작되었다.

힘들었지만 자신을 도와주는 사람이 몇 명이나 있었다.

세상은 네프테로스가 생각하는 것만큼 비참하지 않다는 희망을 가질 수 있었다.

——그렇지만 무리야. 이런 거, 더는 못 견디겠어.

샤스틸이 열심히 싸우고 있는 키메라는 네프테로스다.

단순히 자신과 똑같은 모습인 것만이 아니다.

자신과 똑같은 모습, 피와 살을 가지고 있으며, 자신과 똑같은 방식으로 만들어진, 자신의 분신이다.

다른 점이라고는 기껏해야 태어난 순서 정도.

네프테로스 이전의 네프테로스를 장난감처럼 이어 붙이고, 자신의 몸을 유린했던 '진흙'을 넣어 만든 것이 바로 저 키메라다.

자신은 살아 있다고, 자신은 자신이라고 되뇌어온 작은 긍지를 모두 짓밟혔다.

〈마왕〉은 인간이 아니다.

그런 건 이미 알고 있었지만, 이렇게까지 인간의 존엄을 짓밟을 수 있는 걸까.

"——네프테로스는 데리고 가지 못해!"

자신을 위해 외쳐주는 소녀의 목소리가 들렸다.

——저 아이를, 도와줘야 해……. 혼자서는, 승산이 없어.

네프테로스 안에서 샤스틸을 도와주고 싶다는 마음이 샘솟았다. 그것은 절망한 몸을 움직이게 해주는 강한 힘이었다.

샤스틸을 돕기 위해 신령 마법을 읊으려고 했다.

그런데 그 순간, 네프테로스의 눈에 그 키메라의 모습이 비쳤다.

"——우웁……컥……커억, 우욱……."

구토했다.

그런 것을 보고도 제정신으로 있을 수 있을 만큼 네프테로스는 강하지 못했다.

그 상태에서 일어나지 못하고 있자 자간이 바로 눈앞으로 다가와서 섰다.

쿠로카라는 소녀를 상대하느라 꽤나 애를 먹었는지 온몸이 피투성이였다. 이런 모습은 그 배 위에서도, 〈마왕〉 오리아스와 대치했을 때도 보지 못했다.

자간은 어깨를 으쓱이며 말했다.

"오늘은 상당히 얌전하군."

"……."

대답하지 못하고 있자 자간은 네프테로스의 옆에 섰다.

그 시선 끝에서는 샤스틸이 성검을 휘두르며 싸우고 있었다. 그 소녀는 분명 강하지만, 혼자서는 키메라를 쓰러뜨리지 못한다는 것을 본인도 잘 알고 있을 것이다.

——저 아이, 왜 저렇게…….

알고 있다.

그녀가 누구를 위해 저렇게 필사적으로 싸우고 있는지.

네프테로스는 자간의 옷에 매달렸다.

"……부탁이야. 저 아이를, 도와줘. 당신이라면, 그 정도는, 아무것도 아니잖아?"

네프테로스는 도저히 싸우지 못한다.

아무리 흉측한 모습을 하고 있어도 저것은 네프테로스다.

자신이 저 안에 있지 않은 것은 단순히 운이 좋았기 때문이고, 운이 나빴던 자신이 바로 저 키메라다. 그런 자신을 공격할 수는 없다. 아니, 똑바로 보는 것조차 불가능했다.

자간은 아무 대답 없이 네프테로스의 머리에 손을 툭 올렸다.

"오리아스와 이야기했다."

그 한마디에 그도 네프테로스에 대해 알고 있다는 것을 짐작할 수 있었다.

물론 저 키메라의 모습만 봐도 충분히 알 수 있는 일이고, 애당초 자간은 처음부터 다 알면서 비밀로 해주고 있었던 것 같기도 했다.

그래도 알려지기를 원하지 않았던 사실이 알려졌다는 절망이 발밑에서부터 스물스물 기어 나왔다.

자간은 조용히 말했다.

"그 녀석은 너를 자기 딸이라고 생각하기로 했다더군."

"딸……?"

어째서 지금 그런 이야기를 하는지 이해가 되지 않아 어리둥절한 네프테로스.

"네 성장 배경을 생각하면 너는 싫어할지도 모르지만, 넌 네피의 여동생이라고도 할 수 있지. 신부의 여동생이라면 내 여동생이기도 하다."

자간은 은색 눈동자로 네프테로스를 똑바로 바라보더니 분명한 말투로 이렇게 말했다.

"내가 저 키메라로부터 지켜주마. 비프론스에게서도."

한없이 강인하고 든든한 말이었다.

그렇지만, 하고 자간의 말은 이어졌다.

"그건 샤스틸이 쓰러지고 난 후다."

"——어째서지? 동료잖아?"

자간은 냉엄한 시선으로 고했다.

"저 녀석은 내가 맹우로 인정한 사람이다. 그런 사람이 싸우겠다고 말했다. 녀석은 내게 도움을 구하지 않았어. 그런데도 끼어드는 건 녀석에 대한 모독이다."

"그래도……."

이대로 두면 샤스틸은 죽을 것이다.

자간은 네프테로스 앞에 무릎을 꿇고서 말했다.

"네가 결정해라, 네프테로스. 여기서 눈과 귀를 막고 저 녀석이 죽기를 기다릴 것인지, 네 스스로 친구를 구할 것인지."

당연히 샤스틸을 도와주고 싶다.

하지만 불가능하다.

저런 것과 똑바로 마주할 수는 없다.

"도와주고……싶어."

"그러면 어서 도와줘. 저 녀석도 슬슬 한계인 것 같으니까."

"그렇지만……."

도저히 저 키메라를 볼 수 없었다.

고개를 숙이자 자간은 그 사실을 알아챈 듯 네프테로스의 시선을 가로막듯이 섰다.

"이러면 되나?"

네프테로스는 눈을 동그랗게 떴다.

——이 사람은, 정말 나를 지켜주고 있어…….

그래서 네프테로스는 그 등에 매달려 마침내 입을 열었다.

「그대는 공포를 관장하는 자. 군신에게 복종해 파멸과 혼란을 가져오는 자이니——.」

샤스틸를 향해 팔다리를 뻗고 있던 키메라가 다시 대지에 붙들렸다.

그래도 저 괴물은 하이 엘프의 인자를 가지고 있다.

키메라가 신령 마법의 족쇄로부터 벗어나기 위해 발버둥 쳤다.

바로 그때 조용한 노랫소리가 흘렀다.

「——전장에서는 패자를 낳고 치세에서는 혼란을 불러일으키네. 공황과 재갈을 늘어놓고 조화와 우애를 배타하고 전란과 불화의 이름 아래 전장을 발호(跋扈)하자——.」

압력은 더 높이자 키메라가 검은 눈물을 흘리며 팔을 뻗었다. 그 모습이 마치 구원을 바라는 것처럼 보여서 샤스틸의 공격이 잠깐이나마 약해졌다.

그 틈을 놓치지 않고 키메라가 팔을 휘둘렀다.

"니야아아아앗!"

그 팔을, 단검 두 자루가 잘랐다.

쿠로카였다. 샤스틸과의 오해가 풀렸는지는 확실치 않지만 지금 이 자리에서는 함께 싸우기로 한 모양이었다.

키메라는 눈 깜짝할 사이에 팔다리가 잘렸지만, 그래도 살려고 발버둥 치듯 '진흙'을 토해냈다.

"소용없어——〈아즈라엘〉!"

성검의 빛이 진흙을 불사르고 신령 마법도 완성을 알렸다.

「이는 영혼을 부수는 종소리——광사(狂死)의 음차(音叉)!」

키메라의 숨통을 끊어놓기에는 부족해도, 지금 네프테로스가 사용할 수 있는 최대치의 신령 마법이었다.

——이걸로 약하게 하면 샤스틸의 성검으로 쓰러뜨릴 수 있어!

분명 그럴 줄 알았건만 신령 마법은 발동하지 않았다.

——불발?

본래 복제인 네프테로스에게는 신령 마법의 부하가 너무 컸다.

그래도 이 광사의 음차는 제대로 다룰 수 있었는데, 그것도 못하게 된 걸까.

새파랗게 질렸다가, 그렇지 않다는 것을 깨달았다.

"뭐지?"

샤스틸의 성검이 파르스름하게 빛났다.

쿠로카의 단검도 마찬가지였다.

그것이 키메라를 향해 발한 신령 마법이라는 것을 직감했다.

"어서 베!"

그 한마디만으로 샤스틸과 쿠로카는 자신이 해야 할 일을 깨달았다.

"이것으로——."

"——끝이에요!"

성검과 단검이 키메라를 가른다.

그 순간, 키메라의 몸이 검은 구체에 집어삼켜졌다. 눈에 보일 정도로 농축된 중력 덩어리라는 것을 알 수 있었다.

구체가 사라지자 그 자리에는 아무것도 남아 있지 않았다.

——뭐지, 이 힘은……?

네프테로스의 힘을 확연히 능가한 것이었다. 그렇지만 성검의 힘도 아니다.

멍하게 있자 샤스틸이 달려왔다. 자간이 살짝 옆으로 비켜섰다.

“네프테로스, 괜찮아?”

“이렇게 멀리 떨어져 있는데 당연히 무사하지.”

어이없다는 듯 대꾸하자 샤스틸은 그대로 네프테로스를 끌어안았다.

“미안해. 나는 이런 것밖에 떠오르지 않았어.”

“무슨 이야기……?”

“괜찮아. 난 네 곁에 있을 거야.”

그 말을 듣자 어쩐지 시야가 일그러졌다.

그리고 깨달았다.

자신의 눈에서 눈물이 흐르고 있다는 사실을.

“어, 어라? 왜…….”

샤스틸이 팔에 힘을 주었다.

숨이 막힐 정도였지만, 왠지 마음이 놓이면서 힘이 빠졌다.

정신을 차리자 네프테로스는 큰 소리로 울고 있었다.

그 모습을 보더니 샤스틸까지 울기 시작했다.

“정말, 너무해. 어쩌면 이렇게 지독한 짓을 할 수 있지?”

──아아, 이 아이는, 자신이 슬퍼서가 아니라, 나를 위해 울어 주고 있구나.

그런 일을 해주는 사람이 있을 거라는 생각은 한 번도 해보지 않았다.

그런 소녀를 만난 것만으로도 네프테로스는 구원을 받았다고 생각했다.

서로 부둥켜안고 우는 소녀들은 알지 못했다.

어느새 자간이 그 자리에서 모습을 감췄다는 것을.

그리고 떠나는 그가 분노한 표정을 짓고 있었다는 것을.

◇

"……실패한 건가. 설마 네프테로스와 〈아자젤〉 모두 회수하지 못할 줄이야."

비프론스는 엄지손톱을 깨물며 발을 구르고 있었다.

"하나도 재미있지 않아! 하지만 재미있어! 마지막에 그건 뭐였지? 신령 마법만의 힘은 아니었는데. 성검과 공명……, 아니, 공진한 건가? 으음, 이거 신경 쓰이네."

손에 쥐고 있던 패를 전부 다 잃었는데도 이 〈마왕〉은 조금도 기세가 꺾이지 않았다.

남자인지 여자인지 애매한 〈마왕〉은 소리 높여 웃었다.

"크흐흐, 역시 자간은 재미있다니까. 이번에는 특히 큰 수확을 얻었단 말이야. 네프테로스는……, 뭐, 나중으로 미루고, 급한 대로 대용품이라도 만들어둘까."

다음 흉계가 떠올랐는지 천진난만한 얼굴로 웃는 마술사의 머리에 커다란 손이 툭 올라왔다.

"――상당히 기분이 좋아 보이는걸, 비프론스."

비프론스는 딱딱하게 굳어서 뒤를 돌아봤다.

그곳에는 눈에 핏발이 선 자간이 서 있었다.

"……어라? 자간, 여긴 어떻게?"

"꼭 대답해줘야 하나?"

방법은 간단하다. 자간이 비프론스가 남긴 마력의 흔적을 추적해서 어디 있는지 알아낸 다음 발바로스의 마술로 전이한 것이다.

비프론스는 입을 크게 벌리고 웃었다.

"어라라? 혹시 화난 거야?"

"아니. 그저 내가 한 말을 지키러 온 것뿐이다. 네게 지옥을 보여주겠다고 했잖아."

자간이 머리를 으스러뜨릴 것처럼 힘을 주자 비프론스는 날카로운 목소리로 웃었다.

"아하하하하, 나도 지옥 같은 광경은 무척 좋아하지. 예를 들면 이런 거!"

주위의 벽을 무너뜨리자 '진흙'이 기어 나왔다.

——이 녀석, 아직 이만큼이나 보관해뒀나.

뭐, 그래서 자간이 이곳으로 온 것이지만.

자간은 비프론스를 놓치지 않기 위해 팔에 힘을 주고 다른 팔을 높이 치켜들었다.

"——〈천린 · 어뢰(御雷)〉——."

그 직후, 하늘에서 검은 벼락이 떨어졌다. 몇 가닥으로 나뉜 검은 줄기는 '진흙'을 가르고 비프론스의 거점 그 자체를 붕괴시키기 시작했다.

——관통력은 〈오련대화(五連大華)〉에 한참 미치지 못하지만 효

과 범위는 그에 비할 바가 아니군.

벼락이 그친 후, 그곳에는 아무것도 남아 있지 않았다.

비프론스가 소환한 '진흙'도, 이곳에 있던 거점도, 그곳에 보관되어 있던 연구 성과도 모두.

마력 자체를 불태우는 이 마술에 닿아서 먼지가 되지 않는 것은 존재하지 않는다.

이것으로 네프테로스의 근원이 된 것——아마도 네피의 머리카락 같은 것일 터——도 사라졌을 것이다. 비프론스가 자신의 지식을 집결시켜서 펴둔 결계도 모두 파괴되었다.

즉 이곳에 있는 것은 알몸이나 다름없는 마술사다.

"넌 머리를 박살내는 것 정도로는 죽지 않는다고 했지만, 지금 〈천린〉을 사용해도 살아 있을 수 있을까?"

"하하……. 나를 죽이지 않는 게 좋을 텐데. 신령 마법을 비롯해 잃어버리게 될 지혜가 너무 많거든."

"관심 없어."

그렇게 내뱉은 자간은 쥐고 있던 비프론스의 머리를 그대로 바닥에 후려쳤다.

손 밑에서 새빨간 피가 흘러나왔다.

「하하, 그것 참 아프겠네.」

그림자 안에서 발바로스가 웃었다. 그도 이번에는 꽤나 호된 꼴을 당했다.

——게다가 어쩐 일로 이 녀석이 화를 다 내고 있단 말이지.

이 항상 실실 웃는 악우 녀석이 무슨 일인지 소중한 대상이 다치기라도 한 것처럼 화를 냈던 것이다. 그래서 아무 말도 하지 않았는데도 자간을 이곳에 데려와주었다.

"커헉……."

그래도 비프론스는 여전히 살아 있었다.

자간은 비프론스의 머리를 놓고 오른손을 높이 치켜들었다.

비프론스는 어떻게든 방어를 하려고 했지만 마술사인 이상 마술 외에 다른 방법은 없다. 하지만 마술이라면 자간이 '먹어치우지' 못하는 것은 없다.

비프론스의 저항도 허무하게, 자간은 힘을 강하게 만들 뿐인 마술을 실어서 주먹을 내리쳤다.

쿵 하고 대지가 폭발하며 흔들렸다.

그 충격은 말을 타고 달려도 한참은 걸리는 이웃 마을에까지 전해졌다고 한다.

그 일격은 대지를 파괴하고 얼마 남아 있지 않던 거점의 잔해까지 모두 날려버리며 운석이라도 떨어진 것 같은 파괴를 일으켰다.

그런데도 비프론스의 몸은 남아 있었다.

자간의 주먹이 비프론스의 얼굴을 빗겨서 바로 옆을 때린 것이었다.

"히익……히익……."

그 힘 앞에서는 비프론스도 덜덜 떨 수밖에 없었다.

"여기서 죽여도 상관없다고 생각했는데 마음이 변했다."

"히익, 죽이지 않으면 후회――커억!"

옅은 미소를 짓는 비프론스의 가슴에 자간이 수도를 찔렀다.

"네 심장에 〈천린〉을 넣어뒀다. 네가 어떤 규칙을 어기면 발동하도록."

서약 마술의 일종이었다.

"고독——그것을 네게 주지. 네프테로스는 내가 맡겠다. 앞으로 눈앞에 나타나는 것도, 말을 거는 것도, 의사를 전하는 것도 허락하지 않는다. 혼자라는 지옥을 천천히 맛보도록 해."

"……하하, 무슨 말을 하나 했더니. 네프테로스는 귀중한 실험체지만 대용품을 만들지 못할 이유는 없잖아?"

자간은 동정어린 눈으로 비프론스를 내려다봤다.

"그래서 넌 어리석다는 거다. 사람의 대용품 따윈 없다. 비슷한 것을 만든들 그건 네프테로스가 아니야."

그리고 말을 이었다.

"한 가지 가르쳐주지. 인조인간의 수명은 짧다. 누군가가 계속 마력을 제공해주지 않으면 사흘도 버티지 못하고 죽지. 그런데 네프테로스는 그렇게 되지 않았어."

그것이 현재 기술로 만들어낼 수 있는 복제품의 한계였다.

그런데도 네프테로스는 살아 있었다.

키메라에게 쫓겨 다니며 며칠이나 물도 수면도 제대로 취하지 못했는데 죽지 않았다.

"그건 네가 마력을 공급해줬기 때문이지. 네프테로스가 죽지 않도록 녀석을 지켜준 거야. 너는 네프테로스에게 집착하고 있는 거다."

회수가 목적이라면 마력 제공을 중단하면 간단히 끝날 일이고,

죽이는 것이 목적이라도 마찬가지다.

그런데 그러지 않았다.

"히히, 그야 간단히 죽으면 재미없으니까 그런 거지. 좋은 장난감에는 집착을 하거든."

"역시 모르는군."

그리고 자간은 말했다.

"타인에게 집착이라는 감정을 품는 것을 사람들은 사랑이라고 부른다."

비프론스는 기괴한 것이라도 본 것처럼 아연실색했다.

"내가, 네프테로스를 사랑하고 있다고?"

물론 이 마술사의 사랑은 비뚤어졌다.

일방적으로 강요하는 사랑은 그 누구도 행복하게 해주지 못한다. 네프테로스도 받아들여주지 못할 것이다.

그것은, 감정이기 때문이다.

감정에는 좋고 나쁜 게 없다. 사랑에 선악은 상관없다.

그럼에도, 타인을 사랑하는 감정을 이 마술사는 알고 말았다.

——사랑하는 사람을 잃는다는 것은 지옥이다.

스스로 네피를 멀리했던 자간이 맛보았던 허무함. 지켜야 하는 이를 모두 잃은 오리아스의 절망. 라파엘을 잃은 쿠로카의 증오.

전부 다 구원이 없는 지옥이었다.

그래서 죽이지 않는 것이다.

"용건은 그것뿐이다."

그 말을 남기고 자간은 떠났다.

바닥에 내동댕이쳐진 비프론스는 자신의 가슴에 손을 올렸다.

"시답잖군. 그리고 이해도 안 돼. 하긴 그게 자간의 재미있는 점일지도 모르지만. 후후후."

마술사는 깨닫지 못했다.

손으로 누르고 있는 가슴속이 커다란 구멍이라도 뚫린 것 같은 감각에 사로잡혀 있다는 것을.

사건이 일어나고 며칠 후. 쿠로카는 교회 앞 광장에 망연자실한 것처럼 앉아 있었다.

——나는 이제 어떻게 하면 되지…….

이제 라파엘의 원수를 갚은 셈이 된 걸까.

적어도 이제 와서 자간을 노릴 생각은 들지 않았다. 그는 라파엘을 죽였는지도 모르지만, 동시에 깊은 경의를 표해주었다.

그분은 결코 비열한 함정에 빠져서 죽은 게 아니었다. 라파엘을 존경한다고 말해준 남자에게 더 이상의 증오를 품기는 힘들었다.

쿠로카의 복수는 끝난 것이다.

그렇다면 이젠 무엇을 하면 될까.

라파엘이 없는 교회에서 계속 일한들 무슨 의미가 있을까.

——샤스틸 님을 뵐 면목도 없고…….

나중에 자간의 설명을 통해 그녀가 라파엘을 죽인 것처럼 말했던 것은 오해라고 납득했어도——왜 그렇게 오해하기 쉬운 말을 했는지는 의문이지만——혼자 착각하고 그녀의 목숨을 노렸으니 그 밑에서 일하는 것은 서로가 거북했다.

그렇지만 복수를 위해 어렵게 부탁해서 이곳으로 이동해 온 입장이라 원래 있던 교회로 돌아가는 것도 쉽지 않았다.

쿠우는 함께 이곳에 있자며 웃어주었지만, 그 말을 그대로 받아들이기엔 쿠로카는 문제를 너무 많이 일으켰다.

답을 찾지 못한 채 한숨을 쉬고 있는데 갑자기 앞에 커다란 그림자가 드리워졌다.

보아하니 벤치를 찾고 있는 것 같았다.

며칠 전에 있었던 싸움으로 광장도 상당히 파괴되었을 **터였다**. 앉을 만한 곳은 쿠로카가 앉아 있는 벤치 정도밖에 없었다.

쿠로카는 벤치 구석으로 살짝 피해 앉았다.

"여기 앉으세요."

바로 앞에 있는 사람은 남자인가.

소리를 들어보니 꽤나 큰 갑옷을 입고 있는 것 같았다. 성기사가 걸치는 세례 갑옷은 비교적 경장이라 소리도 가벼운데, 이쪽은 중후한 금속음이 났다. 그런 갑옷을 아무렇지도 않게 입고 다니는 것을 보면 상당히 덩치가 큰 사람인 모양이다.

——그런데 왜일까. 굉장히 그리운 **냄새**가 나.

아주 잘 알고 있는 냄새지만 망연자실해 있는 쿠로카는 금방 생각해내지 못했다.

남자는 절그럭거리는 갑옷 소리를 내며 머리를 숙이더니 쿠로카의 옆에 앉았다.

침묵. 갈 곳이 없는 쿠로카는 그저 멍하니 있었다. 그러자 남자가 난처한 듯한 목소리로 이렇게 말했다.

"음……. 잘 지냈느냐, 쿠로카."

너무나 그리웠지만, 이제는 듣지 못할 줄 알았던 목소리에 쿠로카의 눈이 커다래졌다.

"어……엇? 어어, 거짓말……이 목소리는, 라, 으읍."

이름을 부르려고 하자 남자가 입을 막았다.

"난 월 포레다. 그 남자는 이미 죽은 것으로 되어 있고."

가슴이 벅차서 목소리가 나오지 않았다. 이 서툰 말투, 그러면서도 위압적이고 다정한 이 목소리는 바로 쿠로카가 그리워하던 그 사람이었다.

남자는 갑주를 걸치고 있는지 덜그럭거리는 소리를 내며 뺨을 긁적였다.

"그래서 나는 〈마왕〉 자간에게 몸을 의탁하고 있다. 시끄러운 곳이지만 나도 나름대로 잘 지내고 있단다."

쿠로카는 갑옷을 입은 남자에게 매달려 몇 번이나 고개를 끄덕였다.

——오빠, 전부 다 알고 있으면서, 라파엘 님도 구해줬으면서, 아무 말도 않고 내 공격을 받아준 건가요?

어떻게 다른 사람을 위해 그렇게까지 할 수 있는 걸까.

극악무도한 마술사면서.

아무 말도 못하고 있자 남자는 할 말을 찾듯 중얼거렸다.

"암부로, 돌아갈 생각이냐?"

쿠로카는 눈의 빛을 잃기 전부터 〈아자젤〉의 사람이었다.

그것은 그녀의 일족이 마술사의 손에 의해 전멸되자, 그녀의 뛰어난 신체 능력과 마술사에 대한 적의를 높이 산 암부가 그녀에게 제안한 것이었다.

하지만 쿠로카는 그곳에서 실패해 시력을 잃었다.

라파엘은 그렇게 더러운 일에 손을 담근 쿠로카의 가족이 되어 주었고 〈아자젤〉에 있을 때 사용하던 단검을 지팡이검으로 바꿔 주었다.

그뿐만 아니라 쿠로카 같은 어린아이를 병사처럼 취급하는 암부에 의문을 품고 그 방식을 바꾸기 위해 노력해주었다. 더 이상 싸우지 못하게 되어 우울해져 있던 쿠로카는 그런 그에게 구원을 받은 것이다.

그렇게 해서 지팡이에 의지해 걷는 데도 익숙해지고 단검을 제대로 다룰 수 있게 되었을 즈음, 라파엘의 부고를 들었다.

쿠로카는 고개를 옆으로 흔들었다.

"그럴 생각이었지만 아무래도 또 '실수'를 한 것 같아요……."

쿠로카에게 속삭이던 목소리는 처음부터 신용할 수 없었다.

하지만 원래 〈아자젤〉의 윗사람들은 모두 그런 인간들밖에 없었다. 분명 어떤 목적 때문에 자신을 이용하려 한다는 생각이 들었지만, 라파엘의 원수를 갚을 수만 있다면 아무래도 좋았다. 그런데 그 '목소리'의 주인은 〈아자젤〉과는 아무 관계도 없는 마술사였다고 한다. 자포자기했지만, 다시 생각해봐도 한심한 이야기다.

지금의 자신이 〈아자젤〉로 돌아가는 건 어렵다. 그렇다고 여기 있어도 되는지도 모르겠다.

그런 쿠로카에게 라파엘은 이렇게 말했다.

"갈 곳이 없다면 나와 함께 가지 않겠느냐? 나의 왕은 마음이 넓은 남자다. 분명 너도 받아주실 게야."

가슴이 또 욱신 아파왔다.

——오빠, 그래서 아버지를 이곳으로 데려와주신 거군요…….

그의 신변에 무슨 일이 있었는지, 자세한 것은 쿠로카도 잘 모른다. 그래도 살아 있다는 사실을 숨겨야만 하는 입장에 있는 것이리라.

그래서 쿠로카에게도 사실을 알려주지 않은 것이다.

그런 라파엘과 만나게 해주고, 그것도 모자라 지낼 곳까지 마련해주겠다고 한다.

라파엘의 입에서 '마음이 넓은 남자'라는 말이 나올 만도 했다.

"……아버지의 제안은 기뻐요. 오빠에게도 감사하고 있고요."

"그렇다면……."

쿠로카는 고개를 가로저었다.

"**그러니** 거절할게요."

울음을 터뜨릴 것 같은 얼굴로 쿠로카는 미소 지었다.

"계속 다정하게 대해주면 전 분명 오빠를 사랑하게 될 거예요."

그에게 사랑하는 사람이 있다는 것은 처음 만났을 때부터 알고 있었다.

게다가 미숙한 자신은 그에게 짐만 될 뿐이다.

쿠로카는 등 뒤에 있는 교회를 돌아봤다.

"전 여기서 처음부터 다시 열심히 해볼게요. 이곳 사람들이 받아줄진 모르겠지만, 그래도 꼭 해야 할 일이라고 생각하니까요."

라파엘은 아무 말 없이 쿠로카의 머리를 가만히 쓰다듬었다.

쿠로카는 그 다정한 손을 마주 잡고 말했다.

"아버지도 만나러 갈게요. 제가 풀이 죽어 있을 때 그렇게 해주신 것처럼, 이번에는 제가 만나러 갈 거예요."

라파엘이 웃은 것 같았다.

"그래. 그렇다면 기대하고 있으마."

꽤나 먼 길을 돌아온 부녀가 마침내 재회한 순간이었다.

◇

"그럼 결국 네프테로스 씨는 샤스틸 씨 곁에 남은 거네요."

마을에서 있었던 사건의 전말에 대해 이야기해주자 네피는 마음이 놓이는 듯 미소 지었다.

옥좌의 방에서 턱을 괸 채 사랑하는 소녀를 무릎에 앉힌 자간은 씁쓸하게 웃었다.

"그래. 상당히 친해진 것 같더군."

일단 자간도 자신의 성으로 오라고 제안해봤지만, 당시의 네프테로스는 샤스틸의 옷자락을 꼭 잡고 놓으려 하지 않았다.

"자신을 위해 울어주는 누군가를 얻었다는 건 행복한 일이다."

그게 바로 누군가를 구원해주는 일이 아닐까.

적어도 자간은 자신을 위해 울어준 네피 덕분에 구원을 받았다.

누구나 할 수 있는 일이 아니다. 자간도 네프테로스를 지켜줄 생각이지만 그녀를 위해 울어줄 자신은 없다.

그 점에서 샤스틸은 다르다. 네프테로스의 처지를 알고 자기 일처럼 함께 엉엉 울었다. 아무 계산 없이 진심으로 눈물을 흘렸다.

그래서 네프테로스는 다시 일어설 수 있었다.

네피는 뾰족한 귀 끝을 떨면서 말했다.

"그러면 다른 쪽……, 쿠로카와 쿠우는 어떻게 되었나요?"

자간은 금방 대답하지 못했다.

——결국 〈아자젤〉에 대해 교회로부터 얻을 수 있는 정보는 없는 모양이군.

교회에 해악을 끼치는 내외의 적을 암살하기 위한, 존재하지 않는 열세 번째의 이름을 따서 만든 비밀 기관. 그것이 바로 교회의 〈아자젤〉이라는 암부 조직이다. 쿠로카처럼 가족이 없는 아이들을 첨병으로 교육한다고 해서 라파엘도 암부를 추적했었다.

'13번'에 관해서는 다시 처음으로 돌아간 셈이다.

그런데 한 가지, 마음에 걸리는 것도 있었다.

——샤스틸의 성검뿐만 아니라 쿠로카의 단검도 네프테로스의 신령 마법에 공진했다.

성검이 엘프의 힘을 증폭시킨다는 이야기는 수기에서도 봤지만, 이게 도대체 어떻게 된 일일까.

자간은 미련을 떨쳐내듯 머리를 흔들었다.

"두 사람 다 교회에 남게 되었다. 뭐, 샤스틸이라면 같이 잘 지내겠지."

오리아스가 쿠우의 기억을 지웠는지 어떤지는 확실하지 않다.

하지만 쿠로카와 함께 있는 그녀의 미소에는 그림자가 없었다.

네피는 이상한 듯 귀를 떨었다.

"자간 님, 그래서 라파엘 님을 보내신 거군요."

자간은 무슨 말인지 모르겠다는 듯 눈을 돌리고 심호흡을 했다.

어디를 걸을지, 사전 조사도 끝냈다.

방해를 할 것 같았던 비프론스도 처리했다.

네피의 걱정의 씨앗인 네프테로스 문제도 어느 정도 해결했다.

——그렇다면 지금이 바로 데이트 제안을 할 때가 아닌가!

"그래서 말인데, 네피!"

"네."

순진무구한 눈동자로 똑바로 바라보는 소녀의 모습에 자간은 얼굴이 빨개졌다가 파래졌다가 하며 입을 열었다.

"비프론스 문제도 정리되었으니 한동안 조용히 지낼 수 있을 것 같다."

"네."

어리둥절해하는 네피였지만 그 뺨은 무언가를 기대하는 것처럼 붉게 물들어 있었다.

——아우우, 이건 즉, 네피도 횡설수설하는 나를 귀엽게 보고 있다는 뜻인가?

언제까지고 기다리겠다고 말하는 듯한 눈동자를 마주하고 자간은 크게 헛기침을 했다.

그리고 결심하고 입을 열었다.

"네피, 데이트라는 것을 하지 않겠나?"

"네. 기꺼이 할게요."

네피는 잠깐의 망설임도 없이 그렇게 대답했다.

"에으? 괘, 괜찮아? 그 전에 데이트라는 게 뭔지 알고 있나?"

네피는 고개를 옆으로 흔들었다.

"무슨 말인지는 모르지만 자간 님이 원하신다면 뭐든 좋아요."

변함없이 위험한 발언에 자간은 머리를 감쌌다.

——왠지 그럴 것 같았어.

자간 역시 포레와 고메리가 가르쳐주기 전까지는 데이트라는 단어조차 몰랐다. 네피 역시 그런 자간과 한없이 비슷해서 모르는 것이 많았다.

그렇지만 이런 걸 설명하는 것은 자간도 부끄러웠다.

수치심에 시달리면서도 우물우물 설명했다.

"데, 데이트라는 건 말이다……. 연인 사이인 남녀가 거리를 걷거나 쇼핑을 하는 등 단둘이 외출하는 것을 일컫는 말이다."

"네. ……네?"

무슨 말인지 점점 이해하게 되면서 네피의 귀는 끝까지 새빨갛게 물들었다.

결국 더 이상은 못 참겠는지 얼굴을 가렸지만 손가락 사이로 자간을 올려다보고 있었다.

그리고 꺼져 들어가는 듯한 목소리로, 그렇지만 확실하게 이렇게 대답했다.

"기꺼이 할게요. 어디든, 함께할 거예요."

데이트 제안과 대답이 과연 이래도 되는지는 모르겠지만, 이렇게 해서 두 사람은 첫 데이트라는 것을 하게 되었다.

후기

여러분, 오랜만에 뵙습니다. 『마왕인 내가 노예 엘프를 신부로 삼았는데 어떻게 사랑하면 되지? 5』를 들고 찾아온 테시마 후미노리입니다.

5권이 되어서야 드디어 네피와 연인 사이라고 말할 수 있게 된 자간! 그렇지만 역시 연인들이 뭘 하면 되는지도 모릅니다. 바로 그때, 모습을 감춘 네프테로스는 비프론스에게 쫓기고, 그런 그녀를 구해준 것은 늠름한 성기사 소녀. 츤데레와 덜렁이가 만났을 때 성검의 비밀이 밝혀질지도 모릅니다!

대충 이런 내용을 담은 5권인데, 죄송합니다. 보시다시피 두껍습니다. 그나마 50페이지 정도 줄인 건데, 줄인 게 350페이지를 넘네요. 담당 K씨에게 많은 폐를 끼쳤습니다.

그리고 2월부터 인터넷에서 코믹판 마왕노예가 공개되었습니다. 작화는 이타가키 하코 님. 덕분에 만화화 된 것도 호평이라 작가는 혼자서 미친 듯이 기뻐하고 있습니다. 매월 갱신되니 이쪽도 기대해주세요!

덧붙여 현재, 다음 권 준비도 진행 중이니 여름 즈음에는 찾아뵐 수 있지 않을까 합니다. 다음에는 자간이 작아지고 포레가 커지기도 하고, 다양한 종족도 등장해서 고메리 할머니가 아주 기뻐하실지도? 모르겠네요!

그럼 이번에도 신세를 진 분들에게 감사 인사.

매번 특히나 죄송한 담당 K님. 귀엽고 아름다운 일러스트를 그려주신 일러스트레이터 COMTA 님(쿠로카도 귀엽지만 쿠우도 귀엽쿠우). 만화화를 담당해주신 이타가키 하코 님. 코믹 파이어 편집담당님, 그리고 표지 디자인, 교정, 광고 등에 힘써주신 여러분. 최근엔 설거지도 조금씩 하게 된 아이들. 그리고 이 책을 구입해주신 당신. 진심으로 감사합니다!

2018년 3월 확정 신고에 쫓기고 있는 낮에　테시마 후미노리

아틀리에 달의 창신관(窓新館)

NEXT

마왕인 내가 노예 엘프를 신부로 삼았는데 어떻게 사랑하면 되지? 5

2019년 1월 5일 제1판 제1쇄 인쇄
2019년 1월 10일 제1판 제1쇄 발행

지음 | **테시마 후미노리**
일러스트 | **COMTA**
옮김 | **권미량**

발행인 | 오태엽
편집팀장 | 김충영
편집담당 | 윤찬영
한국어판 디자인 | Design Plus
라이츠사업팀 | 이은선, 조은지, 이선, 백승주
출판영업팀 | 안영배, 이풍현, 경주현
제작담당 | 박석주

발행처 | (주)서울미디어코믹스
등록일 | 2018년 3월 12일
등록번호 | 제 2018-000021
주소 | 서울특별시 용산구 새창로 221-19(한강로2가)
전화 | (02)799-9174(편집), (02)791-0752(마케팅)
팩스 | (02)799-9334(편집)
인쇄처 | 코리아 피앤피

ISBN 979-11-6403-013-2
ISBN 979-11-89126-22-3 (세트)